강한 채로 회귀

강한 채로 회귀 1

홍성은 퓨전 판타지 장편소설

초판 1쇄 찍은 날 § 2023년 10월 20일
초판 1쇄 펴낸 날 § 2023년 10월 27일

지은이 § 홍성은
펴낸이 § 서경석

총괄팀장 § 황창선
편집책임 § 김우진
디자인 § 스튜디오 이너스

펴낸곳 § 도서출판 청어람
등록번호 § 제387-1999-000006호
등록일자 § 1999. 5. 31
어람번호 § 제1-3215호

본사 § 경기도 부천시 부일로 483번길 40 서경B/D 3F (우) 14640
편집부 § 서울특별시 구로구 디지털로 272 한신IT타워 404호 (우) 08389
전화 § 02-6956-0531 팩스 § 02-6956-0532
http://www.chungeoram.com
E-mail § chungeorambook@daum.ne

ⓒ 홍성은, 2023

ISBN 979-11-04-92496-5 04810
ISBN 979-11-04-92495-8 (세트)

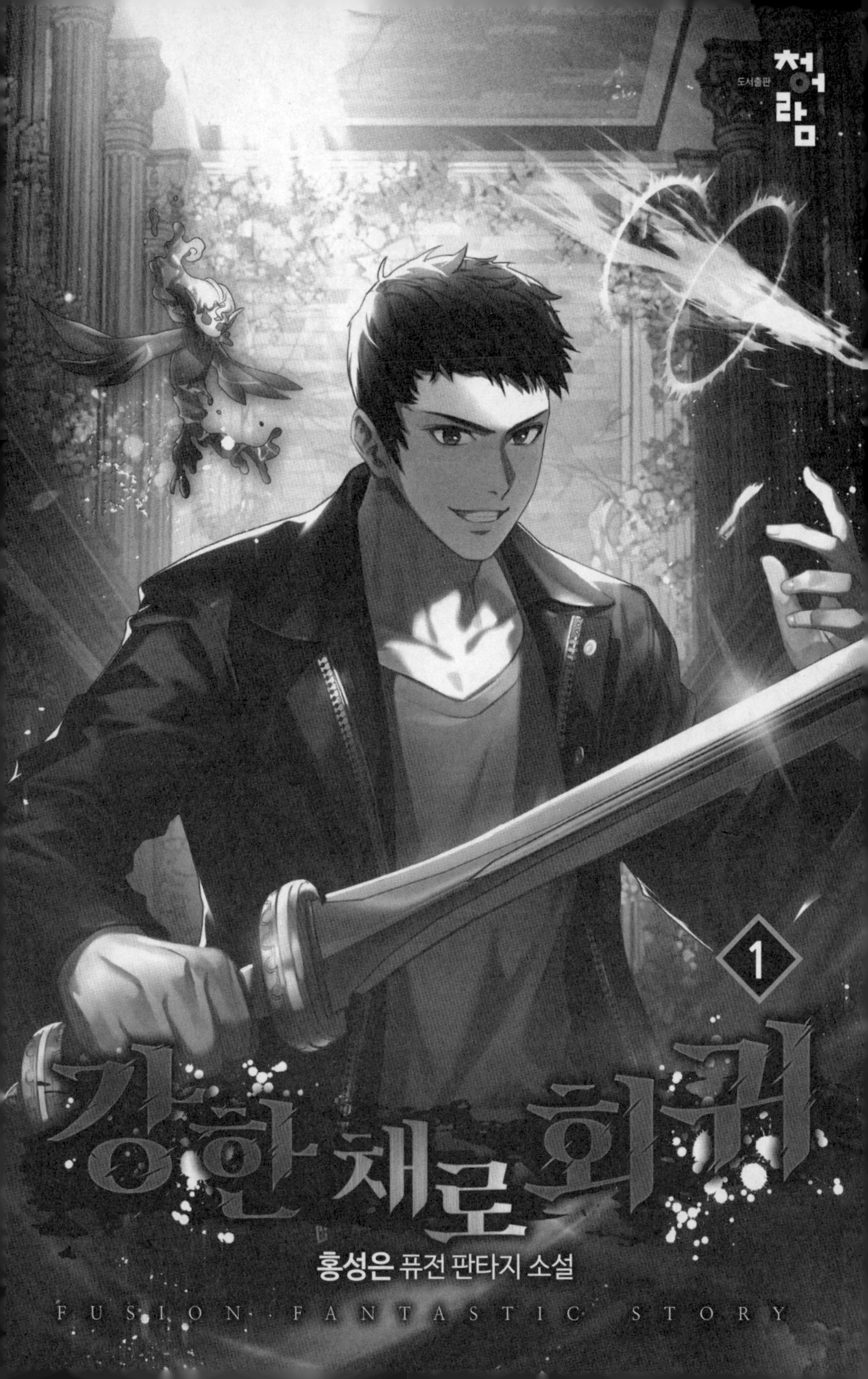
도서출판
청어람
1
강한 채로 회귀
홍성은 퓨전 판타지 소설
FUSION FANTASTIC STORY

강한 채로 회귀

목차

1장   제1층 ·· 7

2장   제2층 ·· 43

3장   제3층 ·· 88

4장   제4층 ·· 127

5장   제5층 ·· 157

6장   제6층 ·· 223

7장   제7층 ·· 253

8장   제8층 ·· 279

9장   제9층 ·· 319

1장

제1층

나는 그럭저럭 잘 해낸 편이라고 생각했다.

아무 근거 없이 그냥 하는 말이 아니다.

미궁의 1층에만 10만 명이 있었다. 그중에서 2층으로 내려올 수 있었던 건 불과 1만 명이었다.

2층, 3층, 4층을 거치며 사람들은 더욱더 줄어갔다.

그나마 1층에서만큼 극단적으로 줄어들지는 않았으나, 그럼에도 생존율 50%를 넘기지는 못했다.

결국 7층에 이르러 생존자는 수백 정도밖에 남지 않았다.

그러니 나는 단순 계산으로는 전체 미궁 모험가 중 적어도 상위 1%에는 속하는 셈이다.

…비록 살아 있는 모험가 중에선 꼴찌이긴 해도.

"…후!"

빠각!

나는 한 손으로 도끼를 휘둘러 장작을 쪼갰다.

여긴 뭐든지 자급자족이다. 장작은 물론이거니와 식량, 입을 옷, 도구와 자재에 이르기까지. 파는 사람이 없으니 뭘 살 수도 없다.

그렇다. 사람이 없다.

미궁 7층의 정착자 중 살아남은 지구 인류는 나뿐이다.

"후우……."

당연한 이야기지만, 처음부터 나 혼자이지는 않았다.

미궁 7층은 지구 인류 모험가들이 처음으로 조우한 정착 가능한 층계였다. 햇볕이 내리쬐고 밤이 있으며 물도 있고 딛고 설 단단한 땅도 있다. 미궁에도 이런 곳이 있다는 것이 믿어지지 않을 정도의 환경이었다.

쉴 새 없이 목숨을 위협당하고 실제로 대다수가 죽어 나가기도 한 가혹한 미궁에 끌려온 지구 인류에게 있어, 강렬한 유혹이 아닐 수 없었다. 그런 까닭에, 살아서 7층에 도착한 모험가 중 여기 정착한 사람은 무려 9할에 달했다.

그러니까 최소한 수백 명은 됐단 소리다.

그중 수백 명이 죽고, 지금은 나 하나만이 남았다.

"어쩌다 이렇게 됐는지, 원……."

모르고 하는 혼잣말이 아니다. 오히려 나는 다른 누구보다도 일이 이렇게 된 원인에 대해 잘 알고 있었다.

그 원인은 하나둘이 아니었으나, 가장 큰 원인은 사람이었다.

고작 수백 모인 곳에서 누가 왕 좀 해 보겠다고 나댔다.

한 놈이 그런 거면 모르겠는데 여러 놈들이 자기들끼리 서로 이합집산을 거듭하더니, 누가 진짜 왕이니 뭐니 다퉈 대기 시작했다.

분명히 원래 저런 사람들이 아니었는데. 권력이 사람을 미치게 만드는 것일까, 아니면 권력을 잡고 본색이 드러난 것일까?

자칭 왕들이 갑자기 칼을 뽑고 전쟁을 시작했다.

그렇게 해서 누가 최종 승리자가 돼서 왕국이라도 세웠으면 해피 엔딩까지는 아니더라도 노멀 엔딩 정도는 떴을 텐데…….

그 뒤엔 전염병이 돌았고 다 죽었다.

나는 혼자 살아남아서 이러고 있고.

"후우……."

장작은 이만하면 됐다. 이 정도면 올겨울은 무난하게 버티리라.

나는 도끼를 내려놓고 나무 그루터기에 앉았다.

잠깐의 휴식이다.

그리고 또 뭘 해야 하더라.

식량… 고기는 충분하고. 가죽도 충분히 쟁여 놓았다. 사냥은 더 갈 필요가 없겠네. 그럼 강가에 가서 질 좋은 진흙이나 좀 개어 놓을까. 벽돌을 좀 넉넉하게 구워 두면 나중에 편하겠지.

그보다 밥을 먹고 싶다. 쌀… 어떻게 안 되려나.

그런 생각을 하고 있을 때였다.

[김민수]: 형! 살아 있어요?

미궁 커뮤니티에 김민수의 메시지가 떴다. 무려 미궁 48층에 도달한, 현 인류 최강의 모험가라 해도 과언이 아닐 인재였다.

저 영웅의 출현으로 커뮤니티는 떠들썩해져야 하건만, 그런 일은 없고 그저 조용하기만 했다.

침묵을 지키고 있는 게 아니다.

죽은 자는 말이 없을 뿐.

인류 최강의 파티, 김민수의 파티를 제외하고는 모두 죽어 버렸기에 조용한 것뿐이다.

[이철호]: 그래, 살아 있다.

커뮤니티를 통해 대꾸하자, 답신은 금방 돌아왔다.

[김민수]: 오, 한참 조용하시기에 죽은 줄 알았잖아요.

[이철호]: 너야말로.

[김민수]: 그렇죠. 꽤 오래 걸렸죠. 힘들기도 했고. 이번엔 하수인을 둘이나 잃었어요.

이렇게 운을 뗀 김민수는 곧장 평소대로 이야기를 늘어놓기 시작했다.

김민수는 떠들고 나는 듣는다. 이게 일상이 된 건 김민수가 40층에 도달한 시점부터일 거다. 그때쯤 다른 모험가들은 다 죽었고 커뮤니티에는 나와 김민수, 둘만이 남았으니.

[김민수]: 이게 48층 클리어 영상이에요!

김민수는 항상 먼저 자기 떠들고 싶은 내용을 실컷 떠들었다.

미궁 클리어 영상을 올리는 것은 그다음이었다.

이럴 거면 굳이 입으로 떠들 거 없이 그냥 영상만 올려도 되는 게 아닐까?

이런 의문을 떠올린 적은 없다.

저 김민수라는 녀석은 그냥 말동무가 필요해서 저러는 거니까.

[김민수]: 역시 모험가가 너무 많이 줄었어요. 더 많이 살려서 내려왔어야 했는데……

김민수의 이야기는 항상 이렇게 끝난다.

저 녀석이 착해서 저러는 게 아니다.

저건 그저 넋두리에 지나지 않는다.

인류 최강의 모험가인 녀석은 누구보다 더 많은 모험가를 죽였다.

그러니 이렇게까지 모험가 수가 극단적으로 줄어든 가장 큰 원인은 저 녀석에게 있다고 봐도 무방했다.

[이철호]: 그래도 그 덕에 49층까진 갔잖아.

[김민수]: …그렇죠!

[이철호]: 힘내라. 인류의 미래가 네게 달렸어.

[김민수]: 그럼요!

내 무성의한 위로와 격려를 평소처럼 받아 든 김민수는 인사말을 남기고 조용해졌다.

49층 다 깬 후에나 다시 출몰하겠지.

"…충분히 쉬었으니 이제 일하러 갈까!"

진흙을 모으고, 벽돌을 굽는다.

이것이 내가 정해 둔 오늘 오후의 일과였다.

＊   ＊   ＊

처음 7층에 정착했을 때 가장 걱정했던 건 철물을 어떻게 구하느냐에 대한 거였다.

가건물 하나를 짓더라도 상당히 많은 못이 필요했다.

손재주가 좋은 사람이라면 나무끼리 맞물리게 해서 집을 짓겠지만, 정착 당시엔 아무도 그런 재주를 갖추지 못했다.

그러나 그것은 곧 헛된 걱정이 되었다.

모험가들이 죽어 나가며 남긴 무기들을 녹여서 쓰면 됐으니까.

그것도 수백 명 분량이다 보니, 나 혼자 쓰기엔 차고 넘쳤다.

"후……!"

나는 진흙 벽돌을 쌓아 만든 간이 용광로에 숨을 불어 넣었다.

오늘은 사냥용 덫을 만들 생각이었다.

7층에서 50년 가까이 혼자 시간을 보내다 보니 별걸 다 할 줄 알게 되더라. 지금이라면 못을 쓰지 않고 작은 건물 하나 뚝딱 짓는 건 일도 아니었다.

"50년인가……."

나는 양철판을 닦아 만든 거울을 보았다.

머리에는 새치 하나 없고, 얼굴에는 주름 하나 없다. 미궁에 처음 끌려온 그때 그대로의 모습이다.

"이게 좋은 건지, 나쁜 건지 모르겠네."

보통이라면 당연히 안 늙는 게 좋다고 하겠지. 하지만 어쩌면 이대로 늙어 죽지도 못하고 수백 년, 수천 년간 미궁 7층에 홀로 남아 있게 될지도 모른다는 생각을 하면 섬뜩하기까지 하다.

그렇다고 지금 와서 8층으로 내려갈 수도 없다. 이미 7층의 '클리어 조건'은 폐기되어 버렸으니 말이다.

"…김민수가 빨리 미궁을 깨 주기만을 바라야 하나."

나는 이미 몇 번이고 한 혼잣말을 다시금 입에 올렸다.

그리고 늘 그랬듯 이번에도 자괴감에 사로잡혔다.

잠을 자면 미궁을 공략하는 꿈을 꾼다.

김민수로부터 메시지를 받은 날은 특히 그렇다.

어젯밤도 그랬다.

그러나 몇 번을 시뮬레이션해 봐도 결론은 언제나 같다.

당시의 내 능력으로 미궁을 공략하는 것은 애초부터 무리였다.

내 숨통이 지금껏 붙어 있는 건 8층에 도전하지 않은 덕이다.

미궁은 시작부터 불공평하고 부조리한 곳이다.

모험가로 뽑히는 것도 무작위.

1층의 시작 위치도 무작위.

그리고 처음 주어지는 능력도 무작위다.

내가 미궁으로부터 받은 능력은 [불변의 정신].

정신에 영향을 미치는 상태 이상을 무효화시켜 주는, 수수하기 짝이 없는 능력이다. 이 능력 하나만 믿고 계속해서 미궁을 공략하기에 내가 너무 제정신이었다.

"…처음부터 다시 시작한다면 또 모를까."

만약 내가 지금 이 상태로 1층부터 도전한다면?

아마 상당히 괜찮은 성적을 올릴 수 있을 것이다.

이건 근거 없는 자신감 같은 게 아니다.

물론 내겐 경험이 부족하다. 내가 가진 직접 겪은 미궁은 7층까지에 불과하니 말이다. 그러나 미궁 커뮤니티에 공략이나 클리어 영상을 올린 건 김민수 하나가 아니다.

40층 이전까지는 많은 모험가들이 공용 커뮤니티를 통해 미궁의 지식과 정보, 그리고 힌트를 공유했다.

그리고 나는 이 기록을 토대로 미궁을 처음부터 도는 시뮬레이션을 여러 번 했다. 해 봐야 쓸데도 없는 망상이라는 지적은 맞다.

지나간 시간은 돌아오지 않으니.

내가 1층으로 돌아가는 일은 없을 것이다.

그럼에도 내가 상상을 멈추지 않는 것은 그저 이것이 여기서 즐길 수 있는 몇 안 되는 오락거리이기 때문이다.

"…후."

머리로는 쓸데없는 생각을 하면서도 손은 쉴 새 없이 놀렸기에, 어느새 사냥용 덫이 전부 완성되어 있었다.

나는 완성된 덫을 쓸어 넣고 손을 탁탁 털며 일어섰다.

"다음 일이나 하러 가자고."

입버릇이 되고 만 혼잣말을 흘리며.

*   *   *

그날의 그 일은 아무런 전조도 없이 일어났다.

[System]: 미궁의 모든 모험가가 사망하였습니다.

미궁 커뮤니티에 시스템의 메시지가 올라온 건 그날 오후의 일이었다. 처음에는 무슨 뜻인지 제대로 알아듣지도 못했다.

모든… 모험가?

김민수가 죽었나?

나를 모험가 취급도 안 해 주는 거야 별 충격은 아니었다.

7층에서의 삶은 모험이라고 하기엔 지나치게 반복적이고 안정적이었으니까.

이게 모험은 아니지. 맞다, 난 모험가가 아니다.

진짜 충격적인 일은 그다음에 일어났다.

[System]: 미궁을 최초 상태로 되돌립니다.

"최초… 뭐?"

내 혼잣말에 대답이라도 하듯, 하늘에 멀뚱히 떠 있던 해가 갑자기 동쪽으로 가라앉았다. 그리고 눈 깜박할 새도 없이 서쪽에서 쑥 솟아오르더니, 다시 동쪽으로 가라앉는 것을 반복했다.

시간이 지날수록 그 움직임은 더욱 빨라졌다.

뜨고 지는 해와 달의 움직임이 너무 빨라서 이제는 빛나는 띠로밖에 보이지 않았다.

와야 할 겨울은 안 오고, 갑자기 날씨가 더워지더니, 또 순식간에 식었다. 드디어 날씨가 추워졌나 싶더니만, 그조차도 잠시였다.

봄이 왔다가, 겨울이 오고, 가을이 오고, 여름이 다시 왔다.

아니, 이제는 뭐가 봄이고 뭐가 가을인지조차 모르겠다.

그리고 곧 여름과 겨울조차도 헷갈리기 시작했다.

시간의 흐름이 너무 빨라져 더위나 추위를 느낄 겨를조차 없어진 탓이다.

그래, 시간의 흐름.

시간이 거꾸로 흐르고 있었다.

그것도 고속으로.

미궁을 최초 상태로 돌린다는 게 이런 거였나!

그런데 놀랄 일은 이것으로 끝나지 않았다.

50년 가까이 되는 세월이 순식간에 되감긴 후에는 분명 죽었을 터인 7층의 모험가들이 무덤에서 되살아나기 시작했다.

"……!"

나는 뭔가 말하려고 했지만, 그럴 여유도 없었다.

50년 내내 밟고 섰던 단단한 땅이 갑자기 사라진 탓이다.

아니다, 땅이 사라진 게 아니다.

내가 움직이고 있는 거였다.

더 정확히는 움직여지고 있다!

나를 포함한 사람들이 마치 누군가에 의해 집어 던져진 듯 어딘가로 휘날려 가고 있었다.

"으아아아악!"

비명을 지르는 것은 오직 나 하나였다.

다른 사람들은 정신을 잃은 채인 건지 소리는커녕 눈조차 뜨지 않았다. 지나가는 시야에 미궁 6층의 모습이 흘깃 보였다.

그러나 그것이 6층의 풍경이었다는 것을 깨닫기도 전에 시야는 계속해서 바뀌었다.

5층, 4층, 3층, 2층.

그리고 1층.

나는 미궁 1층에 서 있었다.

[System]: 미궁의 초기화가 완료되었습니다.

[System]: 모든 모험가를 초기화시킵니다.

"초기… 화라고?"

내가 시스템 메시지를 제대로 곱씹기도 전의 일이었다.

ㅡ[불변의 정신]이 상태 이상 [초기화]에 저항합니다.

ㅡ저항 성공!

이런 상태 메시지가 시야에 떠올랐다.

*   *   *

[불변의 정신]이 지금 작용했다고?

초기화에… 저항?

"이게 무슨……."

상황을 받아들이지 못한 채 혼란스러워하고 있던 내게 새로운 시스템 메시지가 커뮤니티에 나타났다.

[System]: 모든 모험가의 초기화가 완료되었습니다.

[System]: 각 모험가에게 고유 능력이 무작위로 배포됩니다.

"어……."

나는 다시 한번 혼란에 휩싸였다.

능력? 무작위? 배포?

다 아는 단어인데 하나도 모르겠다.

분명 [불변의 정신]은 정신적 상태 이상에 저항하는 능력인데, 왜 내가 이렇게 혼란스러워하고 있는 거지?

설마 [불변의 정신]이 없어졌나?!

[System]: 무작위 고유 능력 배포가 완료되었습니다.

시스템 메시지를 보는 둥 마는 둥 하며, 나는 급히 상태창을 켜 보았다.

"고유 능력, 고유 능력 칸이… 응?"

[이철호]

레벨: 35

그런데 여기서 고유 능력보다 먼저 눈에 들어온 게 있었다.

레벨이… 35?

"레벨이 그대로라고?!"

나는 비명처럼 외쳤다. 그리고 서둘러 입을 닫았다.

"…상태 이상 초기화에 저항했다고 했지."

그렇다면 레벨이 그대로인 것도 이해가 된다.

아니, 그보다 고유 능력이다.

나는 상태창의 고유 능력을 찾아 읽었다.

고유 능력: [불변의 정신], [비밀 교환]

있다! [불변의 정신]!

그런데… 뭐가 하나 더 있다?

[비밀 교환]?

어디서 본……

아!

나는 벼락이라도 맞은 듯 전율했다. 그리고 급히 능력의 상세 열람을 시도했다.

[불변의 정신]: 외부로부터 가해진 정신적 상태 이상 발생 시도에 대해 저항할 수 있다. 이 능력은 모험가가 살아 있을 때만 유효하다.

[불변의 정신]은 여전했다.

아, 능력 설명을 읽다 보니 내가 좀처럼 혼란을 수습할 수 없었던 이유도 이제 알았다.

[불변의 정신]은 어디까지나 외부로부터 가해지는 상태 이상에 저항하는 능력이다.

그런데 지금은 누가 내게 혼란을 건 게 아니라 그냥 내가 수습이 안 되는 거였다.

하도 오랜만이라 이것도 까먹고 있었네.

"스읍… 후……."

생각난 김에 나는 심호흡을 해 마음을 가라앉혔다. 이 짓도 예전엔 자주 했었는데, 안온한 7층 생활이 너무 길었나 보다.

자, 그럼 [비밀 교환]을 확인하자.

[비밀 교환]: 모험가의 비밀을 하나 밝힌다. 밝힌 비밀을 들은 대상의 원하는 비밀을 알아낼 수 있다.

방금 전에 심호흡을 했음에도, 나는 다시금 전율하고 말았다.

왜냐하면 이 능력은 다름 아닌 김민수의 고유 능력이었기 때문이다. 비록 49층에서 죽어 버렸다지만, 최고이자 최강의 모험가였던 그 김민수의 능력 말이다!

"그런데 이게 왜 나한테……?"

나는 처음부터 품어야 했을 근본적인 의문을 이제야 떠올렸다.

모든 미궁 모험가의 고유 능력은 하나.

이 법칙이 깨진 사례를 나는 단 한 번도 목격한 적이 없다.

그런데 지금, 내 고유 능력은 2개다.

그것도 시스템으로부터 능력 무작위 배포가 끝난 직후에 이렇게 되었다. 게다가 그렇게 해서 추가로 받은 능력이 예전 김민수의 고유 능력?

나는 심호흡을 했다.

"스읍… 후……."

이제야 머리가 좀 도는 것 같다.

"이건 내가 초기화 상태 이상에 안 걸렸기 때문에 일어난 일… 이겠지."

다른 변수가 없다.

원래라면 초기화되어 사라졌어야 할 [불변의 정신]이 내게 남아 있는 것도, 추가 고유 능력이 주어진 것도 이 때문이리라.

만약 내가 다른 모험가처럼 미궁에서 죽어 버렸다면 이럴 일도 없었으리라.

[불변의 정신]은 살아 있는 상태에서만 적용되니까.

예전엔 이런 당연한 문구가 왜 적혀 있는지 의문이었는데, 그 의문이 이제야 풀린 느낌이다.

"그리고 고유 능력 무작위 배포라……."

아마도 초기화가 이뤄질 때마다 각 모험가의 고유 능력이 회수되고, 새로운 능력이 주어지는 거라고 추측할 수 있다.

즉, '이번' 김민수는 [비밀 교환]이 아닌 다른 고유 능력을 받았으리라 짐작해도 될 거다.

"…그건 다행이네."

지난번에 김민수가 다뤘던 이 고유 능력이 얼마나 악랄했는지 기억하고 있는 나로서는 안도의 한숨을 내쉴 수밖에 없었다.

아무튼… 좋다.

이건 절대 나쁜 상황이 아니다.

흥분이 치밀어 올랐다.

…아니, 흥분하긴 아직 이르다.

몇 가지 더 확인할 게 있다.

나는 버릇처럼 심호흡을 하며 미궁 커뮤니티 창을 열었다.

공용 커뮤니티 창에 이제껏 모험가들이 남긴 수많은 대화와 기록, 영상은 깡그리 사라져 있었다.

이건 예상 범위 내다.

당연한 일이다.

심호흡을 이어 나가며, 나는 커뮤니티의 기능을 활성화시켰다.

그리고 환희했다.

"…있어!"

미궁 커뮤니티에는 [개인 노트] 기능이 있다. 다른 사람에게 보이지 않는 나만의 개인 영역이다.

그 개인 노트에, 다른 모험가들이 남긴 언급과 영상을 바탕으로 내가 정리해 놓은 미궁 공략 노트가 그대로 남아 있었다. 심지어 링크를 걸어 둔 영상마저도! 비록 공용 커뮤니티는 초기화되고 말았지만, 개인 노트만은 초기화에서 비껴간 모양이다.

"그러면……."

근거 있는 자신감이 차오른다.

레벨, 2개의 고유 능력, 그리고 정보.

앞으로 찾아올 모든 역경을 남들보다 쉽게 극복할, 확실한 근거가 세 개나 있다.

"할 수 있어!"

나는 환희에 차 외쳤다.

*　　　　*　　　　*

나는 7층에서 보낸 지난 50년 동안, 줄곧 이 상황을 망상해 왔다. 만약 내가 1층으로 돌아오게 된다면 어떻게 할 건지, 적어도 수천 번은 상상했다.

그 상상 속의 시뮬레이션에서는 내가 1레벨일 경우를 가정했었다.

당연히 고유 능력도 하나뿐이었고.

…[불변의 정신]이 아닌 다른 고유 능력을 든 상황을 상상하긴 했지만.

뭐 어떤가, 상상인데.

하지만 현실은 상상과는 달랐다. 더 정확히는, 상상보다 좋았다.

일단 35까지 찍혀있는 레벨.

50년 가까이 노가다를 뛰었는데도 35레벨에 멈춰 있는 이유는 레벨 한계 때문이다.

레벨 한계는 층을 오를 때마다 5레벨씩 오른다.

7층이니까 35레벨까지.

쉬운 곱셈이다. 그리고 기술.

일반 기술: [채집 기 [나무 베기 기 [목공 기 [무두질 기 [가죽 가공 기 [철공 기 [건축 기 [낚시 기 [요리 기…….

게다가 지난 50년 가까이 생존을 위해 반강제적으로 익히게 된 기술들이 상태창에 그대로 남아 있었다.

일반 기술은 일정 랭크에 도달할 때마다 보너스를 주므로 상당히 쏠쏠했다.

그 결과가 이거다.

기본 능력치: [근력 35] [체력 35] [민첩 35] [솜씨 35]

미분배 능력치: 72.

보통 1레벨 모험가의 초기 능력치는 1에서 5사이로 결정된다.

참고로 내 1레벨 때 능력치는 3, 3, 3, 3이었다. 특별히 뛰어나지는 않았지만, 평균 이상의 능력치긴 했다.

그럼에도 지금과 비교하면 단순 계산으로도 11배 이상 차이가 난다. 아, 내 능력치가 균일한 이유는 '모험가의 모든 능력치는 레벨을 초과하지 못한다'는 미궁의 규칙 때문이다.

초기 능력치는 이 규칙에서 예외지만, 35레벨인 내게는 해당이 안 되는 이야기다.

…아닌가? 내 능력치도 초기 능력치로 판정되는 거려나? 이건 미궁을 더 겪어봐야 결론이 날 것 같다.

좌우지간 이 규칙으로 인해 능력치에 반영되지 못한 분량의 보너스 능력치는 자동으로 미분배 능력치로 환산되었다.

미분배 능력치가 그득하니 쌓여있는 것도 이 때문이다.

당연히 이것도 결코 무시할 수 없는 어드밴티지다.

그런데 이게 끝이 아니다.

나는 인벤토리를 열었다.

인벤토리 안에는 내가 그동안 비축해 온 물자가 그대로 남아있었다. 고작 7층에서 멈춰버린 탓에 귀한 물건은 별로 없지만, 식량은 물론이고 각종 도구에 소모품이 가득 채워져 있었다.

마지막 결정타가 [비밀 교환]이다.

지난번 최강의 모험가 자리를 차지했던 김민수의 고유 능력이 내 차지가 되었다. 심지어 나는 김민수가 올린 플레이 영상을 통해, 이 고유 능력을 어떻게 활용해야 할지 누구보다도 잘 알고 있었다.

"훗, <u>흐흐흐</u>……."

이런 모든 사항을 종합해 봤을 때, 얻을 수 있는 결론은 다음과 같다.

"여긴 나 혼자 다 씹어 먹고도 남는다……!"

적어도 7층까지는!

그리고 아마도, 그 이후로도!

*   *   *

[System]: 미궁 초기화 시퀀스 최종 완료.

[System]: 미궁이 준비되었습니다.

[System]: 모든 모험가를 각성시킵니다.

미궁 1층의 시작 지점에 시체처럼 널브러져 있던 모험가들이 하나둘 눈을 떴다. 어느 누구 할 것 없이 전원 두통에 시달린 듯 표정이 좋지 않다.

"뭐야, 여기……?"

"여기 어디야?"

나도 저랬었지.

다들 저랬었구나.

그땐 정신없어서 몰랐는데.

벌써 나댈 필요를 느끼지 못한 나는 재빨리 드러누웠다. 그리고 머리가 아픈 것마냥 눈을 찡그리며 몸을 일으켰다.

[모험가 여러분, 미궁에 오신 것을 환영합니다.]

[모험가 여러분의 무운을 빕니다.]

미궁 전체 메시지를 통해 환영 인사가 들려온 것은 그때였다.

"뭐, 미궁?"

"그게 무슨 소리야?!"

성질 급한 사람들이 외치는 소리가 들렸다.

아, 저랬었지. 맞아.

나는 괜한 추억에 빠졌다. 그러나 아직 화를 내기엔 이르다.

더 화낼 일이 남아 있으니. 그것은……

"뭐야? 설마 이걸로 끝이야?"

"여기서 뭘 어떻게 하라는 거야? 그건 말해 줘야지!"

미궁의 메시지는 이걸로 끝이라는 것이다.

아무런 조언도 경고도 없이 그냥 내팽개쳐져, 아무것도 모른 채 죽어 나가는 곳이 바로 미궁이다.

그 결과, 지난번에는 미궁 1층에서만 모험가 9할이 죽어 나갔다.

자, 그럼 이제부터 어쩐다? 그간 시뮬레이션했던 대로라면 사람들의 시선을 피해 조용히 혼자 나가서 1층을 깨고 내려가는 게 맞다.

하지만 그건 내가 1레벨이었을 때 이야기다.

지금 나는 35레벨이다. 처음엔 굳이 나대지 말자고 생각했지만, 나는 계획을 바꿔도 된다는 사실을 뒤늦게 눈치챘다.

"저를 따라오십시오, 여러분."

따라서 나는 나대기로 했다.

"제가 길을 압니다."

일부는 패닉에 빠져 소리를 지르고, 일부는 여전히 어리둥절한 채 우왕좌왕하고 있어 내 목소리는 생각보다는 주목을 받지 못했다.

"자, 잠깐! 저 사람이 길을 안대!!"

그러나 몇 사람이 주목하자, 다른 사람들도 곧 내게 시선을 주었다. 이렇게 많은 사람의 시선을 모으는 것은 50년도 더 된 일이라 잠깐 흠칫하고 말았다.

"길을? 아저씨가 길을 어떻게 알아요?"

아니, 아저씨라니.

…아저씨 맞지.

회귀 전 나이를 합치면 60살은커녕 70살도 가볍게 넘었는데.

어쩌면 80살도 됐겠다. 자꾸 이상한 곳으로 번지려고 하는 생각을 다잡으며, 나는 날아오는 질문에 대답했다.

"그, 이런 말 하는 게 생각했던 것보다 부끄럽긴 한데."

크흠, 하고 헛기침을 한 번 했다.

"회귀자거든요, 제가."

말을 하고 보니 더 부끄러웠다.

*　　　*　　　*

10만 명의 1층 모험가가 여기 다 모여 있는 것은 아니었다. 여기 인원은 그보다 훨씬 적었다. 기껏해야 수백 명 정도?

게다가 모두 한국인이다. 이런 게 우연일 리는 없으니 아마 미궁이 뭔가 수작을 부린 거겠지.

"회귀자? 회귀자가 뭐야?"

"아저씨는 소설 안 봤어요? 회귀자가 뭐냐면……."

"아니, 그래서 길을 안다고?"

아무튼, 그래서 이 대화는 모두 한국어로 이루어지고 있었다.

오랜만에 육성으로 듣는 한국어임에도 별로 반가움이 느껴지지 않는 건, 뭐 내 탓도 있겠지.

너무 소란스럽고, 게다가 상당수가 나한테 지나치게 집중하고 있어서 상당히 부담스러웠다.

내가 너무 대놓고 말했나. 하지만 내게는 이럴 이유가 있었다.

—[비밀 교환]이 발동 조건을 만족했습니다.

내가 회귀자라는 말을 들은 모든 모험가들의 머리 위에 [비밀 교환]의 활성화 아이콘이 떠 있었다.

내 눈에만 보이는 저 아이콘은 내가 원할 때 대상에게서 비밀을 가져올 수 있는 상태가 됐다는 것을 가리킨다.

"저 사람이 회귀자, 회귀자래!"

그리고 미처 못 들은 사람들은 다른 사람의 말을 듣고 내 비밀을 알게 되었다. 그렇게 전해 듣자마자 그 사람들 머리 위에도 아이콘이 뿅 뜬다.

이 사람들이 아래층에 내려가서 다른 모험가들과 만나 이 이야기를 떠들게 되면 또 전염되듯 스킬 효과가 퍼질 것이다.

이런 활용법은 당연히 김민수에게서 배웠다. 배웠다기보다는 베꼈다는 표현이 더 어울리지만, 그거야 뭐 아무튼.

커뮤니티가 1층부터 되면 이런 짓은 굳이 안 해도 되겠지만, 공용 커뮤니티가 활성화되는 건 5층까지 간 이후의 일이다.

그러니 지금은 소문에 의지해야 했다. 굳이 회귀자라는 걸 밝

힌 건 소문이 돌 만한 자극적인 비밀이 그것밖에 생각 안 나서
였다.

이런 걸 밝히면 누가 날 납치해서 지식과 정보만 빼먹을 수도
있겠지만, 지금은 그런 걸 걱정할 이유가 없다.

왜냐면 나는 35레벨이니까.

적어도 1레벨 모험가 사이에선 무적이니까.

아, 참고로 김민수의 경우는 [비밀 교환]의 소문을 퍼뜨렸었다.

그런데 그게 생각보다 안 좋더라고.

견제도 당하고 따돌림도 당하고. 차라리 회귀자가 낫지.

능력의 유지 시간은 사실상 무제한에 가깝다.

따라서 비밀을 가져오는 건 비밀의 가치가 커지는 나중으로
미뤄도 된다.

그러니 지금은 일단 내 폭탄 발언에 대한 수습부터 해야겠다.

"설명은 나중에 하죠. 시간 없어요. 따라오세요."

원래 수습은 말로 하는 게 아니다. 행동으로 하는 거지.

*   *   *

내가 먼저 앞서서 나가자, 사람들은 내 뒤를 따라오기 시작했다.

물론 전부는 아니고 안 따라오는 사람도 있었지만.

뭐, 다 자기 선택이다. 억지로 끌고 올 필요는 없다.

미궁 1층의 룰은 심플했다. 미궁을 헤매다가 출구를 찾아 나
가면 된다. 기본 중의 기본이라 할 수 있겠다.

그러나 문제는 미궁을 돌아다니는 미노타우로스, 그러니까 소

머리 거인이다. 키는 3m를 넘고 거대한 양날 도끼를 든 이 근육질의 거대한 몬스터는 사람을 잡아먹는다.

온갖 짓을 다 해 봐야 5레벨 올리는 게 한계인 1층 모험가로서는 도저히 항거할 수 없는 위협이다.

그냥 숨바꼭질의 술래라 보면 된다.

잡히면 죽는다.

미궁 1층에 이 술래가 몇 명이나 있는지는 나도 모른다.

그저 10만 명을 만 명으로 줄어들게 할 정도면 적은 수는 아니리라 추측할 뿐이다. 게다가 위협은 미노타우로스뿐만이 아니다.

"끼익, 끽끽끽!"

"끄그르그그그그!!"

각종 게임이나 소설 등에서 너무나도 유명한 인간형 몬스터, 고블린들이 나온다.

이놈들은 유적을 헤매는 모험가의 뒤를 급습하거나, 갖가지 방법으로 모험가의 유적 탈출을 방해한다.

같은 곳을 두 번 헤매지 않기 위해 흔적을 남겼는데 그 흔적이 사라졌다면 고블린의 짓이라 봐도 무방했다.

그나마 고블린은 미노타우로스에 비하면 환영받을 만한 존재다.

상대적으로 작고 약해서 1레벨의 모험가라도 죽일 수 있고, 죽이면 경험치를 얻어 레벨 업을 할 수도 있기 때문이다.

당연하지만 내게는 전혀 반가운 존재가 아니다.

죽여도 경험치를 얻을 수 없으니까.

레벨 차이가 너무 큰 탓이다. 안타깝게도 미궁은 막타만 치면 경험치가 나오는 편리한 시스템과는 거리가 멀었다.

직접 싸우지 않으면 경험치는 나오지 않는다.

내가 고블린들의 팔다리를 으깨 놓고 다른 사람들더러 죽이라고 해서 경험치를 몰아주는 짓이 불가능하다는 이야기다.

게다가 고블린들은 우리처럼 몰려다니는 모험가 무리는 거의 습격하지 않는다.

대신 미노타우로스에게 가서 모험가 무리의 위치를 알린다.

즉, 지금 이 상황은 꽤 위험한 축에 속한다고 할 수 있었다.

"끽! 끽!"

저쪽 통로 너머서 우릴 지켜보고 있던 고블린들이 빠졌거든.

아니나 다를까.

쿵, 쿵, 쿵, 쿵!

"꺄아아아악!"

"으아아아악!"

부웅! 쿠직! 콰작!

"으어어……! 으아아아……!!"

바로 벽 너머에서 들리는 괴물 거인의 발걸음 소리와 거대한 양날 도끼의 파공음, 그리고 사람들의 비명, 단말마.

미노타우로스가 벌써 가까이 왔다.

여기 있는 사람들에게는 다행히도 다른 희생양들을 먼저 습격한 듯했다. 그러나 저쪽에서의 일이 끝나면 바로 이쪽으로 오겠지. 하얗게, 혹은 파랗게 질린 얼굴을 보아 하니 다른 사람들도 그리 어렵지 않게 눈치챈 모양이었다.

"빨리 움직여요, 빨리!"

"히이이익!"

내 억누른 목소리에 사람들은 입을 틀어막으며 안내에 따랐다.

다행히 미궁 초기화 때마다 길이 달라지진 않는지, 지금까지는 길 찾기가 수월했다.

혹시나 했는데 역시나가 아니라 다행일 뿐이다.

여기서 코너를 돌면……

됐다. 찾았다. 출구다.

"저쪽이에요! 빨리 뛰어요! 발밑 조심하고!!"

나는 사람들에게 모순되는 요구를 했지만 내게 불만을 토로하는 목소리는 들리지 않았다.

쿵! 쿵! 쿵! 쿵!

이미 한 번 들었던 육중한 발소리가 통로 뒤편에서 들렸다.

뭐가 오고 있는지는 명백했다. 착각의 여지란 조금도 없다.

"끄어어어!!"

미노타우로스가 포효했다.

"달려요! 내가 뒤를 막을 테니! 가요!!"

나는 크게 외쳤다.

"으아아아아!"

"사람 살려!!"

내 외침으로 인해 이제는 목소리를 죽일 필요가 없어졌다는 것을 깨달은 사람들이 목청껏 소리 지르며 달려 나갔다. 나는 그들의 등을 치며 뒤로 나섰다.

"빨리, 빨리! 빨리 가!!"

"아, 아저씨는요?!"

출구 근방에서 몇몇이 이쪽을 돌아보며 걱정하는 눈빛을 보내고 있었다. 나는 뒤처진 사람들을 앞으로 보내며 외쳤다.

"아저씨 아니야!"

아차, 반사적으로 그만.

"먼저 가! 얼른! 뛰어들어 가!!"

쿵! 쿵! 쿵! 쿵!!

실시간으로 가까워지고 있는 발소리와 원근감이 고장 난 듯 점점 커지는 미노타우로스의 모습.

"사, 살려! 살려 줘!!"

"으아아아아!!"

뒤처진 사람들의 발이 꼬이고, 나뒹굴고, 난리도 아니었다.

이것저것 따질 때가 아니었다. 나는 넘어진 사람들을 대충 집어 출구 쪽으로 집어 던졌다. 35에 달하는 근력은 이 작업을 매우 수월하게 할 수 있게 해 주었다.

"들어가! 어서!!"

마지막까지 이쪽을 보고 있던 모험가들마저 더 이상 못 버티고 출구를 향해 몸을 던졌다.

이제 나 혼자 남았다. 그 사실을 확인한 후에나 나는 칼을 뽑았다.

"꾸어어어엉!"

"그래. 굽자, 구워."

나는 미노타우로스의 풀 스윙을 가볍게 피하고 뛰어올라 녀석의 소머리를 팔로 휘감은 후 심장에 칼을 박아 주었다.

미노타우로스?

1레벨한테나 술래지. 나한테는 맛 좋은 사냥감이거든.

그럼에도 불구하고 언제든 죽일 수 있는 미노타우로스를 마지막에나 죽인 건 당연히 이유가 있다.

다른 모험가들이 좀 더 서둘러 주길 바랐기 때문이고, 내게 고마움을 느끼도록 하기 위해서였다.

나도 저 사람들도 시간 낭비 안 해서 좋고, 어차피 또 볼 사람들이니까 미리 평판을 올려 두면 좋지.

─레벨 업!

"오."

이게 되네?

7층에서 35레벨 경험치를 꽉 채워 놨었던 탓에, 미노타우로스 딱 한 마리의 경험치 만으로도 36레벨이 될 수 있었던 모양이다.

어쩌면 1층에선 레벨 제한 때문에 레벨 업을 못할지도 모른다고 생각하고 있던 내게는 참 안심되는 메시지였다.

"좋아, 그럼… 몇 마리 더 잡아 볼까?"

원래는 1층은 재빨리 깨고 넘어갈 생각이었지만, 계획이야 늘 바뀌는 법이지. 무엇보다 오랜만의 미궁 아닌가?

"미궁의 기본은 탐사지."

나는 인벤토리에 미노타우로스의 양손 도끼를 집어넣으며 입술을 핥았다. 처음 왔을 때는 그저 암담하기만 하던 미궁 1층이 어느새 내겐 기대와 흥분의 장이 되어 있었다.

"끄우어어어!"

"사람 살려!"

아차, 이렇게 신을 내고 있을 때가 아니지.

지금 다른 사람들이 죽어 나가고 있는데.

"지금 가요!"

그래도 구해 주러 가는 길이니, 발걸음이 가벼운 것만은 이해해 줬으면 좋겠다.

*　　　　*　　　　*

나는 내가 미궁에 대해 잘 알고 있다고 생각했다.

아무 근거 없이 그냥 하는 말이 아니다.

미궁에서만 50년 가까이 살았다.

물론 그 경험이 7층에만 몰려 있음을 부정하지는 않는다.

그래도 나는 다른 모험가들의 기록을 수천 차례, 수만 차례 열람했다. 이렇다 보니 내게 이런 자신감이 생기는 것도 어찌 보면 당연했다.

그런데 이 믿음이 고작 미궁 1층에서 깨져 버릴 줄은 몰랐다.

"…엄청 넓네."

사실 조금만 생각해 봐도 당연한 거였다.

10만 명이 헤매고 다니는 미궁 1층이다.

조금 넓은 정도로는 이 정도 인원을 수용하지도 못한다.

아무리 그래도 그렇지, 이건 너무 넓었다.

내가 기존에 알고 있는 영역이 1%에도 채 미치지 못할 정도였으니 말이다. 그것도 좀 느긋하게 탐사를 하는 것도 아니고 계속 뛰어다니고 소리 지르고 싸워야 했으니, 아무리 체력이 35라도 피로를 느낄 수밖에 없었다.

모험가들을 가까운 출구로 인도해 대피시키고.

눈에 보이는 미노타우로스를 모조리 때려잡고.

더 먼 곳의 미노타우로스를 유인하기 위해 고블린들은 오히려 살려 보내고…….

어쩌 사람 살리는 것보다 미노타우로스 잡는 데에 더 치중한 것 같지만, 뭐 이게 사람 살리는 거랑 마찬가지니 신경 쓸 필요 없겠지.

그 덕에 성과는 충분히 냈다.

일단 사람을 많이 살렸다.

일일이 세지는 않았지만 아마 천 명은 족히 살린 것 같았다.

그래 봐야 미궁 1층 총인원의 0.1% 정도밖에 못 살린 거지만, 그 0.1%가 적은 수가 아니니 위안은 됐다.

더불어 미궁 1층에서 사람이 가장 많이 죽어 나가는 원인인 미노타우로스도 상당수 제거했으니, 간접적으로 살린 인명은 그 보다 더 많을 것이다.

물론 다른 사람 좋은 일만 한 건 아니다.

[이철호]

레벨: 37레벨

레벨이 두 단계나 올랐다! 따라서 능력치 한계도 37로 오르고 미분배 능력치도 2가 더해졌다.

당분간은 능력치를 배분할 계획이 없다.

필요가 있어야 배분을 하건 말건 하지. 미노타우로스도 맨손 으로 잡는데 뭐.

아, 그리고 전리품으로 미노타우로스의 양날 도끼를 대량으로 확보할 수 있었다. 일반 기술 보너스로 인벤토리 확장을 받지 않았더라면 이 아까운 쇳덩어리들을 다 놓고 갈 뻔했다.

마지막으로 탐사 중에 발견한 아이템이 있다.

그래 봐야 1층이니 별 가치가 있는 물건을 기대하진 않았다.

대부분 그냥 버리고 가도 상관없는 물건들이었지만, 전부 다 그런 건 아니었다.

[훼손된 성상: 훼손되어 누구의 성상인지 알 수 없다. 그러나 채널은 살아 있다.]

"아니, 이게 왜 여기 있냐……."

미궁 1층의 막다른 골목에 놓인 이것은 골치 아픈 물건이었다.

미궁에는 성좌라는 존재가 있다. 일종의 신 비슷한 존재인데, 신보다는 한 급 떨어진다고 해야 하나. 뭐 아무튼 그렇다.

모험가는 11층쯤부터 성좌와 엮이기 시작한다.

성좌는 자기 마음에 드는 모험가에게 자신을 섬기면 힘을 주겠다는 식의 후원 계약을 제의한다.

후원을 받으면 뭐 축복도 받고, 능력도 얻고, 이것저것 좋다고 하던데, 이건 내가 직접 경험해 보지는 못했다.

지난번의 모험은 7층에서 끝났으니 뭐, 당연하다면 당연한 일이다.

어쨌든 앞서 말한 건 잘 풀렸을 경우.

그 말은 곧, 잘 안 풀렸을 경우도 있다는 뜻이다.

덜컥 후원 계약을 맺은 건 좋은데 성좌랑 엇나가기 시작하면 그때부턴 악몽이다. 다른 계약자를 동원해서 죽이려고 하는 건 약과고, 온갖 고문에 저주에… 죽는 것보다 못한 처지에 빠지기도 한다.

그러니 성좌와의 계약은 신중해야 한다.

…그렇게 알고 있다.

갑자기 왜 성좌 이야기를 꺼내느냐면, 당연히 이 훼손된 성상이 성좌와 관계가 있는 아이템이기 때문이다.

성상 아이템은 모험가가 먼저 성좌에 접견할 수 있는 몇 안 되는 수단 중 하나이다. 사용 방법은 간단하다.

그냥 집으면 된다.

그것만으로 성좌와의 채널이 연결되며 자동으로 접견이 된다.

대부분의 성좌는 자신의 성상을 통해 접견을 요청한 모험가를 우호적으로 대한다.

바로 후원 계약을 맺어 주는 것은 물론이고, 그 직후 능력 하나를 내려 주는 게 보통이다. 말하자면 발견하는 것만으로도 로또 터진 거나 다름없는 아이템이다.

…이 성상이 훼손되지만 않았다면 그랬다는 소리다.

아니, 성상이 훼손된 건 문제가 아니다. 성상의 훼손에 화를 내는 성좌가 없진 않지만 드물다. 대부분은 좋아한다. 오히려 훼손된 성상을 찾아 주었다며 더 많은 능력을 퍼 주는 성좌도 있을 정도다.

진짜 문제는 이 성상이 누구의 성상인지 알 수 없다는 점이다.

성좌 중에도 절대 접근 금지 급의 미친놈은 있다.

그저 접견 요청을 한 것만으로도 건방지다며 저주를 거는 성좌가 있는가 하면, 선물로 달콤한 죽음을 선사해 주겠다며 바로 죽여 버리는 성좌도 있다.

만약 이 성상이 그런 성좌의 성상이라면?

"아… 씨."

확률은 낮다.

그러나 치명적이다.

내가 이 성상을 집을까 말까 고민하고 있는 이유가 이거였다.

"아."

그러다 문득, 나는 어떤 기억을 떠올렸다.

"맞다. [비밀 교환]은 사람한테만 통하는 게 아니었지."

이것도 김민수가 알려 준 비밀 중 하나다. 하도 외로워서 칼에다 대고 비밀을 말해 봤더니 아이콘이 떴다고 했던가.

하여간 그놈도 어지간히 미친놈이다. 하긴, 이 미궁에서 구르다 보면 누군들 안 미쳐 버리겠냐마는.

그렇다고 아무 데나 대고 해도 되는 건 아니고, 비밀을 간직한 아이템에만 통한다고 한다.

[훼손된 성상]에도 비밀은 있겠지?

원래 누구의 성상인지가 그 비밀이면 좋겠는데.

나는 작은 희망을 담아 성상에게 속삭였다.

"크흠, 큼. 사실 전 회귀자입니다."

—[비밀 교환]이 발동 조건을 만족했습니다.

"오!"

하기 전엔 미친 짓이라고만 생각했는데, 설마 진짜 뜰 줄은 몰랐다. 수치심을 참고 시도해 본 보람이 있다.

나는 바로 [비밀 교환]을 사용했다.

―이 성상은 '행운의 여신'의 성상입니다.

그러자 내가 원하는 비밀이 나왔다.

"행운의 여신?"

여신의 성상이 왜 여기 있지?

앞서 말했듯 신은 격이 다른 존재다.

신의 격이 더 높고, 그에 비하면 성좌의 격은 약간 처진다.

"어쨌든… 처음 듣는 이름이지만 위험해 보이지는 않는군."

'행운'의 '여신'이다.

느낌이 좋지 않은가?

적어도 나쁘진 않다.

"후… 좋아."

나는 습관처럼 심호흡을 한 번 하고는 훼손된 성상을 향해
손을 뻗었다.

2장
—
제2층

　―[훼손된 성상]이 [행운의 여신] 채널에 접속을 시도합니다.

　―[행운의 여신] 채널에 접속을 성공하였습니다.

　성상을 집자마자 상태 메시지가 요란했다.

　곧 미궁 커뮤니티가 자동으로 활성화되며, 성좌 채널이라는 항목이 생겼다. 그리고 채널을 통해 이런 메시지가 쏟아졌다.

　[행운의 여신이 좋아합니다.]

　[행운의 여신이 당신에게 선물을 줍니다.]

　"오."

　만나자마자 바로 선물부터 주다니. 이건 역시 성상 보너스겠지?

　―새로운 능력치를 얻었습니다.

　―[행운]

나는 재빨리 상태창을 켜 새로 받은 선물을 확인해 보았다.

기본 능력치: 근력 35] [체력 35] [민첩 35] [솜씨 35]

특별 능력치: [행운 2]

기본 능력치와 구분되는 특별 능력치라는 항목이 새로 생겼으며, 새로 얻은 [행운]은 그쪽으로 분류되었다.

그건 그렇고, 행운이 2라…….

"높은 편은 아니네."

1레벨의 모험가는 보통 1에서 5 사이의 초기 능력치를 지니니, 2면 높은 편이 아닌 게 아니라 그냥 낮은 거였다.

그런데 낮은 능력치에 실망한 건 나뿐만이 아니었다.

[행운의 여신이 당신의 낮은 행운에 실망합니다.]

행운의 여신도 마찬가지였다.

게다가 이게 실망으로 끝나질 않았다.

[행운의 여신이 당신의 낮은 행운을 조롱합니다.]

[행운의 여신이 당신의 낮은 행운을 조롱합니다.]

"…아니?"

갑자기 분위기가 왜 이래?

[행운의 여신이 당신에게 무작위의 저주를 내립니다.]

[운이 좋으면 아무 일도 없을 것이라 조롱합니다.]

[저주는 5초 후에 활성화됩니다.]

[5… 4……]

"아니!"

이게 갑자기 무슨!

나는 재빨리 상태창을 다시 켜서 미배분 능력치를 행운에 투자했다.

[행운 37]

급한 마음에 몰빵을 질렀다. 그러자…….

—[행운의 여신]의 [무작위의 저주]가 쏟아집니다!

—[불운한 노예 착취]!

—모든 능력치가 10 - [행운]만큼 저하됩니다!

—행운이 10보다 높습니다.

—저주가 역으로 작용합니다.

—[혁명! 황제 죽이기]!

—모든 능력치가 27 증가합니다!

—능력치가 한계에 달했습니다.

—이번에 반영되지 않은 상승분의 능력치는 미배분 능력치로 전환됩니다.

…뭔가, 뭔가 일어났다.

기본 능력치: [근력 37] [체력 37] [민첩 37] [솜씨 37]

특별 능력치: [행운 37]

미배분 능력치: 166.

"오, 아?"

내가 상태창을 보며 말을 잃은 사이.

[행운의 여신이 울부짖습니다.]

[행운의 여신이 울부짖습니다.]

[행운의 여신이 울부짖습니다.]

행운의 여신은 마치 멋모르고 선물 시장에 손댔다가 자산을 전부 날린 투자자처럼 울부짖었다.

그리고…….

[행운의 여신이 기절했습니다.]

"…엥?"

저게… 여신?

              *   *   *

행운의 여신은 정말로 기절한 건지, 아무리 훼손된 성상을 손에 쥐고 흔들어 봐도 아무 반응이 없었다.

"대충 이 성상이 왜 훼손된 건지 알겠네."

행운 좀 낮다고 조롱하다가 냅다 저주를 걸다니.

이 여신, 성질이 좀 많이 안 좋다.

어쨌든 이번에는 운이 따라서 이득을 많이 보긴 했다.

미배분 능력치만 쳐도 127이 오른 데다, 정상적으로 오른 능력치를 합치면 총합 135에 달하는 능력치를 얻었다.

이 정도면 문자 그대로 막대한 이득이라 봐도 됐다.

하지만 만약 내게 행운에 투자할 충분한 미배분 능력치가 없었으면? 우물쭈물하다 대응이 조금이라도 늦었으면?

뭐, 지금 내 수준으론 능력치가 8 정도 깎인다고 치명적일 정도는 아니다. 복구는 힘들겠지만 불가능한 것도 아니고.

그래도 기분은 되게 나빴겠지. 엄청 안 좋았을 것이다.

"에비."

나는 행운의 여신 성상을 인벤토리 깊숙한 곳에 던져 넣었다.

아무리 이득을 봤다고 한들 기분 나쁜 건 기분 나쁜 거였다.

아마 다시 꺼낼 일은 없지 않을까? 그렇게 생각했었다.

[행운의 여신이 너 뭐냐고 묻습니다.]

성상을 인벤토리에 처박아 둬도 성좌와의 채널이 연결된 채였다는 걸 알게 되기 전까지는.

…어디다 버려야 하나?

아니면 봉인이라도?

[행운의 여신이 질문에 대답하라고 윽박지릅니다.]

어따, 여신님 성질 안 좋은 거 보소.

나는 인벤토리에서 성상을 다시 꺼내 마이크처럼 손에 쥐고 대답해 주었다.

"사실 저는 회귀자입니다."

—[비밀 교환]이 발동 조건을 만족했습니다.

어? 이거 설마…….

행운의 여신 성상을 바라보니 [비밀 교환]의 활성화 아이콘이 영롱하게 떠 있었다.

나는 바로 [비밀 교환]을 사용했다.

—[행운의 여신]의 이름은 '티케' 입니다.

"티케?"

이 두 음절을 발음하자, 반응은 이보다 더 뜨거울 수 없었다.

[행운의 여신이 경악합니다.]

[행운의 여신이 경악합니다.]

[행운의 여신이 경악합니다.]

한참 동안이나 경악하던 여신, 티케는 곧 주저하면서도 내게 질문을 던졌다.

[행운의 여신이 어떻게 알았냐고 묻습니다.]

"아, 제게 [비밀 교환]이라는 능력이 있는데……."

─[비밀 교환]이 발동 조건을 만족했습니다.

오? 그러고 보니 이것도 비밀이었지.

[행운의 여신이 하지 말라고 외칩니다.]

[행운의 여신이 울부짖습니다.]

[행운의 여신이 울부짖습니다.]

뭐가 어떻게 돌아가고 있는지 눈치라도 챈 듯, 여신의 반응은 다급하기 짝이 없었다. 아무리 여신이라도 비밀이 까발려지는 건 못 참는 모양이었다.

"크흠, 알겠습니다. 안 하지요."

[행운의 여신이 안도합니다.]

"당분간은요."

그러니까 앞으로 처신 잘하라고.

[행운의 여신이 경악합니다.]

*　　　　　*　　　　　*

[Tip!]: '상태창'이라는 단어를 떠올리면 상태창을 열 수 있습니다. 모험가의 이름과 능력을 알 수 있습니다. 모든 모험가에게는 고유 능력 하나가 주어지니 잘 활용해 보세요.

[Tip!]: '인벤토리'라는 단어를 떠올리면 모험가 전용의 개인용 사물함을 열 수 있습니다. 인벤토리에는 기본적으로 주어지는 무기 하나가 처음부터 들어 있습니다.

모험가가 미궁 1층의 출구를 통해 빠져나오면 주변의 모든 것이 어둠으로 물든다. 그리고 저 팁 두 개가 빛나는 문자로 떠오른다.

이런 중요한 정보를 2층으로 내려오는 도중에야 알려 주는 저의는 무엇일까? 놀리는 건가?

그런 걸 수도 있겠다 싶다. 기본적으로 미궁은 모험가에게 불친절하고, 부조리하고, 불합리한 곳이니까.

10만 명의 모험가를 수용할 수 있는 규모의 미궁 1층을 전부돌아보는 것은 무리였다.

물도 있고, 식량도 있고, 체력도 받쳐 주니 시간만 주어졌더라면 가능했을 수도 있겠지만, 그 시간이 주어지지 않았다.

고작 세 시간 만에 미궁 1층은 무너져 내리기 시작하고, 제한시간 안에 출구에 도달하지 못한 모험가는 모두 죽는다.

그러니까… 나는 최선을 다했다.

[이철호]

레벨: 38레벨

남은 시간을 최대한 활용하여, 기어코 38레벨을 찍고야 만 것이었다. 더군다나 이 성과에는 또 다른 부수적인 효과가 있었다.

[1층의 모험가 10만 명 중 생존하여 2층까지 내려온 모험가는 2만, 1천, 8백, 4십, 1명입니다.]

[생존을 축하드립니다.]

이 생존자 수를 세어주는 공지 사항은 마지막 모험가가 다음층으로 내려왔을 때 모든 모험가를 대상으로 전해진다.

그러니까 내가 2층에 가장 마지막으로 내려온 모험가인 셈이다.

다른 사람들은 이런 미궁의 공지 사항을 듣고 탄식하거나 안도했을지도 모르겠다.

너무 많은 사람이 죽었다.

그래도 나는 살아남았다.

이런 생각을 하고 있을 것이다. 하지만 나는 다르다.

"그럼 내가 만 명 넘게 살린 거네?"

나는 뿌듯함을 느끼고 있었다.

지난번의 미궁에선 만 명 겨우 살았는데, 이번엔 2만 명이라니. 이 정도면 좀 뿌듯해해도 되지 않을까?

사실 좀 놀랍기도 하다. 내가 직접 출구로 인도해서 살린 모험가는 천 명도 안 될 텐데, 그 열 배 가까이가 더 살았으니 말이다.

"미노타우로스 유인 작전이 꽤 쓸모가 있었나 보네."

나는 그렇게 혼잣말을 하며 2층으로 나갔다.

"와아아!"

"역시, 살아 있었어!"

"다행이다, 다행이야!"

2층 로비에 도착하자마자, 나는 사람들의 열렬한 환영을 받았다.

잠깐 당황했지만 생각해 보면 당연한 일이었다.

내 덕에 안 죽고 산 사람이 한둘이 아니었으니까.

뭐, 이유가 그저 고마워하기 위한 것만은 아니겠지만.

"오빠만 기다리고 있었어요!"

"회귀자 오빠, 2층은 어떻게 하면 돼요?"

예쁘장한 여자애 둘이 내게 들러붙어서 달콤한 목소리로 애교를 떨었다.

속내가 너무 뻔히 보여서 가증스럽기는커녕 차라리 귀엽게까지 느껴질 정도였다.

그래, 누군들 안 그러겠는가? 편하고 확실한 길을 놔두고 누가 모험을 선택하겠어.

―[불변의 정신]이 상태 이상 [유혹]에 저항합니다.

―[불변의 정신]이 상태 이상 [매료]에 저항합니다.

―저항 성공!

회귀자의 변덕에 목숨을 거느니, 그냥 그 회귀자를 꼬셔 버리는 게 가장 확실하다. 누가 내게 상태 이상을 걸었는지는 너무 확실해서 착각의 여지가 없었다.

내 옆에 들러붙은 두 여자겠지.

이런 수작이 내게 조금이라도 위협이 되어야 기분이 나쁠 텐데, 이빨이 박히기는커녕 흠집도 안 나니 차라리 헛웃음이 나왔다.

나는 여자들을 가볍게 털어 내었다.

"떨어져. 나한테는 이런 거 안 통해."

"앗!"

"어, 어째서!"

여자들은 당황해하면서도 내게서 떨어졌다.

"흠, 배후가 있나?"

나는 두 여자를 노려보며 물었다.

둘 다 입술을 꾹 깨문 채 대답하지 않았다.

상관없었다.

[비밀 교환]이 반응했으니까.

애초에 나에게 '회귀자 오빠'라 부르며 접근한 여자들이다.

아무리 공공연한 비밀이 되었다 한들 비밀은 비밀.

[비밀 교환] 소유자의 비밀을 알고 있다면 당연히 [비밀 교환] 활성화 아이콘이 머리 위에 뜨게 되어 있다.

나는 바로 아이콘을 눌러 능력을 활성화했다.

―배후는 이 사람입니다!

어떤 남자의 얼굴이 떠올랐다. 그냥 지나치면 기억에도 안 남을, 평범하다 못해 흐릿한 인상의 젊은 남자였다. 이름은 이연중인가.

이것만으로는 단서가 조금 부족했기에, 나는 다른 여성의 아이콘을 눌렀다.

―이연중의 고유 능력은 [정신 지배]입니다!

이 이연중 씨가 자기 고유 능력인 [정신 지배]로 이 두 여자를 지배해 버린 것 같았다.

두 여자에게서 알아낸 내용이 이 정도였다.

[비밀 교환] 성능 확실하네.

덕분에 일이 어떻게 된 건지 알았다.

이연중이 이 두 여자를 [정신 지배]해서 내게 붙인 거다. [유혹]하고 [매료]하라고 말이다.

더욱 확실한 수단인 [정신 지배]를 든 이연중이 왜 직접 나서지 않고 두 여자에게 하청을 줬는지는 대충 짐작이 간다.

자신은 위험 부담을 지고 싶지 않았던 거겠지. 일이 잘못되어도 두 여자만 잘라 내고 끝내고 싶었을 거다.

이렇게 뒤에서 음습하게 움직이는 놈들 패턴이 다 똑같다.

하지만 이연중은 두 개를 몰랐다.

내가 [불변의 정신]을 가졌다는 것.

내가 [비밀 교환]을 가졌다는 것.

모르나요? 모르나요? 모르면 맞아야죠.

주변을 휘휘 둘러본 나는 이연중의 모습을 그리 어렵지 않게 찾아내었다.

눈이 마주쳤다.

당황하는 기색이 역력했다. 확실하군.

나는 칼을 뽑아 들고 놈을 향해 성큼성큼 걸었다.

"어, 어어!"

"갑자기 칼은 왜 뽑아요?"

주변 사람들은 놀라면서도 굳이 내 앞을 막지 않고 길을 비켰다.

그러나 모두가 그런 건 아니었다. 누가 봐도 힘세고 튼튼해 보이는 덩치 둘이 내 앞을 가로막았다.

영 눈치가 없군. 물론 이 덩치 둘은 이연중의 명령을 들었을 뿐일 테니, 눈치가 없는 건 이연중 쪽이다.

나는 속으로 혀를 차며 손가락 하나를 들었다. 그리고 그 손가락으로 덩치들을 슥슥 밀었다.

"윽!"

"악!"

그 가벼운 동작에 덩치들이 밀려나 나뒹굴었다.

이게 다 레벨 차이, 능력치 차이 때문이다.

이제 내 앞을 가로막는 건 아무도 없다.

내 앞엔 이연중 하나뿐이다.

"어, 으, 히이익!"

이연중은 이상한 비명 비슷한 소릴 내더니 곧장 뒤돌아 도망 치기 시작했다. 그러나 반응이 너무 늦었다.

나는 한 번 획 뛰어서 칼을 딱 한 번 휘둘렀다.

퍽!

이연중의 목이 바닥에 나뒹굴었다.

"어, 어어!"

"으아아악!"

"사람, 사람이 죽었어!!"

내 행동에 대한 사람들의 반응은 가지각색이었다.

그저 놀라는 사람.

공포에 질려 비명을 지르는 사람.

내게 비난의 눈초리를 날리는 사람.

공통점이 있다면 어쨌거나 시끄러웠다.

"잘 들어라!"

나는 크게 외쳐 사람들을 조용히 시켰다.

"같은 모험가에게 자기 고유 능력을 쓰는 것까지는 자유다. 그러나 고유 능력으로 사람에게 수작을 치다 걸리면 죽음을 각 오해야 한다."

나는 목이 달아난 이연중의 시체를 손으로 가리키며 선언했다.

"이것이 미궁의 룰이다!"

*　　　　　　*　　　　　　*

경찰도, 군대도, 정부도, 법도 없는 곳.

이곳이 미궁이다.

이러한 미궁에서 모험가끼리의 다툼을 해결하는 방법은 간단하다.

힘이다.

무력이다.

그러나 모든 갈등에 힘부터 들이대는 방식은 너무 많은 피해를 낳는다. 무엇보다 모험가의 적은 몬스터고, 목적은 미궁의 돌파다.

넓은 의미에서 보자면 같은 편인 모험가끼리 피를 흘리는 것은 그리 바람직하지 않다.

'능력에 당하면 피해자는 가해자를 죽여도 된다.'

그렇기에 생겨난 최소한의 규칙 중 하나가 이것이었다.

어쩌면 다툼을 더 조장하는 규칙으로도 보이지만, 실상은 다르다.

[정신 지배] 같은 위험한 능력을 다른 모험가에게 사용할 때, 한 번쯤은 망설이게 되는 효과를 낳기 때문이다.

더욱이 당해 본 사람은 다들 잘 알기에, 나중에는 자연스레 자리 잡을 규칙이다.

그러나 여기는 고작 미궁 2층이다.

아직은 당해보지 못한 사람의 숫자가 당해 본 사람보다 훨씬 많다.

대부분은 자신에게 고유 능력이라는 게 주어졌다는 사실조차 미궁 2층의 팁을 듣고서야 알았을 테니 당연하다.

그렇다 보니 내 말에 동조하는 사람도 없지는 않았지만, 그렇지 못한 인간도 있을 수밖에 없었다.

다만 대부분을 차지하는 건 지금 뭐가 어떻게 된 건지 눈치채지 못한 사람들이었다.

"뭐가 어떻게 된 건지는 모르겠지만, 아무리 그래도 변론도 듣지 않고 죽여 버리는 건 너무하지 않습니까?"

누군가가 나서서 말했다.

이지적인 인상의 아저씨였다.

미궁에 오기 전엔 변호사라도 했으려나?

나는 반박하기 위해 입을 열려고 했지만, 결과적으로 그럴 필요는 없었다.

"이 쌉처먹을 놈이 감히 나한테 최면을 걸었어!"

이연중이 죽어서 정신 지배에서 풀려난 덩치 중 하나가 이연중의 시체를 발로 차며 성질을 부려 댔다.

"저, 저한테도 주인님이라고 부르라고 했어요!"

"저도, 저도요!"

내가 2층 로비에 나오자마자 내게 접근해 [유혹]과 [매료]를 건 여자들도 다급하게 증언했다.

"최면? 최면이라고?"

"그런 것도 가능했어?"

"무섭네……."

그제야 상황이 어떻게 돌아가고 있는 건지 이해하는 사람들이 늘어나기 시작했다.

"만약 내가 이 인간의 목을 바로 치지 않았더라면 여러분 중에서도 추가로 최면… 에 걸리는 사람이 나왔을 겁니다."

사실 [정신 지배]인데, 이미 최면이라는 단어가 나와 버렸고 사람들의 이해가 빠르니 굳이 정정하진 않았다.

"나중에는 거의 모두가 이 인간의 노예가 되어 소모품으로 쓰였겠죠."

미궁 팁을 듣고 자기 능력을 확인하자마자 활용하는 꼴을 보아하니 앞날이 훤히 보였다.

기본적으로 최대한 많은 사람을 살려서 미궁 아래로 내려가겠다는 의지를 품고서도 지금 당장 이연중의 목을 쳐버린 것도 이 때문이었다.

사람 상대로 이런 위험한 능력을 아무렇게나 써버리는 놈들은 곧 다른 사람의 목숨도 아무렇게나 써버리기 마련이니까.

장기적으로 볼 때는 지금 죽여두는 게 오히려 더 많은 사람을 살리는 길이다.

이것이 내 생각이고, 지난번의 모험가들이 똑같이 품은 생각이기도 하며, 단순한 이론이 아니라 이를 뒷받침할 수없이 많은 실사례를 낳기도 한 명제이기도 했다.

당장 김민수만 봐도 결국 다른 사람 다 죽이고 혼자 49층까지 내려갔다 죽어버렸으니 말이다.

"아무리 그래도……."

"아니, 입장 바꿔서 생각해봐. 네가 최면 걸리면 어쩔래?"

"우와, 진짜 싫다……."

"어, 진짜 기분 더러웠다니까?"

아직도 내 의견에 반대인 사람들도 없진 않았지만, 내가 좋은 말로 설득하니 내 설득에 동조하는 사람들의 비율이 늘어나기 시작했다.

게다가 실제로 최면에 걸렸다고 주장하는 사람들이 목소리를 높이니 대충 분위기가 정리되기 시작했다.

사람들의 반응을 적당히 지켜보고 있던 나는 슬슬 때가 된 것 같아 손을 들고 목소리를 높였다.

"뭐, 지나간 일은 이걸로 됐다 칩시다. 그래도 할 건 해야지. 이쪽으로 모이세요. 미궁 2층 공략법을 알려 줄 테니."

그러자 이제껏 하나가 되지 못했던 사람들이 하나가 되었다. 모두 내게 모여들어서 귀를 쫑긋 세웠다는 뜻이다.

사람들 참.

이게 사람이지.

오랜만에 느끼는 사람의 참맛이다.

*   *   *

"미궁 2층은 고블린 굴입니다."

나는 설명을 시작했다.

고블린 굴은 통로와 방으로 이루어진 개미굴 같은 지하 토굴이다. 굳이 분류하자면 미궁보다는 던전에 가까운 형태라고 할 수 있겠다.

1층과 마찬가지로 2층의 룰 또한 간단하다. 길을 가로막는 고블린들과 싸워서 이기고 나아가면 된다.

이런 단순 무식한 구조 덕에 사실 공략법이라고 할 것도 없다.

그나마 팁이라고 할 만한 거라면 토굴의 아래로 내려갈수록 강력한 고블린이 등장한다는 것?

그러니 갈림길이 나오면 가급적 위로 향하는 길을 선택하라는 것 정도이려나.

물론 실력에 자신이 있으면 아래로 내려가며 더 강한 고블린을 죽이고 경험치를 쌓아 레벨 업을 꾀해도 좋다.

"워낙 기습을 즐겨 하는 놈들이라 혼자 다니긴 벅찰 테니, 가급적 서너 명씩 팀을 이뤄서 다니도록 하고……."

그런데 내 설명을 듣던 몇몇 사람들이 눈을 반짝였다.

"오빠는 누구랑 다닐 건데요?"

귀염상인 여자애가 의도를 대놓고 드러내며 질문했다. 나는 짧게 웃으며 대답해 주었다.

"혼자."

당연하지만 나는 2층의 가장 낮은 곳까지 임할 생각이다.

내 레벨론 그 정도는 되어야 경험치가 벌리거든.

"나 가는 데 따라오면 죽을 수도 있으니까 따라오진 말고. 여러분끼리 팀을 짜세요. 알았죠? 그럼 난 먼저 갑니다."

나는 이렇게 설명을 마무리하고는 나를 둘러싼 사람들의 장

벽을 한달음에 휙 뛰어넘고 먼저 통로를 향해 내달렸다.

"자, 잠깐! 우리 같이 가요!"

"아직 고맙다는 말도 못 했는데!"

뒤에서 소란이 일었지만 나는 상관하지 않았다. 따라오려는 사람들도 없진 않았지만 금방 따돌렸다.

처음엔 사람들 소음에 머리가 지끈거릴 정도였는데, 다시 혼자가 되고 나니 이게 또 뭐라고 좀 허전하다.

뭐, 그렇다고 돌아갈 마음은 없지만.

50년 가까이 외롭게 살아서 사람 냄새가 좀 그리워질 줄 알았더니 딱히 그렇지도 않았다.

오히려 너무 오래 혼자 살아서 그런지 혼자 있는 게 마음이 편했다.

그렇다고 끝까지 혼자 갈 마음은 없다.

김민수도 혼자서는 못 깬다고 그렇게 투덜거렸던 미궁 하층이다.

때가 되면 나도 같이 갈 일행을 꾸려야겠지.

다만 그게 지금은 아닐 뿐이다.

어차피 여기서 일행 꾸려 봤자 다 흩어질 운명이다.

다음에 그 일행들이 살아 있을 거라는 보장도 없다.

"미궁이 그렇게 녹록하지는 않지."

나는 쓴웃음을 흘렸다.

*　　　*　　　*

나는 쭉정이 고블린들은 일부러 손도 안 대고 다 따돌리기만 하면서 아래로 내려갔다.

이건 당연히 나중에 올 사람들을 배려한 행동이었다.

내가 다 죽여 버리면 다른 사람들은 레벨을 어떻게 올리고 전투 경험은 어디서 쌓나?

물론 죽여 봤자 경험치도 못 얻을 놈들을 귀찮게 상대하고 싶지 않았던 것도 있긴 하다.

"오! 회귀자 아저씨! 살아 있었네요?"

"아저씨 아니라니까……."

그러다가 나를 알아보는 사람들을 만났다. 자기들끼리 팀을 이뤄서 미궁을 탐험하며 고블린들을 사냥하고 있었던 모양이다.

"1층에선 고마웠어요, 덕분에 살았어."

"이 빚을 어떻게 갚아야 할지 모르겠네."

분위기가 2층 입구 로비에 모여 있던 사람들과는 사뭇 다르다.

하긴 직접 모험을 하기로 결단한 사람들이니, 분위기가 다를 수밖에 없다.

적당히 감사 인사를 받아 준 나는 입구 로비에서 떠들었던 내용을 다시 한번 떠들었다.

그러니까 올라가면 난이도가 낮아지고, 내려가면 센 놈들이 나오고, 뭐 그런 내용이었다.

그런데 여기에서 한 줄을 덧붙였다.

"여기서 최대한 레벨을 올려 두고 가세요. 가급적이면 혼자서 고블린 한 마리 정돈 직접 처리할 수 있게 훈련해 두면 좋을 겁니다."

"아이고, 고마워요."

다시 한번 나누는 악수에서 느껴지는 온기가 되게 생경했다.

하긴 오랜만이긴 하지.

이런 사람들이라면 따라다니며 도와줘도 괜찮겠다는 생각이 들었지만 오히려 그건 모두에게 안 좋은 선택이다.

나는 나대로 경험치를 못 쌓고, 이 사람들도 이 사람들대로 성장 기회를 빼앗기는 셈이니까.

"그럼 무운을 빕니다."

좋게 헤어지고 나니 기분이 좀 괜찮아졌다.

이러니저러니 해도 입구 로비에서 있었던 일 때문에 스트레스가 좀 있긴 했던 모양이다.

"음, 좋아."

나는 뺨을 짝짝 쳐 나 자신에게 기합을 불어넣은 후 다시 아래로 향하기 시작했다.

내려가는 과정에서 모험가 몇 팀과 더 만났고, 그들에게도 같은 조언을 던져 주었다.

개중에는 내가 회귀자라는 걸 모르는 사람도 있었기에 그 비밀을 새삼스레 알려 주기도 했다.

모두가 똑같은 반응을 보인 건 아니었다. 고마워하는 사람이 있는가 하면, 내 말을 의심하고 반대로 하려 드는 놈도 나타났다.

나는 상관하지 않았다.

뭐, 자기 앞길은 자기가 정하는 거지.

다만 나를 따라오려는 모험가만은 철저하게 따돌렸다.

사실 그렇게 열정적으로 따돌릴 필요는 없었다.

고블린들이 알아서 막아섰으니까.

그렇게 나는 쭉쭉 아래로 내려갔다.

아래로 내려갈수록 같은 모험가를 만나는 일은 줄어들고, 고블린과 만나는 일은 더욱 많아졌다.

바뀐 건 이것뿐만이 아니었다.

일단 고블린들의 모습이 바뀌었다.

처음에는 변변한 무기도 없이 알몸으로 나타나 돌을 던지거나 동족의 허벅지 뼈를 들고 덤비던 놈들이, 이제는 조잡하나마 갑옷 비스무리한 걸 입고 창 따위를 들고 나타나기 시작한다.

그러나 아직도 멀었다.

더 강한 놈들이 나와야 한다.

아래로, 아래로.

나는 계속해서 내려갔다.

적어도 한 시간 정도는 내려오는 데에만 시간을 쓴 것 같았다.

그 보람이 있었다.

뼈와 가죽이 달라붙은 것같이 삐쩍 곯은 고블린들은 이제 거의 나타나지 않고, 훨씬 영양 상태가 좋은 고블린들이 나타나기 시작한다.

키도 덩치도 크고, 무려 근육도 붙었다.

당연히 무장 상태도 더 좋다.

상당수가 금속을 벼려 만든 무기에 제대로 된 갑옷을 입고 있다.

투구도 갖춰 쓰고 방패를 든 놈도 나온다.

그리고 무엇보다, 활을 든 놈들이 등장한다.

한두 놈이야 별문제가 되지 않지만, 숫자가 쌓이면 쌓일수록 위협적인 게 저 고블린 궁수들이다.

그리고 저놈들도 그 사실을 잘 안다.

그래서 궁수 놈들은 적의 접근을 눈치채자마자 아군을 부르기 위해 뿔 나팔을 불어 댄다.

그렇게 우루루 몰려나온 궁수 놈들이 한 번에 활을 쏴 재끼기 시작하면 초보 모험가로서는 그 화살의 비를 뚫어 낼 수 없다.

따라서 이놈들은 내 선에서 끊어 주고 가야 한다.

나는 인벤토리에서 미노타우로스의 양날 도끼를 꺼내며 놈들을 향해 쇄도했다.

내 접근을 발견하고 뿔 나팔을 불려던 놈이 기겁하는 표정이 묘하게 유쾌했다.

우지끈!

뭐 부러지는 소리와 함께, 그 자리에서 고블린 궁수 놈이 반으로 갈라져 죽었다.

나는 궁수 놈이 떨어뜨린 활을 발로 밟아 부수고, 곧장 다음 놈을 노렸다.

그렇게 고블린 궁수 한 무리를 처치하고 나니 유독 덩치가 큰 놈이 무려 양손검을 들고 나타났다.

녹이 슬기는 했지만 손질하면 꽤 쓸 만해질 법한 외날 양손검이었다.

"오, 레어."

고블린도 레어지만 무기도 레어다.

이 시점에서 저런 크고 좋은 무기를 들고나오는 고블린은 드물다.

"크어어어어!"

꼴에 보스급이라고 포효까지 서비스해 준다.

"얍."

그래서 나도 기합성을 서비스해 줬다.

승부는 순식간에 났다. 도끼 딱 한 방으로 고블린의 머리를 두 개로 쪼개 주었으니까.

오히려 외날 양손검이 부서지지 않도록 피하면서 도끼로 찍는 게 더 어렵게 느껴질 정도였다.

그렇게 노력한 보람이 있어, 나는 멀쩡한 양손검을 손에 쥘 수 있었다.

[고블린 용사의 외날 양손검]

분류: 한손검

제한: 근력 12

위력: +5

상태: [녹] [비밀]

"너 용사였냐."

아이템 설명을 읽다 말고, 나는 죽어 넘어진 고블린 시체를 바라보며 말했다.

대답은 돌아오지 않았다.

고블린용 양손검이라 그런지 사람이 들면 한손검으로 분류된 건 좀 재미있다.

하지만 스펙은 비웃을 수 없었다. 이 정도 성능이면 괜찮다 수준을 넘어서서 훌륭하다.

물론 2층 모험가가 쓸 만한 스펙도 아니었긴 했지만 말이다. 근력 12가 제한이라니……

여러 의미에서 도저히 2층에서 나올 무기가 아니었다.

게다가 여기서 녹을 벗겨 내고 수리하면 스펙이 더 오를 뿐만 아니라, [비밀]도 하나 걸려 있으니 추가 강화도 기대할 만했다.

"아."

그러고 보니 이 비밀도 비밀 교환으로 해제할 수 있겠군.

…있겠지?

해 본 적이 있어야지.

"뭐, 해 보면 되지."

잘못되어 봐야 본전이다.

"나는 회귀자다."

검에다 대고 속삭이자, [비밀 교환]이 활성화됐다.

[행운의 여신이 흠칫거립니다.]

뜬금없이 여신님이 반응하셨지만 일단은 무시하고, 나는 바로 [비밀 교환]을 사용했다.

그러자 [비밀]이 벗겨지며 [열쇠]로 바뀌었고, 이런 비밀이 밝혀졌다.

─고블린 용사의 외날 양손검은 고블린 왕국으로 가는 문을 열 수 있는 열쇠입니다.

"고블린 왕국?"

2층에 그런 게 있다는 말은 들어 본 적이 없는데…….

나는 가슴이 두근거리는 걸 느꼈다.

모험의 냄새다!

"좋아, 한번 가 보자고."

고블린 왕국으로 가는 문이 어디 있는지는 모르겠지만, 대충 아래로 내려가다 보면 나오지 않을까?

*　　　*　　　*

처음 나는 고블린 용사를 엄청나게 희귀한 존재라고 생각했었다.

지난번에는 용사와 조우한 모험가가 한 명밖에 없었기 때문이다.

나도 용사를 직접 보는 건 이번이 처음이었다.

잡아서 전리품을 얻고 용사인 걸 확인한 건 내가 처음일 테고.

지난번에 조우했던 모험가는 부리나케 도망부터 쳤기에 전리품은 자시고 목숨만 겨우 건졌다.

확실히 평범한 2층 모험가라면 도망치는 게 상책인 상대다.

혼자서는 당연히 못 잡고, 파티를 짜서 상대해도 희생을 피할 수 없는 상대니 말이다.

그런데 아래로 내려올수록 그런 놈이 우글거리는 건 대체 어떻게 된 걸까?

길을 잘못 들었으면 그냥 죽으라는 논리일까?

"뭐… 나야 좋지만."

내 경험치 바를 미동이나마 시킬 수 있는 고블린은 이 고블린 용사가 유일했다.

그런 용사들이 떼로 나오다 보니 가랑비에 옷 젖듯이 경험치가 꽤 쌓였고 말이다.

미노타우로스 양날 도끼가 위력 측면에서는 더할 나위가 없었지만, 아무래도 통로에서는 마음껏 휘두르기 거치적거리는 면이 없지 않았기에 나는 무기를 바꿨다.

새 무기는 고블린 용사의 외날 양손검. 이걸 양손에 하나씩 쌍검으로 들고 휘두르고 있다.

이게 한 자루만 나왔으면 좀 아끼고 재어 두고 할 텐데, 용사마다 한 자루씩 뱉으니 안 쓸 수가 없더라.

그리고 고블린 왕국으로 가는 문의 위치도 알아냈다.

"설마 시체에도 [비밀 교환]이 걸릴 줄이야……."

고블린 용사 시체에다 '저는 회귀자입니다.' 하고 고백해 보니 바로 답이 나오더라.

그냥 혹시나 싶어서 해 본 거였는데, 이게 될 줄은 몰랐다.

"여기구만."

그렇게 밝혀진 비밀을 참조해, 나는 지금 고블린 왕국으로 가는 문 앞에 당도할 수 있었다.

심호흡을 할 필요는 없었다.

이제껏 고블린 용사들을 전부 다 단칼에 썰어 놓고 여기서 긴장할 수가 없지.

그저 이번엔 좀 경험치를 많이 주는 적이 나와 줬으면 하는 마음뿐이다.

나는 문에다 열쇠, 그러니까 고블린 용사의 외날 양손검을 꽂아 넣었다.

문이 열렸다.

"오."

문을 열자, 그곳은 별세계였다.

햇살이 반짝인다. 이제껏 내가 어두운 토굴 안을 헤매고 다녔다는 사실을 그제야 상기시킬 정도로 찬란한 햇빛이었다.

눈앞에는 수풀이 우거져 있고, 조금 먼 곳에는 숲이 보인다. 그리고 그 숲의 맞은편에 성이 보였다.

"오우……."

이곳은 고블린 왕국이니, 저 성의 주인이 누군지는 너무나도 명백했다.

고블린 왕이겠지, 뭐.

아니, 왕이 아니면 오히려 곤란하다.

저게 일개 국경 요새고, 저 뒤에 더 큰 성과 궁전이 있다고 가정하면 머리가 아파진다.

성은 고블린의 체구에 맞춰진 건지 조금 작았지만, 돌을 쌓아 만든 제대로 된 성이다. 단번에 후려쳐 부술 수 있을 것처럼 허술해 보이지는 않았다.

"생각보다 만만치 않아 보이는데……."

내가 성을 바라보며 이걸 어떻게 해야 할지 고민에 잠겨 있을 때였다.

[서브 퀘스트: 고블린 왕국 파괴]

[고블린들은 미궁 어딜 가도 넘쳐납니다. 지나칠 정도로 많죠. 아무리 죽여 없애도 계속해서 솟아 나오니, 그 소굴을 쳐 없애는 것만이 답입니다. 왕을 죽이고 성을 파괴하십시오.]

[퀘스트 성공 공통 보상: 레벨 +1]

[기여도에 따라 추가 보상이 주어집니다.]

미궁으로부터 서브 퀘스트가 떴다.

미궁의 메인 퀘스트, 그러니까 층을 탐사하고 모험하여 출구를 찾아서 아래로 내려가는 것을 제외한 모든 것은 서브 퀘스트다.

어지간하면 사무적인 말투만 쓰는 미궁의 공지에서 혐오의 감정이 그대로 묻어나고 있었다.

이런 걸 보면 미궁 입장에서 고블린이 얼마나 큰 골칫덩이인지 잘 알 수 있었다.

그런데 미궁만 이렇게 여기는 게 아닐 수도 있었다.

[행운의 여신이 저 더럽고 재수 없는 것들을 치우면 여신의 이름으로 축복을 내려 주겠다고 합니다.]

여신님마저 퀘스트를 부여해 주셨다.

"저, 혹시 고블린들의 행운이 낮아서 그러시는 겁니까?"

[행운의 여신은 침묵합니다.]

혹시나 했더니 역시나인 모양이다.

*　　　*　　　*

사실 이 [고블린 왕국 파괴] 퀘스트는 혼자서 깨라고 만들어진 게 아니었다.

보상에 '기여도'라는 단어가 붙어 나온 것에서 여러 모험가들이 모여 깨라는 의도를 읽을 수 있다.

애초에 고블린 용사만 해도 그렇다.

10레벨을 꽉 채운 모험가라도 1:1로 맞상대하기 껄끄러운 상대다.

그런데 그 용사를 잡고 열쇠를 얻어야 들어올 수 있는 왕국은 어떻겠는가?

하지만.

그럼에도 불구하고.

"얍!"

퍼억!

나는 혼자서 왕국을 질주하고 있었다.

"끼익, 끽끽끽!"

"꾸악! 깍!"

두두두두…….

지금 나를 포위하고 차륜전을 펼치고 있는 것은 어처구니없게도 고블린 기사들이었다.

금속으로 된 흉갑으로 몸을 감싸고 제대로 된 투구에 방패까지 든 기사들이 철갑을 두른 늑대를 타고 내게 일제히 창을 겨눈 채 돌진해 오고 있었다.

그런 고블린 기사들의 용맹한 모습에, 나는 나도 모르게 기사도라는 단어를 떠올리고 말았다.

압도적으로 불리한 데다 살아남을 가능성마저 적은 싸움임에도 누구 하나 등을 보이지 않고 오히려 돌격을 감행하다니.

이건 기사가 맞다.

로망이 느껴지는군.

하지만 로망은 로망이고, 현실은 현실이다.

나는 늑대보다도 빨리 달려서 고블린 기사를 갑주째로 반토막 내었다.

그리고 급격히 방향 전환을 해 다음 놈을 덮쳐 머리를 겨드랑이에 끼운 후 그대로 뽑아 버렸다.

나라고 딱히 훌륭한 전투 기술을 보유한 것은 아니다.

그냥 높은 능력치를 바탕으로 마구잡이로 싸우고 있을 뿐이다.

그럼에도 나는 기사들을 일방적으로 압도하고 있었다.

"크키—잇!!"

동료를 잃은 고블린 기사가 처연한 비명을 내질렀다.

그러면서도 공세를 늦추기는커녕 오히려 속도를 높여 내게 덤볐다.

나는 죽은 고블린 기사에게서 빼앗은 창을 던졌다.

퍼억!

창은 정확히 기사의 목울대를 꿰뚫었다. 그러고도 투창의 기세가 남아 기사를 땅으로 처박았다.

등 위의 주인을 잃은 늑대는 도망가기는커녕 이빨을 드러내 내 허벅지를 콱 물었다.

기사의 기상도 드높지만 늑대마저도 명예롭구나.

그러나 기상이고 명예고, 현실 앞에선 꺾일 뿐.

녀석의 가장 뾰족한 어금니도 내 피부를 뚫지 못했다.

나는 주먹을 내리쳐 늑대의 머리를 부쉈다.

"캥!"

늑대는 죽었다.

[행운의 여신이 통쾌해합니다.]

[행운의 여신이 속이 시원하다고 합니다.]

[행운의 여신이 다 죽여 버리라고 외칩니다.]

고블린 기사들은 마지막 한 명까지 도망치지 않았고, 따라서 나는 수월하게 전부 죽일 수 있었다.

그러한 일견 허무한 고블린 기사들의 희생은 결코 헛되지 않았다.

기사들이 죽어 나가는 동안 성에서는 방어전을 위한 준비를 마쳤으니까.

아무것도 없던 성벽 위에 고블린 궁수들이 빼곡히 들어차고, 투석기도 팽팽히 당겨졌으며, 발리스타도 방향을 바꿔 나를 겨누었다.

"오."

그 일사불란함에 적인 나마저도 감탄하고 말았다.

"키앗—!"

고블린 장군의 외침에, 모든 투석기들이 일제히 쏘아졌다.

두두두둑!

우박 쏟아지듯 돌이 쏟아졌다. 나는 양팔을 올려 머리만 보호한 채 성벽을 향해 뛰었다.

파삭!

다섯 살배기가 나름 힘껏 때린답시고 주먹을 쥐어 두들긴 것 같은 충격과 함께, 내 몸통에 직격으로 꽂힌 돌이 그 자리에서 부서졌다.

다르게 표현하자면, 별로 안 아팠다.

"키잇! 키잇!"

다음 순서는 발리스타였다.

고블린 병사들은 장군의 명령에 따라 일사불란하게 움직여 발리스타를 발사했다.

퉁! 퉁!

나름 위협적인 소리와 함께 발사된 굵직한 살은 내 피부를 뚫지 못한 채 퉁겨 나갔다.

아무리 그래도 바늘에 찔린 정도의 고통 정도는 각오하고 있었는데, 그런 것도 없었다.

조심할 필요가 없다는 걸 깨달은 나는 머리를 보호하던 양팔마저 내리고 전력으로 달렸다.

고블린 궁수들의 일제 사격은 일일이 신경 쓸 이유도 없었다.

굳이 비유하자면 빗방울 느낌이랄까.

약간이지만 시원함마저 느껴졌다.

가까이에서 보니, 고블린 성의 성벽은 예상했던 것보다 높았다.

아무리 고블린 사이즈라고는 해도 5m 정도는 되었다.

그러나 민첩 37이라는 능력치를 지닌 모험가에게 있어 5m는 도움닫기도 없이 뛰어넘을 수 있는 높이였다.

나는 단숨에 뛰어 성벽을 넘었다.

내 시야 아래의 성벽에 끓는 기름 솥과 똥물을 가득 담은 통이 보였다.

…성벽 부수겠답시고 몸 안 던져서 다행이다.

끓는 기름이야 그렇다 치더라도 저 똥물 맞았으면 진짜 기분 나쁠 뻔했다.

"끼악, 꺅! 꺅!!"

내 활약에 당황한 고블린들이 내지르는 탄성을 들으며, 그제야 나는 내가 스스로 생각하는 것보다 훨씬 괴물이 되었음을 자각했다.

"뭐야, 역시 레벨이 깡패네."

체력 37은 내가 스스로 판단한 것 이상의 방어력을 제공했다.

고블린들이 공성 병기까지 동원해도 작은 생채기 하나 내지 못할 정도일 줄은 몰랐지.

아무튼 고블린들이 내게 별 위협이 되지 못한다는 것을 확인한 이상 거칠 것은 없었다.

성벽 안으로 들어온 나는 바로 성안에서 가장 크고 화려해 보이는 건물, 아마도 궁전으로 추측되는 곳으로 달렸다.

화려하다고는 해도 막 금은보화로 장식되고 그런 건 아니고 벽돌 색이 좀 다른 정도였지만 말이다.

저기 왕이 있겠지?

나는 곧장 궁전 벽에 몸을 던졌다.

쾅!

내 몸통 박치기 한 방에 벽이 무너져 내렸다.

오, 색깔은 좀 달라도 벽돌은 역시 벽돌이로군.

자신감을 얻은 나는 궁전 벽에다 대고 연이어 몸통 박치기를 감행했다.

쾅! 쾅! 쾅! 쾅!

그러자 모든 벽과 기둥이 부서진 궁전은 속절없이 무너져 내리기 시작했다.

아무리 고블린 사이즈라 하더라도 4~5층 건물 정도 높이의 건물이 순식간에 무너져 내리는 모습은 꽤나 장관이었다.

[행운의 여신이 좋아합니다!]

[행운의 여신이 좋아합니다!]

[행운의 여신이 좋아합니다!]

[행운의 여신이 좋아합니다!]

아무리 그래도 여신님께선 좀 지나치게 좋아하시는 것 같지만.

아니, 그렇게 고블린이 싫은가?

물론 나도 좋아하진 않지만.

[행운의 여신이 이제 더러운 고블린들을 다 짓밟아 죽여 버리라고 외칩니다.]

저 정도는 아니다.

                    *   *   *

궁전을 부순 것만으로는 퀘스트 완수 메시지가 뜨지 않았기 때문에, 나는 성 전체를 잘근잘근 부숴야 했다.

물론 내 파괴 행각을 막기 위해 고블린들이 덤벼들긴 했지만, 내겐 큰 위협이 되진 않았다.

용감한 고블린들을 어느 정도 처리하고 나니, 나머지는 숲이나 들판으로 흩어져 도망가 버렸다.

뭐, 나로서는 귀찮은 일이 줄어서 좋다.

미궁도 굳이 고블린 전멸을 요구하지도 않았으니, 경험치도 안 되는 걸 굳이 쫓아다니며 다 죽일 필요는 없었다.

"이게 마지막인가."

고블린 성에서 내가 마지막까지 남긴 건물은 고블린 대장간이었다.

굳이 대장간만 남긴 이유는 물론 여기서 장비를 정비하기 위함이었다.

대장간의 기자재는 고블린 사이즈라 다루기 좀 불편하긴 해도 영 못 다룰 정도는 아니었다.

문제는 용광로 온도를 생각만큼 올리기 힘들다는 점이었다.

"여기서 전리품을 녹여서 새 무기를 만드는 건 좀 힘들겠네."

여기서 할 수 있는 작업이라고는 그냥 녹을 벗기고 날을 세우는 정도가 고작일 듯했다.

그래도 뭐, 이게 어디냐 싶긴 하다.

그렇게 나는 내가 만든 폐허에서 작업을 마쳤다.

그리고 마지막으로 대장간을 부수자.

[퀘스트 완수]

퀘스트 완수가 뜨고, 보상이 나왔다.

[퀘스트 완수 공통 보상: 레벨 +1]

[기여도 100% 추가 보상: 레벨 +1, 미궁 금화 100개]

[고블린 왕 처치 보상: [고블린 킹 슬레이어] 칭호]

레벨 두 개가 올라 40레벨이 찍혔다.

고블린 용사고 기사고 왕이고 그렇게 죽였어도 레벨 하나를 못 올렸으니만큼, 이 레벨 보상은 꽤 크게 다가왔다.

그래도 미궁 금화 100개에는 못 비기지만 말이다.

"미궁 금화를 먹어 보는 건 처음이네."

금화라곤 해도 인벤토리 밖으로 꺼낼 수 없어서 사람 간의 거래에는 쓸 수 없고, 오로지 미궁과 거래하기 위한 화폐다.

자매품으로는 미궁 은화, 미궁 동전이 있으며, 당연히 금, 은, 동 순으로 가치가 다르다.

미궁 동전은 비스킷이나 젤리 같은 간단한 소모품을 구매할 수 있는 게 다이며, 미궁 은화로는 물통이나 벨트 같은 잡화를 구할 수 있다.

미궁 금화는 그 가치가 동전이나 은화와는 사뭇 다르다.

금화 한 개로 무려 능력치 하나를 교환할 수 있다고 한다.

더 많이 주면 특수한 능력 같은 것도 얻을 수 있다는 모양이고.

나도 미궁에서 오래 굴러먹은 편이지만, 미궁 금화를 입수한 건 이번이 처음이다.

이래 봬도 내가 서브 퀘스트에 참여한 적이 몇 번 있는 몸이지만, 그때도 기껏해야 미궁 은화 몇 개 정도를 받는 게 고작이었다.

그런데 2층 기여도 보상이 금화 100개라니.

"이거 100명짜리 퀘스트였나?"

보통 서브 퀘스트의 보상은 1인당 금화 한 개 정도로 맞춰진다는 소릴 어디서 들은 것 같았다.

"하긴 10레벨 모험가 100명 정도는 와야겠네."

내가 그냥 몸으로 대고 능력치 빨로 밀어서 그렇지, 실제론 그리 쉬운 퀘스트는 아니다.

100명쯤 몰려와서 본격적으로 공성전을 벌여도 깰까 말까 한 난이도니.

다 같이 힘을 합쳐 도전하라고 부여된 퀘스트를 나 혼자 밀었고, 그 결과 나는 미궁 금화 100개를 독식하게 되었다.

"사실 미궁 금화를 얻으면 가장 먼저 사려던 건 따로 있었는데."

쌀 종자!

예전에 누가 금화로 교환 가능한 목록을 올려 줬는데, 그게 제일 먼저 눈에 들어오더라.

미궁 7층에 갇혀 지낼 때는 그렇게 갖고 싶었는데…….

그렇다고 지금 쌀 종자를 살 순 없지.

지금의 나는 현역 모험가니까.

한가롭게 농사나 짓고 있을 여유는 없다.

사실 농사 지을 땅도 없고 말이다.

그러니 이 금화는 미궁 공략에 필요한 능력을 사는 데에 써야 한다.

그럼 이걸로 뭘 사야 하느냐?

그 질문에 대한 대답은 정해져 있다.

3장
—

제3층

나는 내가 미궁을 잘 알고 있었다고 생각했었지만, 그 믿음은 고작 2층 만에 많이 깨져 나갔다.

자기 집처럼 돌아다닐 수 있다고 생각했던 1~2층도 이렇게 내가 모르는 게 많다면, 3층 이후에는 뭐가 발견될지 모른다.

그리고 그중에는 나를 위협할 만한 게 나올 가능성도 결코 배제할 수 없다.

그러니 미궁 금화 100개는 그때를 위한 구명줄로 남긴다.

이게 내 결론이었다.

"다음은… 칭호인가."

칭호 [고블린 킹 슬레이어]: 고블린에게 [위압] 효과.

고블린을 상대할 때 한정 효과인가.

미궁이 언급했듯 미궁 여기저기서 튀어나오는 게 고블린이니 앞으로 쓸 일이 없다고는 못하겠다.

"쓰읍……."

그래도 영 성에 안 차는 건 어쩔 수 없다.

"뭔가 좀… 아쉬운데."

[행운의 여신이 욕심도 많다고 합니다.]

"아, 맞다. 여신님, 뭔가 주기로 하셨죠?"

[행운의 여신이 욕심도 많다고 합니다.]

"아, 맞다. 여신님, 비밀이 뭐라고요?"

[행운의 여신이 주겠다고 합니다.]

[행운의 여신이 주겠다고 소리 지릅니다.]

"아, 맞다. 여신님, 비밀이 뭐라고요?"

[행운의 여신이 미안하다고 합니다.]

[행운의 여신이 당장 축복을 내려 주겠다고 합니다.]

처신 잘하라고.

*　　　　*　　　　*

[행운의 여신이 무작위의 축복을 내립니다.]

[행운의 여신이 너는 행운이 높으니 좋은 축복이 나올 거라고
말합니다.]

[축복은 5초 후에 활성화됩니다.]

[5… 4…….]

"아, 맞다. 행운."

나는 재빨리 상태창을 켜서 행운을 40까지 올렸다.

결과.

―[행운의 여신]의 [무작위의 축복]이 내립니다.

―[라이스 샤워].

쏴아아아…….

쌀이 쏟아졌다.

마치 내 머리 위를 적시듯.

문자 그대로 쌀의 샤워였다.

"…이게 뭡니까?"

[행운의 여신은 이게 네가 원하던 축복 아니냐고 되묻습니다.]

아니, 맞긴 한데…….

따끈한 쌀밥이 그리웠던 건 맞는데!

[라이스 샤워]: 치명타 확률이 [행운]%만큼 증가한다.

나는 바닥에 쏟아진 쌀을 얼른 주워서 인벤토리에 담았다.

"감사합니다, 여신님."

난 또 쌀만 쏟아지고 끝나는 줄 알았지 뭐야.

40%의 치명타 보너스면 나쁘지 않다.

아니, 좋다!

게다가 이것도 현재 기준이고, 행운이 더 늘어난다면 그만큼 치명타 확률도 올라간다.

원래 행운이 치명타 확률에 관여하는 능력치라는 걸 생각한다면, 이 축복이 더해져 곱빼기로 올라간다는 뜻이다.

매우 좋다!

[마음에 들었다니 다행이라고 행운의 여신이 안도합니다.]

뭘 안도까지…….

그렇게 비밀 들키기가 싫은가?

행운의 여신이 이렇게까지 나오는 걸 보니 오히려 더욱 호기심이 치솟지만, 나는 간신히 억눌렀다.

행운의 여신으로부터 뜯어낼 건 다 뜯어낸 다음, 결정적인 순간에 저 비밀이 뭔지 까 보고야 말겠다는 일념으로 말이다.

*   *   *

[이철호]

레벨: 40

기본 능력치: [근력 37] [체력 37] [민첩 37] [솜씨 37]

특별 능력치: [행운 40]

미배분 능력치: 166

칭호: [고블린 킹 슬레이어]

고유능력: [불변의 정신], [비밀 교환]

성좌축복: [라이스 샤워]

상태창만 보고 있어도 배가 든든하다.

누가 이걸 보고 미궁 2층 모험가의 상태창이라 믿겠는가?

"그렇다고 진짜 배가 부른 건 아니지만."

보글보글······.

배가 부르려면 밥을 먹어야 한다.

한국인에게는 당연하게 느껴지는 이 한 줄의 문장이지만, 내게는 50년 넘게 이룰 수 없었던 꿈이었다.

하지만 지금, 그 꿈이 이뤄지려고······.

이뤄지지……

않았다.

"이거 안남미잖아!"

결코 안남미를 비하하는 건 아니다.

비하하는 건 아니지만……

윤기가 자르르 흐르고 입에 넣으면 쫀득하게 씹히는 밥 한 그릇을 기대했던 내게는 너무나도 가혹한 식감이었다.

숟가락을 던지고 싶은 마음은 굴뚝 같지만, 먹을 걸 버리면 벌 받는다. 특히 미궁에선 더욱 그렇다.

나는 이국적인 식감의 밥 한 그릇을 꾸역꾸역 해치웠다.

"아, 볶음밥으로 만들어 먹을걸."

다 먹고 나서나 이 생각을 떠올린 게 천추의 한이었다.

*   *   *

고블린 왕국에서 나온 나는 미궁 2층의 밑바닥까지 찍고 올라왔다.

그 과정에서 딱히 새로운 발견은 없었다. 고블린 용사의 출현율이 더 높아진 것을 제외하면 말이다.

다만 잡기는 좀 더 귀찮아졌다.

"끼익! 끼익! 끼익!"

[고블린 킹 슬레이어] 칭호의 효과 탓인지, 일반 고블린은 물론이고 고블린 용사들마저도 날 보면 소변을 지리며 도망치기 바빴기 때문이었다.

"아, 씨. 드럽게."

나는 투덜거리면서도 꾸역꾸역 용사를 잡았다.

아무리 미미하다지만 아직까지도 경험치를 주는 희소한 적이니만큼 놓칠 수는 없었다.

나머지는 다 놔 줬다. 이 밑까지 일반 모험가들이 올 리가 없으니 궁수들을 처치할 이유도 없었다.

그렇게 많은 고블린 용사를 잡았음에도 불구하고, 결국 고블린만으로 레벨을 올리는 데에는 실패했다.

"뭐, 고블린이 이렇지."

나는 혀를 찼다.

"3층이나 가야겠다."

나는 미리 찾아 두었던 출구 중 가장 가까운 곳으로 향했다.

2층의 모든 출구에는 고블린 부락이 위치해 있었다.

결국 모험가들은 고블린들이 잔뜩 나타나는 부락을 뚫어야 2층을 졸업할 수 있는 셈이다.

내가 찾아간 곳도 마찬가지였다.

아니, 마찬가지인 줄 알았다.

"끽! 끼긱! 끼기기긱!!"

화르륵!

나를 노리고 불덩이가 날아들었다.

회귀 후 처음 보는 마법이었다.

"뭐, 마법이라고?"

고블린이?

아니, 고블린이 마법을 쓰는 것 자체는 그리 이상한 일이 아니다.

아래층에 내려가면 별 이상한 고블린들이 다 나오니까.

그러나 2층에 나오는 고블린이 마법을 쓰는 건 대단히 이상한 일이다.

왕국에조차 고블린 마법사는 없었는데 말이다!

쾅!

내가 다른 생각을 하는 동안 불덩이가 내게 날아와 폭발해 버렸다.

뜨거웠다.

뜨거웠지만…….

참을 만했다.

참을 만하다는 건 곧 내게도 약간은 고통스럽긴 하다는 뜻이다.

고통이 느껴진다는 건 그만큼 내게 피해가 오고 있다는 의미고.

그러니까 결론이 뭐냐면…….

"이놈, 경험치 내 놔라!"

저 고블린 마법사는 레벨이 높다는 뜻이다!

쓱싹!

"아, 이걸 몰랐네."

고블린 마법사를 처치한 나는 탄식하고 말았다.

이런 데에 이렇게 맛있는 경험치 덩어리가 있었을 줄이야.

이걸 모르고 그동안 용사들만 쫓아다니느라 바빴었네.

나도 몰랐고 다른 모험가들도 몰랐던 걸 보면, 이 마법사들은 고블린 굴 가장 밑바닥 부락에서만 찾아볼 수 있는 모양이었다.

나는 바로 눈앞의 출구를 외면하고 돌아섰다.

목적지는 당연히 다른 고블린 부락이다.

마법사들 다 내 거야!

*　　　　*　　　　*

기어코 나는 41레벨을 찍고야 말았다.

인간 승리다!

"제게 큰 도움을 주신 고블린 용사님들, 기사님들과 고블린 임금님, 마지막으로 고블린 마법사님들께 이 영광을 돌립니다. 감사합니다!"

나는 그렇게 수상 소감을 말했다.

듣는 사람은 없었지만 말이다.

듣는 사람이 있었으면 이런 거 안 하지…….

50년 가까이 혼자 살았더니 혼자 노는 것에 지나치게 익숙해진 것 같았다.

나는 스멀스멀 올라오는 자괴감을 무시하려고 노력했다.

[행운의 여신이…….]

"쓰읍."

[아무 말도 안 했다고 말합니다.]

아무튼.

고블린만으로 1레벨을 올린다는, 아무도 강요 안 했지만 내 스스로 세운 목표를 성취했다.

나는 아무런 미련 없이 3층을 향한 출구로 몸을 던질 수 있게 되었다.

고마워요, 고블린들.

나는 마지막으로 크게 손을 한 번 흔들어 주고, 출구로 향했다.

고마워요!

*   *   *

[Tip!]: 모든 모험가에게 주어지는 인벤토리에는 부피, 무게, 개수의 제한이 있습니다. 이 제한은 [채집], [채광] 등의 일반 기술을 단련함으로써 늘릴 수 있습니다.

[Tip!]: 미궁에서는 다양한 일반 기술이 지원됩니다. 특정 행동을 반복함에 따라 얻을 수 있는 일반기술이 많으므로 생각나는 대로 시도해 보면 성과가 있을 것입니다.

[Tip!]: 이번 미궁에서는 자해 행위의 반복으로 저항이나 내성 등의 능력을 얻을 수 없도록 규칙이 조정되었습니다. 자기 몸을 소중히 하십시오!

3층의 팁 중에서 세 번째 팁은 전에도 그랬지만 영 마음에 걸린다.

이번 미궁이라니.

그럼 저번 미궁도 있었단 말인가?

물론 지금 신경 쓸 일은 아니긴 하다.

그래도 신경이 쓰이는 것 자체는 어쩔 수 없다.

나는 고개를 흔들어 억지로 잡념을 내쫓고, 앞을 바라보았다.

미궁 3층의 로비에는 나 혼자뿐이었다.

나 말고 다 죽은 건 아니다.

[2층의 모험가 21841명 중 생존하여 3층까지 내려온 모험가는 1만, 2천, 5백, 6십, 9명입니다.]

[생존을 축하드립니다.]

이번에도 내가 마지막이었던지, 내려오자마자 생존자 수 공지가 떴다.

오, 생존율 50%를 넘겼네.

지난번에는 3할 정도였던 걸로 기억하는데.

이건 내 덕이겠지.

아니더라도 내 덕이라고 해 두자.

아무튼.

로비에 나 하나뿐인 이유는 간단하다.

미궁 3층이 개인전이기 때문이다.

사실 3층의 구조를 보면 미궁이라는 말도 안 어울린다.

그저 일직선으로 뻗어 있는 통로를 계속 가다 보면 끝이 나오니까.

다만 통로를 막아서는 적들이 있고, 그것들을 피해 갈 방법이 없을 뿐이다.

다른 사람들에게 혼자 고블린 정도는 잡을 수 있도록 해 두라고 말한 이유가 이것이었다.

나는 긴 한숨을 내쉬었다.

이번 층에서 상대해야 할 적들 때문이었다.

"이번 층에서 레벨 업은 물 건너갔네."

앞서 말한 대로, 3층에 등장하는 몬스터들은 고블린 한 마리 정도의 수준을 넘어서지 않는다.

이런 적들이 내게 경험치를 줄 수 있을까?

나는 부정적으로 본다.

"그냥 빨리 깨고 지나가야겠네."

그런 혼잣말을 하며, 나는 터덜터덜 앞으로 걸어갔다.

약 3분 후.

"으아아아아아!"

나는 비명을 지르며 뒤를 돌아 도망쳐야 했다.

왜냐하면 첫 코너에서 나온 적이 고블린이 아니라 입에서 불을 뿜어대는 지옥 개였기 때문이다.

아니!

이럴 줄은 몰랐지!!

"8층 이후에나 나와야 할 지옥 개가 왜 여기서 나와!?"

헉, 8층?

나는 혼잣말을 하다 말고 깨달았다.

그러고 보니 지금 내 레벨은 41레벨이다.

그리고 이 레벨은 8~9층쯤에 해당한다.

말이 그렇지, 실제로는 더 낮은 층에서나 달성할 수 있는 레벨이겠지만……

"설마… 설마?"

지금에서야 밝혀진 충격적인 사실.

아무래도 3층의 몬스터들은 모험가의 레벨에 맞춰서 등장하는 것 같았다.

아니라면 고작 3층에 벌써 지옥 개가 출현한 이 사태를 설명할 수가 없다.

그나마 다행인 건, 일단 코너까지 도망치면 그 이상 좇아오지는 않는다는 점은 내가 알던 3층과 똑같다는 것이었다.

"헉, 헉, 후우……."

회귀 후 처음으로 맞이하는 위기에 등판이 식은땀으로 푹 젖었다.

"레벨… 레벨 업은 하겠네."

한숨 돌린 나는 나 자신에게 위안의 말을 해 주었다.

생각보다 그리 위안이 되지는 않았다.

*　　　　*　　　　*

3층 로비까지 돌아온 나는 이제껏 본체만체도 안 했던, 로비 구석에 졸졸 소리를 내며 흘러나오고 있는 샘물을 바라보았다.

이건 치유의 샘물이다.

어지간한 치명상을 입어도, 환부에 적시기만 하면 순식간에 나아 버리는 신기한 샘물이다.

다만 내가 이 샘물에 관심을 갖지 않았던 데에는 이유가 있다.

이 샘물은 가져갈 수가 없다.

물병에 담으면 평범한 물이 되어 버리고, 그릇에 부어도 마찬가지다. 천 같은 것에 적셔도 똑같다.

이 샘물의 치유 효과는 오로지 흐르는 샘물에 직접 환부를 가져다 댈 때만 발휘된다.

물론 가장 큰 이유는 따로 있다.

"이 층에선 다칠 일이 없다고 생각했으니 관심을 안 줬지……."

하지만 다칠 일이 생겨 버렸다.

기록에 따르면, 지옥 개를 잡는 법은 기본적으로 개 주변을 돌면서 불꽃 숨결을 피해 공격하는 것이다.

그러나 이 일직선의 통로에는 돌기는커녕 제대로 피할 곳도 없다.

결론.

화상 확정 각이다.

"어휴, 화상이 제일 아프던데."

미궁을 공략하는 동안에는 온갖 상처를 다 입어 보기 마련이지만, 그중에서 최고가 화상이다.

아, 물론 내가 경험한 것만 쳤을 때의 이야기긴 하다.

저 아래층에서 맛볼 수 있다는 [극통의 저주] 같은 건 안 겪어 봐서 모르니까 뭐라 말할 수 없다.

"일단 최대한 원거리에서 처리해 봐야겠군."

지옥 개를 직접 상대해 보는 건 처음이지만, 나도 이것저것 보고 들은 게 많다.

예를 들어서, 지옥 개의 불꽃 숨결은 사거리에 제한이 있다고 들었다. 화력도 마찬가지라고 했다. 가까이에서 맞을수록 아프고, 멀리서는 참을 만하다던가.

그래서 나는 투창을 써 보기로 했다.

인벤토리에서 장작을 꺼내 깎아서 나무 창대를 만들고, 창날 대신 2층에서 잔뜩 집어 온 [고블린 용사의 외날 양손검]을 매달 았다.

투창치고는 지나치게 무겁지만, 지금의 내 힘이라면 던지는 데 에 아무런 문제가 없다.

열 자루… 넉넉하게 스무 자루 만들자.

"불꽃 숨결에 옷이 타 버릴 수 있으니 다 벗어야겠군."

옷을 입은 채로 불꽃 숨결에 맞았다가 타다 만 섬유질이 화상 입은 피부 속에 파고 들어가 뒤섞여 버리면 골치 아프다.

아무리 치유의 샘물이 있다지만 이것도 만능은 아니다.

결국 상처 부위를 칼로 째서 섬유질을 빼내고 샘물로 치유 받 아야 한다.

당연한 소리지만 이 치료 행위는 돌아 버리도록 아프다.

그러느니 차라리 그냥 맨살에 불 맞고 말지.

"벗자."

어차피 보는 사람도 없는데 뭐 어떤가.

나는 옷가지를 훌훌 벗어 던졌다.

[행운의 여신이 부끄러워합니다.]

아, 여신이 있었구나.

그런데 여신이 왜 인간 알몸 보고 부끄러워해?

놀리는 거 맞지?

[행운의 여신이 가벼운 농담이었다고 변명합니다.]

내가 뭐라고 하기도 전에 여신이 먼저 변명했다.

음, 처신 잘하는군.

처신을 잘하는 여신이야.

왠지 모를 아쉬움을 느끼며, 나는 성상을 도로 인벤토리에 집어넣었다.

＊   ＊   ＊

결과.

"안 돼! 저놈 너무 잘 피해!"

1층의 미노타우로스와 2층의 고블린 공성전을 레벨과 능력치 빨로 밀고 났더니, 내가 내 전투 능력을 과대평가하게 된 것 같다.

동 레벨, 혹은 그 이상인 데다 짐승이기에 민첩 보너스를 받는 지옥 개는 아무런 보정도 받지 않은 내 투창을 지나치리만큼 쉽사리 피해냈다.

괜히 투창 다섯 자루만 낭비했다.

아, 투창만 낭비한 게 아니다.

불 샤워도 맞았다.

나는 화상을 입은 부위에 치유의 샘물을 끼얹으며 혼자 징징 거렸다.

"[라이스 샤워]도 받았겠다, 맞히기만 하면 되는데……."

치명타고 뭐고 일단 맞혀야 이야기가 되는데, 아예 맞히질 못하니 치명타 확률 +40%고 뭐고 의미가 없다.

"어휴, 안 되겠다."

이걸 아무것도 안 쓰고 꽁으로 깨려고 든 내 판단이 잘못됐다.

"쓴다! 금화!"

나는 안 쓰고 모아 뒀던 미궁 금화를 쓰기로 결심했다.

"아, 이거 리스트가 뜨는 게 아니라 검색창이 뜨는 식이네."

인벤토리의 미궁 금화를 눌러서 상점을 열자 아무것도 없어서 잠시 당황했지만, 자세히 살펴보니 덩그러니 뜬 검색창이 보였다.

직접 써 보는 건 처음이라서. 하하.

"보자… 화염, 불꽃, 저항, 내성. 이 정도만 넣어도 되려나?"

지옥 개의 민첩이 너무 높아서 투창을 피해 버리는 게 문제라면 붙어서 싸우면 된다.

그런데 붙으려면 불꽃 숨결을 맞아야 하니 일단 그 문제부터 해결할 심산이었다.

[행운의 여신이 초월도 넣으라고 합니다.]

생각나는 키워드들을 대충 넣고 나니, 갑자기 여신님께서 끼어드셨다.

"알겠습니다. 초월… 됐다."

검색을 눌러 보자, [불꽃 초월]이 가장 위에 떴다.

"오."

가격은 미궁 금화 100개.

"히익!"

나는 바로 다음 검색 결과를 확인했다.

[불꽃 내성]: 미궁 금화 10개.

[불꽃 저항]: 미궁 금화 1개,

"…왜 이렇게 극단적이지?"

나는 각 능력의 상세 설명을 열람해 보았다.

"저항은 레벨에 따라서 피해 10%부터 90%까지 컷… 내성은 피해 100% 컷이네. 그럼 초월은 뭐지?"

[불꽃 초월]: 불꽃으로부터 비롯된 모든 피해를 완벽하게 방지합니다.

"아니, 100% 컷이랑 완벽이랑 뭐가 다르지?"

가격 차이가 열 배나 나면 뭐가 있긴 있으리라. 혼자 끙끙 고민하던 나는 그냥 행운의 여신에게 물어보기로 했다.

"여신님, 뭐가 다른 겁니까?"

[행운의 여신이 할 거면 처음부터 초월 고르는 게 낫다고 합니다.]

"아니, 뭐가 다른 건데요······."

[행운의 여신이 내 말 들으라고 합니다.]

"아무리 그래도 금화 100개는 좀······."

[행운의 여신은 그거 비싼 거 아니라고 합니다.]

"쓰읍······."

나는 생각했다.

고로 존재······.

이게 아니라.

"알겠습니다. 여신님을 믿어 보겠습니다."

그냥 무턱대고 믿을 생각을 한 건 아니었다.

단지 금화는 또 벌 수 있다.

벌 수 있는 곳도 알고 있다.

앞으로 벌 계획도 다 잡혀 있다.

오히려 고블린 왕국을 발견하고 그걸 혼자 깨서 금화 100개를 독식한 게 생각지도 못했던 복권 당첨금이랄까, 그런 개념이다.

그러니 이번엔 그냥 이걸 쓰고, 만약 일이 잘못되면 여신을 타박하는 게 맞다.

금화 100개로 여신 약점을 하나 잡을 수 있다면 뭐, 좀 애매하긴 하지만 일단 이득 아니겠는가?

아무리 [비밀 교환]이 있다지만, 이걸로 너무 자주 협박하면 효과가 떨어질 것 같기도 하고.

[행운의 여신이 잘 생각했다고 합니다!]

게다가 내가 자기 조언 믿은 게 그렇게 기쁜 건지 여신님께서 느낌표까지 쓰는 걸 봐라.

이건… 어쩔 수 없다.

—[불꽃 초월]을 구입했습니다.

플렉스해 버리고 말았지 뭐야.

           *   *   *

두 번째 도전 결과.

지옥 개는 필사적으로 불을 뿜어내며 저항했지만, 이미 [불꽃 초월]을 두른 내겐 전혀 통하지 않았다.

다만 지옥 개의 가죽에도 창칼이 전혀 안 박혔다.

힘껏 내리치니까 창날이 먼저 부러지는 데다 새 칼을 꺼냈더니 지옥 개가 불 질러서 녹여 버리기도 했다.

하긴 지옥 개의 추정 레벨은 40레벨.

고작 12레벨제 무기 날이 박힐 리가 없다.

앞서 시도했던 투창질이 완전히 무의미한 짓거리였다는 게 새삼스레 밝혀지는 순간이기도 했다.

고레벨 적과 마주친 게 수십 년 만이라 깜박하고 있었다.

"아무리 레벨이 깡패라지만 이건 좀 너무한 거 아니야?!"

정작 고블린 왕국에선 내가 이러한 미궁의 특성을 활용해 쉽게 미궁 금화를 벌었지만, 그런 건 지금 내 머리에 남아 있지 않았다.

그렇다고 타격이 잘 먹히는 것도 아니었다.

지옥 개의 겉가죽에는 비늘이 빽빽이 돋아나 있었고, 비늘 위로는 미끄덩거리는 기름이 잔뜩 분출되고 있었다.

개처럼 보이지만 사실 파충류라더니 그 소문이 사실인 모양이다.

결국 내게 남은 방법은 지옥 개를 붙잡고 씨름하는 것뿐이었다.

[행운의 여신이 오일 레슬링 같다고 합니다.]

여신님의 말씀대로, 번들거리는 지옥 개를 붙잡고 뒹구느라 내 몸도 온통 기름투성이였다.

게다가 알몸이기까지 했고.

[행운의 여신이 보기 좋다고 합니다.]

"…뭐가요?"

[행운의 여신이 침묵합니다.]

침묵한다고 말하는 사람이 어디 있어.

여기 있네.

사람은 아니지만.

"크르릉!"

딱!

잠깐 정신 팔린 사이, 지옥 개가 내 허벅지에 입질했다.

"어딜, 이놈!"

나는 지옥 개의 미끄덩거리는 목을 겨드랑이에 끼고 미궁 바닥에 머리를 처박는 데에 성공했다.

쾅!

—치명타!

—지옥 개를 처치하셨습니다.

"이겼다!"

여기서 [라이스 샤워]의 도움을 받네.

치명타 +40% 좋고요. 예, 감사합니다.

"후우."

이놈 잡는 걸 영상으론 여러 번 구경해 봤어도 내가 직접 잡은 건 처음이라 묘한 감흥이 느껴졌다.

아직 3층이지만 심정적으로는 이미 8층에 온 기분이라고 해야 할까.

사실은 아니지만, 기분은 그렇다는 이야기다.

[행운의 여신이 그게 다 내 덕이라고 합니다.]

그런데 뜬금없이 행운의 여신께서 생색을 내셨다.

"…예?"

[행운의 여신이 그게 다 내 덕이라고 합니다.]

아니, 못 알아들은 게 아니라…….

내가 멀뚱히 아무 말도 안 하고 있으려니, 다시 한번 여신님의 메시지가 떴다.

[행운의 여신이 그게 다 [불꽃 초월] 덕이라고 합니다.]

"아, 예,"

사실 싸워 본 바로는 [불꽃 내성]으로도 충분하지 않았을까 싶긴 하지만, 나는 그냥 대충 대답하고 말았다.

[행운의 여신은 지옥 개의 기름으로 증폭된 불꽃 피해는 [불꽃 내성] 정도로는 다 안 막힌다고 강변합니다.]

그러자 여신님은 답답하셨는지 이번엔 좀 길고 상세하게 말씀하셨다.

아, 내가 100% 넘어서 피해가 들어올 경우를 생각 못 했구나.

지옥 개를 영상으로만 접했던 나는 알 수 없었던 정보였다.

즉, 여신님께서 생색내실 만했다.

"그랬군요. 제가 몰랐습니다. 알려 주셔서 감사합니다."

나는 일단 여신님께 감사 인사를 올렸다.

[행운의 여신이 알았으면 됐다고 말합니다.]

"그런데 그렇게 길게 말씀하시면 성좌력 낭비가 크실 텐데. 괜찮으시겠어요?"

성좌들이 되도록 간단히 말하는 이유가 성좌력 낭비를 줄이기 위해서라는 말을 어디서 들은 적이 있다.

[행운의 여신이 알면 알아서 잘 알아들으라고 말합니다.]

"예, 감사합니다. 덕분에 잘 잡았습니다."

엎드려 절받기도 이런 엎드려 절받기가 없는 데도, 행운의 여신은 만족한 건지 아무 말 없었다.

그런데 아무래도 요즘 행운의 여신님이 날 좀 좋게 보는 것 같기는 하다.

그리고 그 이유도 대충 짐작이 간다.

나와 만나자마자 행운이 2라는 이유로 저주를 퍼부은 거나, 고블린들을 행운 낮다고 싫어했던 걸 떠올려 보면 답은 명확하게 도출된다.

내 행운이 높아서다.

무려 40이나 되니까.

물론 내 행운이 높은 건 행운의 여신 탓이지만, 여신은 그 사실에 대해서는 별로 신경 쓰는 것 같지는 않았다.

"그러고 보니 여신님. 저주나 축복 주실 때 5초 여유를 두시는 이유가 무엇입니까?"

분위기도 괜찮겠다, 나는 이전부터 궁금했던 걸 한 번 물어보기로 했다.

그러자 행운의 여신께서는 이렇게 대답하셨다.

[행운의 여신은 피할 수 없는 불행을 앞에 두고 덧없는 발버둥을 치는 필멸자의 모습을 즐기기 위해서라고 대답합니다.]

매우 길게.

아무래도 일개 성좌가 아니라 무려 여신님이라 그런지 성좌력이 남아도시나 보다.

그건 그렇고…….

여신님, 성격이?

[행운의 여신이 너는 내가 변덕을 부린 덕을 보지 않았느냐고 되묻습니다.]

하는 말을 듣자 하니, 내가 무슨 생각을 하고 있는지 간파라도 한 것 같다.

"예, 뭐. 감사… 합니다?"

[행운의 여신은 알면 됐다고 말합니다.]

내 떨떠름한 감사 인사에도 여신은 만족한 듯했다.

역시 내 행운이 높아서 이러는 게 맞는 것 같지?

*　　　*　　　*

온몸이 기름 범벅이다. 기름 개 아니, 지옥 개랑 몸을 부비적 거리며 뒹구느라 온몸이 다 기름졌다.

나는 적당한 천을 꺼내 몸을 닦았다. 몸을 닦은 천에도 기름이 잔뜩 묻어났다.

그런데 이 기름도 쓸모가 있다.

아니, 많다.

철제 무기의 녹 방지부터 광택제에 윤활유까지, 기름 쓰는 데에는 대부분 쓸 수 있다.

기름을 천에 묻혀 두고 이 천으로 칼을 닦으면 그걸로 녹 방지가 되는 셈이다.

몸도 닦고 칼도 닦고.

이게 일석이조지.

…아니면 말고.

대충 수습하고 옷을 걸친 나는 지옥 개 시체를 해체하기로 했다.

그냥 두고 가기엔 쓸모 있는 부분이 너무 많은 놈이다.

지옥 개의 가죽은 튼튼하고 질긴 데다 표면이 아름다워서 여러 용도로 쓸 수 있다.

핸드백을 만든다거나, 지갑도 괜찮고…….

…미궁에서 그런 잡화를 쓸 일은 없겠지만, 아무튼 말이 그렇다는 이야기다.

고기 맛도 의외로 닭고기 맛이 나서 괜찮다고 그러던데, 이번에 드디어 맛을 보겠군.

튼튼한 등 가죽에 비해 부드러운 배를 칼로 따서 슥슥 썰어낸 후, 미궁 벽에다 쐐기를 박고, 고리를 달아서 지옥 개 시체를 매달아 일단 피부터 뺐다.

"이건 이대로 기다리면 될 거고."

피가 다 빠지려면 시간이 조금 걸린다.

그동안 내가 할 일이…….

…있지.

그건 바로 다음 코너의 정찰이다.

내 기록대로면 첫 코너에서 낮은 레벨 고블린, 두 번째 코너에서 적절한 레벨 고블린, 그리고 마지막 출구가 있는 방에 대장 고블린이 있어야 했다.

하지만 이미 고블린 거르고 지옥 개가 튀어나온 시점에서, 내가 기존에 갖고 있던 3층에 대한 지식과 정보는 쓸모가 없어졌다고 보는 게 맞다.

"지옥 개보다 더 강력한 놈이 나올 가능성이… 크지."

지옥 개야 생각보다 쉽게 잡았지만, 그건 내가 [불꽃 초월]을 들고 있어서다.

애초에 나는 지옥 개 상대로 두 번이나 도망쳤다. 쉽게 잡았다는 말 자체가 허세인 셈이다.

"후우……"

나는 마지막으로 길게 심호흡을 한 후, 아예 호흡까지 멈춘 채 살금살금 다음 코너로 향했다.

아무 생각 없이 다음 코너에 머리를 내밀려다가, 나는 인벤토리에 처박아 놓은 양철 거울의 존재를 기억해 냈다.

양철 거울은 유리를 구할 수가 없어서 만든 건데, 이것도 표면을 잘 닦아서 반딱반딱하게 만들면 잘 비친다.

좀 잘못 만들어서 상이 일그러져 보여 내 얼굴을 비추는 데에는 별 쓸모가 없지만, 코너 너머를 엿보는 것 정도는 할 수 있다.

나는 양철 거울을 이용해서 코너 너머를 확인했다.

그리고 코너 너머에 버티고 선 몬스터의 모습을 확인한 나는 눈을 깜박였다.

두 번이나.

'돌연변이.'

나는 입술만 움직였다.

'돌연변이 지옥 개.'

다음 코너의 몬스터는 머리가 두 개인 돌연변이 지옥 개였다.

골치가 아팠다.

돌연변이가 괜히 돌연변이가 아니다.

저 두 개 달린 머리, 그러니까 두 개의 입에서 각기 뭘 토할지는 아무도 모른다.

평범한 지옥 개처럼 불이나 토하고 말 건지, 아니면 한쪽에선 불이 나오고 한쪽에선 다른 게 나올 건지.

최악의 경우에는 머리 두 개가 각각 불 말고 다른 걸 토할 수
도 있었다.

지옥 개랑 닮았다고 불꽃 대책만 세우고 갔다가 지옥 간 모험
가가 얼마나 많았던가.

나는 코너에서 물러나 지옥 개가 있던 곳까지 후퇴했다.

"후우, 하아, 후우, 하아."

그리고 심호흡을 두 번 했다.

"확인해 봐야겠지."

진짜 하기 싫은데, 그렇다고 아무 정보도 못 얻고 그냥 여기
남아 있을 수도 없다.

"나는 모험가, 나는 모험가다."

후읍!

마지막으로 폐 속에 숨을 가득 채워 넣은 나는 다음 코너를
향해 달려들었다.

"우와아아악!"

큰소리를 쳐서 일단 돌연변이 지옥 개가 숨결을 토해 내게 만
들 심산이었다.

뭐 토하는지만 확인하고 물러난다!

다행히 돌연변이 지옥 개는 내 의도대로 행동해 주었다.

일단 오른쪽 머리에서는 불꽃을 토했다.

'좋아, 불꽃! 그럼 왼쪽은……'

왼쪽 머리는 입을 꾹 다문 채였다.

'뭐야, 설마 아무것도 못 토하나?'

그러나 내 생각은 너무 안이했다. 돌연변이 지옥 개의 왼쪽 머

리에 달린 두 눈이 불길하게 번뜩이는 걸 미리 눈치채야 했다.

번쩍!

*　　　　*　　　　*

두 줄기의 빛줄기가 작렬했다.

"아니! 아무리 돌연변이라도 그렇지!"

나는 하도 어이가 없어서 그간 숨 참고 있던 것도 잊고 큰 목소리로 항의하고 말았다.

"눈에서 빔이라니 말이 되는 소리를 해야지!"

그렇게 외치고 있느라 눈치채는 게 조금 늦었다.

이미 돌연변이 지옥 개가 발사한 눈에서 빔은 내 몸에 명중한 상태였다는 것을.

내가 왜 이걸 미처 눈치채지 못했냐면, 그 어떤 고통도 느끼지 못했기 때문이다.

화상도, 타박상도, 그 어떤 상처도 입지 않았다.

"뭐야."

혹시 그냥 불만 비추는 건가? 실제론 아무 피해도 못 주는 그냥 눈에서 빛 나오는 게 다인 건가?

"아, 하하하!"

누가 돌연변이 아니랄까 봐, 이런 이상한 짓을 하는 놈도 나오는구나!

나는 좋아하면서 돌연변이 지옥 개에게 성큼성큼 다가갔다.

돌연변이도 내게 불꽃도 빔도 통하지 않은 것에 당황한 건지 멈칫거렸다.

그 틈을 타서, 나는 돌연변이의 왼쪽 머리를 겨드랑이로 꽉 잡았다.

놈은 버둥거리면서 눈에서 빔을 계속 뿜어 댔다.

그러자 무서운 일이 일어났다.

내게서 벗어나고자 발버둥 치느라 다른 곳으로 튄 왼쪽 머리의 빔이 미궁 벽면을 태우기 시작했다!

아니, 그냥 후레쉬 아니었어?

나는 모골이 다 송연해졌지만, 몸이 먼저 위험에 반응해 움직였다.

쾅!

돌연변이 지옥 개의 왼쪽 머리를 바닥에 처박은 것이 그거였다.

—치명타!

어따, 오늘 치명타 잘 나네!

그러나 보통 지옥 개와 달리 돌연변이는 치명타 한 방에 가지 않았다.

상황을 파악한 나는 재빨리 자세를 바꿔 오른쪽 머리를 겨드랑이에 끼고 이번에는 앞으로 뛰었다.

우드득!

—치명타!

—돌연변이 지옥 개를 처치하셨습니다.

—레벨 업!

"후욱, 후욱, 후우……."

오히려 더 쉽게 잡긴 했다.

더 쉽게 잡긴 했는데…….

"뭐가 어떻게 된 거지?"

[행운의 여신이 그것도 내 덕이라고 말합니다.]

"뭐, 뭐가요?"

[행운의 여신은 [불꽃 초월]의 경우에는 불꽃 피해뿐만 아니라 빛이나 다른 기타 현상으로 발생하는 열 피해도 막아 준다고 설명해 줍니다.]

"오, 오오……."

저번, 그러니까 보통 지옥 개 때는 솔직히 그냥 마지못해 감사 인사를 했었다.

하지만 이번엔 다르다.

저 정도 위력의 빔을 [불꽃 초월] 없이 맞았으면 어떻게 됐을까?

이번엔 진짜로 여신님 덕에 산 거다.

"감사 인사 오지게 박습니다, 여신님."

나는 바닥에 머리를 박고 물구나무를 서서 내 나름의 최대한 의 감사 표현을 했다.

[행운의 여신이 알았으면 행운 능력치나 올리라고 합니다.]

"옙!"

나는 행운을 2 올렸다.

[행운의 여신이 좋아합니다.]

이걸로 좋아하시니 다행이다.

"앞으로 행운은 바로바로 올리겠습니다."

[행운의 여신이 좋아합니다.]

이런 걸로 좋아하니 다행이다.

＊　　　　＊　　　　＊

　나는 돌연변이 지옥 개의 시체를 3층 로비로 끌고 가 배를 가르고 매달았다.

　처음 매단 지옥 개 시체에선 아직 피가 다 빠지지 않은 상태였다. 내가 지나치게 빠르게 두 번째 전투를 끝내 버린 탓이다.

　이렇게 된 이상, 곧장 출구 방의 정찰까지 해 버리는 게 좋을 것 같았다.

　나는 전보다 더욱 가벼운 걸음걸이로 출구 방으로 향했다.

　정찰 결과.

　출구 방의 주인은 앞선 지옥 개와 달리 개체명까지 따로 지정되어 있는 거물이었다.

　케르베로스.

　지옥의 삼두견.

　머리가 셋 달린, 지옥 개의 우두머리 격인 놈이다.

　"1과 2 다음은 3 맞지……."

　진짜 어이가 없네.

　"후, 그나마 다행이긴 한가."

　케르베로스는 돌연변이와 달리 세 머리의 능력이 모두 정해져 있다.

　왼쪽 머리는 방사형의 불꽃 숨결.

　가운데 머리는 직선형의 불꽃 숨결.

　오른쪽 머리는 구 형태의 불꽃 폭발.

즉, 형태만 다를 뿐 전부 불꽃이다.

다만 지옥 개나 돌연변이와 달리 일단 덩치가 더 크고 힘이
세다는 게 문제긴 한데…….

"얍!"

쾅!

—치명타!

"이얍!"

쾅!

—치명타!

"으랍!"

우드득!

—치명타!

정정한다.

—케르베로스를 처치하셨습니다.

—레벨 업!

별문제 없었다.

어디까지나 참고로 말해두자면.

케르베로스의 첫 번째 머리는 오른쪽 겨드랑이에 끼운 상태로
뒤로 넘어져 바닥에 이마를 박아서 깼고.

두 번째 머리는 허벅지에 끼운 상태로 수직으로 내리찍어서
정수리를 깼으며.

마지막 머리는 왼쪽 겨드랑이에 끼운 상태로 앞으로 뛰어서
목을 부러뜨려주었다.

물론 이 과정을 거치며 케르베로스는 머리 세 개에서 온갖 형

태의 불을 토해내며 저항했으나 내겐 아무런 소용이 없었다.

[불꽃 초월]이 있으니까.

차라리 물거나 달려들었다면 조금이나마 승산이 있었을지 모르겠다.

아, 아니구나.

막상 붙어 보니 내가 더 힘이 셌으니까.

"나, 생각보다 강할지도?"

하긴 일반적인 40레벨이라면 초기 능력치에 추가로 39 얻는 게 다다.

이걸 4개 능력치에 고루 분배해 봤자 8씩 올리는 게 전부고.

하지만 내 기본 능력치 평균은 37.

7층에 50년 가까이 박혀서 자급자족한답시고 일반 기술을 이것저것 올렸기에 얻을 수 있었던 결과물이었다.

그렇기에 아무리 비슷한 레벨이라도 맞붙어서 힘으로 짓누르면 못 이길 상대가 더 드물 수밖에 없다.

[행운의 여신이 그게 다 내 덕이라고 합니다.]

"예, 여신님. 행운 능력치 올리겠습니다."

[행운의 여신이 좋아합니다.]

쉽구만.

*　　　　*　　　　*

케르베로스는 지옥 개나 돌연변이보다 세 배 정도는 더 크고 무거웠기 때문에, 미궁 벽에 매다는 것도 훨씬 손이 많이 갔다.

"아니, 미궁 벽돌이 못 버티고 빠져 버리네."

벽돌 사이에 고리를 세 개 박고 케르베로스 시체를 걸었더니, 벽돌째로 딸려 나오는 게 아닌가?

결국 고리를 아홉 개 박고 나서야 좀 제대로 매달 수 있었다.

그러다 문득, 나는 어떤 사실을 깨달았다.

"이 벽, 혹시 뚫리나?"

벽돌도 빠지는 걸 보아하니, 망치랑 끌로 잘 두들기면 어떻게 부술 수도 있을 것 같은데.

어차피 피가 다 빠지기 전엔 할 일도 없으니 시도해 봐도 나쁠 건 없다.

"좋아, 해 볼까."

나는 벽돌로 이뤄진 미궁 3층의 벽을 뚫기 시작했다.

그러나 곧 좌절했다. 벽돌을 빼자, 그 뒤는 그냥 흙벽이었기 때문이다.

도로 벽돌을 제자리에 끼워 놓은 나는 잠깐 생각에 잠겼다가, 다시 작업을 시작했다.

이번에는 벽돌을 파내는 게 아니라, 옆으로 움직이면서 벽돌을 하나씩 두들겼다.

벽돌 뒤가 비었다면 다른 소리가 날 테니까, 괜찮은 방법 같았다.

딱딱딱.

딱딱딱.

딱딱딱.

직접 해 보기 전까지는 그렇게 생각했던 소리였다.

"…이거 너무 노가단데."

이렇게 벽돌 하나하나마다 다 두들기고 다녔다간 몇 시간, 아니, 며칠이 걸릴지 모르는 일이다.

그러다 문득, 나는 번뜩이는 발상을 하나 해냈다.

"크흠, 음음, 아아, 아아."

목을 가다듬은 후, 나는 큰소리로 이렇게 외쳤다.

"나는! 회귀자다!"

[비밀 교환]은 아이템에도 반응한다.

시체에도 반응한다.

그렇다면 벽돌에도 반응하지 않을까?

이 가설이 맞을지 틀릴지는 해 봐야 안다.

그래서 나는 계속해 보기로 했다.

"나는 회귀자다아!"

"나는? 회귀자다!"

"내가 누구? 난 회귀자!"

"바로 내가! 회귀자다! 멋진 회귀자!"

슬슬 레퍼토리도 떨어지고 의욕도 떨어지고 그 자리를 자괴감이 대신 채울 무렵.

"어?"

벽 한 면에 아이콘이 떴다.

"설마……."

나는 아이콘이 뜬 벽면의 벽돌을 두들겨 보았다.

퉁, 퉁.

"오?"

소리를 듣자 하니 이 벽돌 뒤가 빈 것 같았다.

"설마 진짜로?"

나는 곧장 작업에 돌입했다. 벽돌 사이에 채워진 석회를 깨고 벽돌을 빼냈다.

"오호!"

벽들 여러 개 뺄 필요도 없었다.

하나만 빼도 답이 나왔다.

"여기서 숨겨진 통로라니."

벽돌 뒤의 공간은 다른 곳으로 이어져 있었다.

"3층에 이런 곳이 있다는 걸 발견한 사람은 없었지."

따라서 공략 영상도 없다.

이 통로 끝에 뭐가 나올지 모른다는 소리다.

내가 감당하기 어려운 괴물이 나올지, 치명적인 함정이 튀어 나올지, 아니면 아무것도 없을지.

나는 아무것도 모른다.

즉, 이 통로의 탐색은 곧 모험이다.

나는 빙그레 웃었다.

"모험가라면 역시 모험을 해야겠지."

모험에 굶주린 지난 50년을 보상받기 위해서라도, 나는 이번 기회를 놓칠 생각이 없었다.

설령 좀 위험하더라도 말이다.

*   *   *

비밀 통로의 끝에는 감당하기 어려운 괴물도, 치명적인 함정도 나오지 않았다.

아니, 어떤 의미에서는 감당하기 어려운 괴물이자 치명적인 함정이 나오긴 했다.

왜냐하면…….

"성상이네."

비밀 통로의 끝에는 [훼손된 성상]이 덩그러니 남겨져 있었기 때문이다.

하지만 1층에서 행운의 여신과 연결된 훼손된 성상을 발견했을 때보다는 당혹감이 덜했다.

이유는 물론 답을 알고 있기 때문이다.

"나는 회! 귀자다."

속닥속닥.

─이 성상은 [비의 계승자]의 성상입니다.

그러자 비밀이 밝혀졌다.

"비의? 계승자?"

'비'의 계승자인지, '비의' 계승자인지 모르겠다.

그러나 한 가지만은 확실했다.

"모르는… 성좌잖아."

이 미궁엔 왜 이렇게 내가 모르는 게 많은 건지 모르겠다.

[행운의 여신이 재미있어합니다.]

이 여신님은 또 뭐가 재미있으신 건지 모르겠다.

사실 나는 아무것도 모르는 걸지도 모르겠다.

[행운의 여신은 집어도 괜찮을 거라 말합니다.]

"예? 괜찮다고요?"

보통 성좌는 자기 계약자에 대한 독점욕이 강하다. 다 그렇지는 않지만, 보통은 그렇다.

하지만 다시 생각해 보니 나는 그저 행운의 여신과 채널을 개설한 사이일 뿐, 계약을 한 사이는 아니긴 하다.

"여신님께서 그렇게 말씀하신다면야……."

나는 여신의 조언을 받아들이기로 했다.

그동안 내게 보여 준 호의를 감안한 결정이었다.

성상을 집자마자, 메시지가 들렸다.

[비의 계승자가 당신에게 호의적입니다.]

[비의 계승자가 당신에게 선물을 줍니다.]

―새로운 능력치를 얻었습니다.

―[지식]

[지식 17]

"오, 감사합니다."

그런데 처음부터 17이라니, 생각보다 높은……?

[비의 계승자가 당신의 높은 지식에 놀랍니다.]

[비의 계승자는 당신에게 선물을 줍니다.]

―[지식 +17]

"오오."

시작부터 이렇게 퍼 주다니.

행운의 여신과는 뭔가 다른…….

어라……?

―[위대한 지식]이 당신의 정신을 침범합니다.

─[불변의 정신]이 [위대한 지식]에 저항합니다.

─저항 성공!

─당신은 제정신입니다.

"어, 어어……?"

뭔가 방금 우주의 움직임을 본 것 같았다.

진리가 스치고 지나갔다.

그러나 동시에 강렬한 위기감도 느껴졌다.

등판을 타고 축축하고 기분 나쁜 식은땀이 주르륵 흘러내렸다.

나는 지금 죽을 뻔했다.

확신에 가까운, 아니.

확신했다.

육체에는 아무런 피해도 없었지만, 내 정신은 죽을 위기를 넘겼다.

"이게, 이게 무슨……!"

[비의 계승자가 놀라워합니다.]

[비의 계승자는 한 번 더 시험해 보기로 합니다.]

"그, 그만……!"

─[지식 +17]

─[위대한 지식]이 당신의 정신을 침범합니다.

─[불변의 정신]이 [위대한 지식]에 저항합니다.

─[불변의 정신]이 [위대한 지식]에 저항합니다.

─…….

"헉, 흐윽, 허억."

숨이 거칠어졌다.

살갗이 갈라져 피가 배어 나오고 있었다.

정신적 피해가 육체에까지 영향을 미친 탓이다.

"으아, 으오, 으오아아아아!"

비명을 질렀다.

비명을 질렀다?

비명을 지른 것 같다.

―저항 성공!

―당신은 제정신입니다.

제정신?

나, 제정신?

제정신이란 게 뭐지?

―[지식] 능력치가 한계에 달했습니다.

―이번에 반영되지 않은 상승분의 능력치는 미배분 능력치로
전환됩니다.

[행운의 여신이 큰 소리로 웃습니다.]

[비의 계승자가 여신의 출현에 경악합니다.]

[행운의 여신이 비의 계승자를 비웃습니다.]

[비의 계승자가 치를 떱니다.]

[비의 계승자가 채널을 끊고 떠나갑니다.]

＊　　　＊　　　＊

정신을 차리고 보니, 나는 3층 로비까지 돌아와 있었고 치유

의 샘물에 머리를 처박고 있었다.

도중의 기억은 전혀 없다. 정신을 잃은 채 무의식 상태에서 그저 살기 위해 움직인 모양이다.

[행운의 여신이 괜찮냐고 물어봅니다.]

[행운의 여신이 괜찮을 줄 알았다고 말합니다.]

[행운의 여신이 크게 웃습니다.]

"아니!"

나는 행운의 여신에게 따지고 들려고 했지만, 내가 뭘 당했는지 몰라서 결국 따지지 못했다.

[행운의 여신이 능력치를 확인해 보라고 합니다.]

그래서 나는 일단 여신이 시키는 대로 해 보았다.

[이철호]

레벨: 43

기본 능력치: [근력 37] [체력 37] [민첩 37] [솜씨 37]

특별 능력치: [행운 43] [지식 43]

미배분 능력치: 175

특별 능력치인 지식이 생겨난 것까지는 기억하고 있었다. 그리고 비의 계승자가 나한테 지식을 끼얹었고…….

그 결과, 지식 능력치가 43, 그러니까 한계까지 차올라 있었고 미배분 능력치가 8 불어나 있었다.

일단 이득은 봤다.

이득은 봤는데…….

"[지식]이 뭐지?"

43까지 오른 건 좋은데, 정확히 이게 뭔지 모르니까 이득 본 느낌이 별로 안 든다.

　물론 미배분 능력치 8도 어디 애 이름은 아니긴 하지만.

[행운의 여신은 마력 같은 거라고 대답합니다.]

"마력이요? 마법도 쓸 줄 모르는데……."

[행운의 여신이 잘 생각해 보라고 말합니다.]

잘 생각?

자라는 소린 아닐 테고…….

나는 몇 번 고개를 갸웃거렸다.

"…어?"

그리고 기억해 냈다.

"아, 맞다. 나 마법 쓸 줄 알지?"

왜 이걸 이제까지 잊고 있었는지 모르겠다.

4장
—
제4층

[행운의 여신이 크게 웃습니다.]

[행운의 여신이 비의 계승자를 비웃습니다.]

[행운의 여신이 크게 웃습니다.]

그런데 여신은 아까부터 왜 저렇게 신나 있지?

[행운의 여신이 믿고 있었다고 말합니다.]

[행운의 여신이 크게 웃습니다.]

머리가 뜨거웠기에, 나는 다시금 치유의 샘물 속에 머리를 처박았다.

입으로도 샘물이 들어왔지만, 나는 그걸 그냥 꿀꺽꿀꺽 마셨다.

그리고 마침내, 나는 기억해 냈다.

"아니! 원래 마법 쓸 줄 아는 게 아니었잖아!"

이제야 좀 머리가 식으면서 제대로 된 사고 능력을 되찾게 된 것 같았다.

그, 비의 계승자가 나를 시험한답시고 뭔가 위험한 지식을 잔뜩 밀어 넣었고……

으……

나는 다시 치유의 샘물 속에 머리를 처박았다.

…아무튼, 그 [지식]이란 걸로 내 정신을 붕괴시켜서 날 어떻게 해 보려고 시도했지만 결국 실패한 것 같았다.

[불변의 정신]이 이번에도 한 건 한 덕이었다.

"아니, 여신님. 그런 위험한 놈 성상을 집으라고 하시면 어떻게 합니까?"

[행운의 여신이 널 믿고 있었다고 합니다.]

[행운의 여신이 내 덕에 좀 많이 벌어들이지 않았냐고 합니다.]

이 말만큼은 틀린 구석이 없다.

하마터면 죽을 뻔했지만, 확실히 나는 많은 것을 얻었다.

[지식 43]

지식은 곧 힘이다.

현대 지구에서도 종종 거론되는 명언이지만, 미궁에서는 그 의미가 사뭇 달라진다.

[지식]은 곧 [힘]이다.

나는 치유의 샘물 속에 머리를 처박은 채로, 이번에 새로 얻은 [지식]을 열람했다.

"[해의 지식], [달의 지식], [별의 지식]."

[해의 지식]은 영혼을 담금질하여 초월로 이끄는 지식이며, [달의 지식]은 우주 너머를 바라보며 진리를 탐색할 수 있게 해 주는 지식이다.

그리고 [별의 지식]은 별, 즉 성좌와의 연결을 통해 힘과 지식을 얻고, 성좌는 세계를 변혁시킬 도구로써 나를 활용한다.

이렇게 말하면 뭔가 거창하게 들리겠지.

거창한 게 맞다.

다만 나는 거창하게 쓰지 않을 것이다.

"불꽃 폭발."

쾅!

[해의 지식]으로 얻은, 본래 영혼을 담금질하기 위한 불길은 그냥 물질을 태우고 폭발시키는 힘으로 쓸 수 있다.

본래의 의도와는 동떨어진, 차라리 저열하다고 말할 수 있는 활용 방법이지만…….

뭐 어떤가.

폭발은 좋은 것이다.

[행운의 여신이 크게 웃습니다.]

[행운의 여신은 네가 옳다고 말합니다.]

[행운의 여신이 비의 계승자를 비웃습니다.]

대체 비의 계승자와 무슨 일이 있었기에 여신이 저러는 건지 모르겠지만…….

나는 그냥 신경 쓰지 않기로 했다.

그냥 심플하게 생각하자.

마법 얻었으면 됐지, 뭐!

＊　　　　＊　　　　＊

"불꽃 폭발!"

쾅!

"불꽃 방사!"

화르르륵!

"불꽃 작열!"

지글지글지글!

나는 다양한 방식으로 새로 얻은 마법을 시험하고 점검해 보았다.

"으, 머리야……"

마력을 사용하는 일반적인 마법과 달리, [지식]을 통한 마법은 마력을 사용하지 않는다.

그렇다고 무제한적으로 쓸 수 있는 건 또 아니었다.

마법을 사용하면 사용할수록 머리가 지끈거리고 아팠다.

어느 정도에서 멈추고 쉬면 괜찮아지지만, 무리하고 나면 그냥 쉬는 정도로는 회복이 안 된다.

치유의 샘물에 머리를 처박고 있어야 그나마 조금씩이라도 회복이 되는 느낌이다.

"아무래도 [지식]이 뇌를 소모하는 것 같은데……"

내 추측은 금방 증명이 되었다.

정확히는 [지식]을 통해 마법을 쓸 때마다 소모되는 건 [지식] 쪽이다.

그러나 이 소모된 [지식]은 영구적으로 사라지는 게 아니라, 시간이 지나면 회복된다.

문제는 이 [지식]의 회복에 뇌가, 정확히는 뇌에 할당되는 자원이 소모된다는 점이다.

약간 복잡하지만, 그냥 [지식] 마법 쓸 때마다 뇌가 소모된다고 이해해도 그리 틀린 건 아니다.

그렇다고 정확히 맞는 건 또 아니지만 여하튼,

[지식] 마법을 남용하면 뇌를 홀라당 태워 먹을 수도 있다는 소리니만큼, 한계를 파악해 두는 게 중요했다.

치유의 샘물이 지척에 있는 지금 여기가 나 자신을 시험하기에 가장 좋은 환경이었다.

그래서, 했다.

"대충 알겠다."

연속으로 사용할 경우, 불꽃 폭발 열 발이면 한계에 달한다.

조금씩이라도, 그러니까 약 10초씩 텀을 두면 11발 정도는 발사할 수 있다.

열 발을 쏘고 나서 한 시간 이상 지나면 완전히 회복된다.

다만 열한 발을 쏘고 나면 뇌가 지나치게 축난 탓일까, 치유의 샘물이 없이는 몇 시간이 지나도 회복이 안 된다.

"그러니까 군이 환산하면 불꽃 폭발 한 발에 지식 4 정도를 잡으면 되겠어."

지식 40의 회복에는 한 시간이 걸리니까, 1 회복에는 대충 1분 20초를 잡으면 되겠다.

이렇게 계산하면 10초씩 텀을 둬서 100초 텀을 줬을 때 11발을 쏠 수 있는 것도 설명이 된다.

기준을 불꽃 폭발로 잡았지만, 다른 마법으로도 어떻게 써야 할지 대충 감이 잡힌다.

전방에 원뿔 모양으로 불꽃을 흩뿌리는 불꽃 방사는 대충 10초마다 1의 지식을 소모한다.

주먹만 한 범위에 불꽃을 집중시켜 쏘아 내는 불꽃 작열은 약 5초마다 1의 지식이 소모된다.

이 모든 마법은 모두 최대 위력을 기준으로 한 것이다.

그냥 손끝에서 간단히 불꽃을 피워 낸다거나, 장작에 불을 붙인다거나 할 때는 아예 계산하지 않아도 됐다.

이 모든 데이터는 지금 상태 기준이다.

더 많은 [지식]을 얻을수록 더 효율적으로 마법을 사용할 수 있게 될 테니.

그런데 [비의 계승자]에게 능력치 형태로 받은 지식은 온전하지 않다. 구멍이 숭숭 나 있는 책 같달까.

그래서 지금 내가 [해의 지식]을 통해 사용할 수 있는 마법은 이 셋뿐이다.

물론 내게 있는 건 [해의 지식]뿐만이 아니다. [달의 지식]과 [별의 지식]도 있지.

[달의 지식]을 기반으로 쓸 수 있는 마법은 다음과 같다.

망원.

투시.

망원은 멀리 보는 마법이고, 투시는 꿰뚫어 보는 마법이다.

모두 초당 1씩의 지식이 소모된다.

두 마법을 동시에 켤 수도 있는데, 이 경우 초당 3씩의 지식이 소모된다.

지식 효율이 그리 높지는 않지만, 둘이 너무 시너지가 좋아서 자주 쓸 것 같다.

[별의 지식]을 기반으로 쓸 수 있는 마법은 다음과 같다.

소환.

초환.

소환은 저급령 따위를 불러내는 마법이고, 초환은 악마나 신 등을 불러들이는 마법이다.

그러나 두 마법 모두 지금의 지식으로는 아무거나 불러내는 수준에 가까워서 도저히 써먹을 게 못 된다.

더욱이 불러내기만 할 수 있지, 불러낸 놈에게 명령을 내리거나 제어하는 건 불가능하다.

몬스터를 상대하자고 아무거나 불러냈는데, 그놈이 인간을 더 증오해서 소환한 날 공격할 가능성이 오히려 더 컸다.

그냥 영 답이 없을 때 높은 행운을 믿고 질러 보는 식으로밖에 쓸 방법이 없다.

더 많은, 제대로 된 마법을 사용하고 싶으면 레벨을 더 올리고 지식 능력치를 찍어야겠지.

[비의 계승자]에게 [위대한 지식]으로 고문당한 걸 생각하면 사실 올리기 싫지만, 사람 일이라는 게 어떻게 될지 모르는 거니까.

미궁 3층만 봐도 그렇다.

고블린은 어디 가고 내 레벨에 맞춰 조정된 적들이 나온 걸 보라.

앞으로도 이런 일이 비일비재하리란 건 당연한 예상이었다.

"후……."

심호흡을 통해 심란함을 다스린 나는 몸을 일으켰다. 하루 내도록 치유의 샘물에 절여져 있느라 온몸이 축축했다.

나는 불꽃을 가볍게 불러내 몸을 말리고 옷을 입었다.

미궁 3층에 허락된 시간은 약 48시간.

내 인식상으로는 3층에 머문 시간이 아직 24시간도 안 지난 것 같지만, [비의 계승자]에게 [위대한 지식]을 당해 기절한 시간이 있으니 방심 못 한다.

인벤토리에 세 구의 지옥 개 시체를 밀어 넣은 나는 출구를 향해 걷기 시작했다.

아무리 그래도 4층은 이렇게 어렵진 않겠지.

…그렇겠지?

＊　　　　＊　　　　＊

[Tip!]: 레벨이 오를 때마다 미배분 능력치 1이 주어집니다. 미배분 능력치는 능력치에 배분함으로써 효과가 나타납니다.

[Tip!]: 능력치를 올리는 방법은 미배분 능력치의 배분뿐만이 아닙니다. 일반 기술을 단련해 일정 이상의 수준에 도달하면 특정 능력치가 오릅니다.

[3층의 모험가 12,569명 중 생존하여 4층까지 내려온 모험가는 6천, 2백, 7십, 4명입니다.]

[생존을 축하드립니다.]

"오, 회귀자 아저씨다!"

"회귀자? 저 사람이?"

내가 미궁 4층의 로비로 나가자마자, 나를 환영하는 다른 모험가들의 모습을 볼 수 있었다.

모험가들로 우글거렸던 1층이나 2층과는 달리, 3층의 로비에는 단 4명의 모험가만이 보였다.

이건 좋은 소식이지만, 안 좋은 소식이 또 있었다.

이 무작위로 뽑힌 다섯 명의 팀으로 4층을 돌파해야 한다는 것이 바로 그것이었다.

물론 다 알고 있던 사실이긴 했다.

알고 있었고, 경험까지 해 봤지.

그런데 그게 무슨 상관인가?

군대 잘 안다고 기분이 좋아지나?

군대 두 번 간다고 기분이 좋아져?

미리 알고 있든 아니든 상관없다.

안 좋은 소식은 안 좋은 소식이다.

"그 회귀자라는 말이 사실이라면… 사실이었으면 좋겠군."

"사실이라니까요? 만세! 살았다!"

다른 사람들에게는 좋은 소식과 안 좋은 소식이 반대였을 것이다.

내 입으로 말하긴 좀 뭐하지만, 랜덤 팀원으로 SSR를 뽑은 사람들 아닌가.

그 SSR 팀원 입장에서는 보자면…….

아니, 아니다.

혼자 깨야 하는 3층을 깨고 온 인재들이다.

다들 한가락 정도는 할 줄 알겠지.

나는 그런 생각을 하면서도, 처음 내가 회귀자란 사실을 떠든 꼬맹이 덕분에 활성화된 [비밀 교환] 아이콘을 눌렀다.

열람할 비밀은 이 4명의 고유 능력이었다.

확인 결과.

치유계 고유 능력자 하나.

정화계 고유 능력자 하나.

버프계 고유 능력자가 둘.

와우.

"…미드 모여."

"예?"

"아, 아니. 다들 흩어지지 말고 그냥 가운데 길로 몰려서 가죠."

다른 방법은 없었다.

내가 캐리해야 했다.

*　　　　*　　　　*

미궁 4층은 치유의 샘물이 흐르는 로비를 기준으로, 세 갈래의 길로 나뉘어 있다.

각 길은 완전히 막힌 건 아니고, 정글이라고 불리는 복잡한 미로 같은 곳으로 이어져 있다.

설명이 길어지는데, 사실 다 쓸데없는 설명이다.

내가 몰려오는 고블린 하수인과 오크 영웅들을 모조리 죽이고, 탑을 파괴하고, 옹성을 뚫고, 적측 치유의 샘을 점령했기 때문이다.

이겼다!

4층 끝!

"와, 아저씨 진짜 세네요."

"회귀자니까."

"방금 쓴 거 마법이죠? 마법은 어떻게 씀?"

"회귀하면 쓸 수 있어."

"그럼 회귀는 어떻게 해요?"

"일단 운이 좋아야 해."

가벼운 분위기에서 시답잖은 잡담을 나누고 있지만, 내 등판에선 식은땀이 흐르고 있었다.

[이철호]

레벨: 45

레벨이 올랐다.

그것도 두 단계나.

원래는 이런 일이 일어나선 안 됐다.

레벨이 올랐다는 건 무슨 뜻이냐, 그만큼 이 전투가 버거웠다는 의미다.

쉽게 가는 걸 당연하게 여겼던 4층이었다. 그런데 왜 여기서 오크 영웅들이 튀어나오지?

원래 4층은 고블린 대전사들이 튀어나와야 하는 층인데! 고블린 거르고 오크라니!

만약 2층에서 얻은 [고블린 킹 슬레이어] 칭호와 3층에서 얻은 마법이 없었더라면 생각보다 강력했던 고블린 하수인과 오크 영웅의 협공에…….

뭐, 죽지는 않았을 것이다.

그래도 어려웠겠지.

치유의 샘을 왔다 갔다 하며 옹성을 끼고 방어전을 벌여야 했을지도 모른다.

그럼 대체 왜 이런 사태가 벌어졌을까?

생각나는 원인이라곤 하나밖에 없다.

역시 이거, 내 탓 같지?

3층에서의 경험이 없었더라면 그러려니 하고 넘어가겠는데, 3층에 이어 4층까지 비슷한 일이 일어나다니.

이 정도면 의심을 넘어 확신 수준이다.

뭐, 좀 강한 놈들이 나오는 거야 상관없다.

힘들긴 했어도 내가 다 이겼고.

경험치도 쏠쏠하고.

진짜 문제는 이거다.

'저 인간들, 다른 길로 각자 내려보냈으면 다 죽었겠네!'

4층 공략 정석에 따라 윗길 두 명, 아랫길 두 명씩 보냈으면 오크 영웅들이 저 쪼렙 모험가들을 싹 다 잡아먹었을 거란 사실이었다.

하지만 실제론 일어나지 않은 일이다.

앞으로 잘하면 되지.

그렇게 스스로를 달래 봤지만, 심장이 쿵쿵 뛰는 건 어쩔 수
없는 일이다.

'혹시 서포터 계열 능력자만 네 명 온 것도 나 때문인 거 아
냐? 미궁에서 밸런스 맞춘답시고……'

오히려 안 좋은 생각만 더 늘었다.

"그럼 이제 나가면 되나?"

"회귀자 아저씨, 고마웠어요!"

적측 치유의 샘물 너머에 출구가 보였다.

내가 혼자 생각에 잠겨 있던 동안, 다른 사람들은 벌써 출구
쪽을 향해 걷고 있었다.

이대로 보내도 되나?

진짜로?

"…가고 싶으면 가도 됩니다."

아니, 이대로 보낼 순 없다.

나는 결정했다.

             *   *   *

여기까지 오는 동안에 말을 놓긴 했지만, 나는 굳이 다시 높임
말을 써서 말했다.

내가 의도한 대로, 네 사람의 발걸음이 우뚝 멈췄다.

"…아저씨, 그거 가면 안 된다는 뜻 맞죠?"

"아니, 가도 된다. 가고 싶으면."

하지만 아무리 그래도 나더러 말 놓으라고 했던, 가장 어리고

당찬 꼬마 여자애의 물음에까지 높임말로 대답해 줄 마음은 생기지 않았다.

"원래 미궁 4층에서는 계속해서 몰려오는 고블린들을 잡아 죽여 가며 레벨을 올렸어야 합니다."

하지만 우린 그러지 못했다.

느긋하게 그런 짓이나 하고 있다간 오크 영웅들이 윗길, 아랫길을 뚫고 우리 샘물을 점령해 버릴 테니까.

시간을 아끼기 위해서 내가 고블린 하수인들을 휩쓸어 버리기까지 했으니, 다른 사람들은 레벨을 올릴 기회도 박탈당한 셈이다.

거기에 어마어마한 책임감을 느끼고 있진 않다.

내가 깨 줬으면 됐지.

뭘 더 바라나.

그러나 문제는 이 네 명 모두 미궁 하층까지 살아 나가기 힘든, 서포터 계열, 고유 능력을 지닌 모험가라는 점이다.

미궁을 내려가면 내려갈수록 그 수요는 늘면 늘었지, 줄어들지 않는다.

그러나 공급은 완전히 끊겨 버리는 분류의 모험가들이 바로 서포터다.

이 서포터들을 쪼렙인 채로 내려보내도 될까?

아니, 안 되지.

최대한 키워서 보내야 한다.

미궁 하층까지 내려갈 수 있도록.

더 바라자면, 내게 최대한 호의를 품은 다음에 헤어졌으면 한다.

나도 언젠가는 서포터의 지원을 받을 날이 올 테니까.

그때를 위해 미리 빚을 만들어 두는 건 투자다.

"근데 여긴 아저씨가 다 끝장냈잖아요? 그런데 어디서 레벨을 올려요?"

"아니, 끝나지 않았다."

나는 아저씨라고 부르지 말라는 말이 입에서 차마 나오지도 않을 정도로 어린 꼬맹이의 물음에 단호하게 고개를 저었다.

그리고 손가락을 들어, 길이 아닌 곳을 가리켰다.

"저기로 가면 된다."

오크 영웅들은 모두 죽었고 한없이 튀어나올 것만 같았던 고블린 하수인들도 달아나고 없었지만, 아직 몬스터가 남아 있는 곳이 있었다.

흔히 정글이라 불리는 곳.

저곳에는 아직 몬스터들이 남아 있으니까.

                    *   *   *

"여기서부터는 순전히 제 호의로 도와 드리는 겁니다."

일단 나는 이렇게 뻔뻔한 선언을 깔았다.

호의를 얻기 위해 호의를 발휘하는 것뿐이지만, 어쨌든 호의로 도와주는 건 맞기 때문에 거짓말은 아니었다.

"그러니 여기서부터는 각자 능력을 밝혀 주셨으면 합니다."

나는 이제까지 다른 일행의 능력에 대해 질문하지 않았다. 이유는 당연히 [비밀 교환]을 통해 전부 파악했기 때문이었다.

하지만 동시에 이들도 내게 자신들의 능력을 직접 밝히지는 않았다.

왜 그랬을까?

이들이 2층에서 다른 모험가에게 무슨 짓을 당했을 가능성도 전혀 없진 않았다.

하지만 여기 오기 전에 소설이나 만화, 영화 등을 통해 원래 능력은 숨기는 거라고 믿고 있을 가능성이 컸다.

힘은 숨겨야 제맛.

지구 인류의 나쁜 버릇이다.

"저를 마음대로 이용하려고 그러는 거죠! 야한 만화에서처럼!"

특히나 저 중학생 정도로밖에 안 보이는 작은 꼬맹이는 확실하게 그런 부류다.

그래서 나는 일부러 한숨을 내쉬는 모습을 연출하면서 일침을 박아 주었다.

"나는 네 능력이 뭔지도 모르는데 무슨 수로 이용하니?"

일부러 야한 만화에 대한 언급은 하지도 않았다.

지가 지 입으로 말해 놓고 얼굴을 발갛게 물들이고 있었기 때문이다.

농담을 하려면 끝까지 뻔뻔하게 하란 말이다.

"그, 회귀자니까……."

"그건 설득력이 있네."

나는 고개를 끄덕였다.

그리고 이어서 이렇게 말했다.

"이거 하나를 먼저 말씀드려 두도록 하지요. 저는 네 분을 여기서 처음 뵙습니다."

이게 무슨 뜻인지 파악할 수 있을까?

오, 두 명은 파악했다.

얼굴이 파랗게 질렸다.

나머지 한 명은 표정 변화가 없어서 잘 모르겠고…….

"그게 무슨 뜻이에요?"

이 꼬맹이는 확실히 이해를 못 한 모양이다.

아니, 이해하려는 노력 자체가 보이지 않는다.

"지난번, 그러니까 내가 회귀하기 전에는 네가 나랑 만나기 전에 죽었다는 뜻이지."

그래서 나는 친절하게 대답해 주었다.

사실은 회귀하면서 능력도 다시 배정됐다는 사실은 굳이 알릴 필요가 없었다.

게다가 이 네 명이 내 기억 속에 없는 사람들이라는 건 어디까지나 진실이다.

"그러니까 내가 네 능력을 모르는 건 당연하지 않을까?"

내 말을 알아들은 건지, 그제야 꼬맹이가 좀 조용해졌다.

아무튼, 이걸로 이제 다들 상황을 이해한 모양이다.

비교적 얌전하게 자기 능력을 밝혔다.

그리고 모두 경악했다.

물론 나만 빼고.

나는 이미 알고 있었으니까.

그냥 고개를 끄덕이고 말았다.

"아니, 싸울 줄 아는 사람이 이분뿐이었어?!"

정화 능력을 지닌 아저씨가 외쳤다.

아저씨라곤 해도 나랑 동년배 정도로 보이지만. 그거야 뭐 아무튼.

나를 가리키는 단어가 '이분'으로 바뀐 건 조금 마음에 든다.

"뭐, 레벨을 올리고 기술을 익히면 싸울 수 있으니 정확한 지적은 아닙니다만."

하지만 이번에 내가 상대한 오크 영웅들이 고유 능력의 보조없이 잡기 버거운 상대라는 것에 대해서는 이견이 없을 것이다.

물론 나는 고유 능력 안 쓰고 싸웠지만.

그건 나니까 그런 거고.

쓰려고 해도 맘대로 못 쓰는 능력인 건 그냥 넘어가자.

"그리고 제가 말씀드린 것이 여러분께서 지향해야 할 목표이기도 합니다."

전투 경험을 쌓아 레벨을 올리고 기술을 익혀 싸운다.

고유 능력이 서포터 계열로 잡힌 이상, 이들의 자구책이라고는 이것뿐이다.

"자, 그럼 레벨 올리러 가죠!"

나는 일행을 끌고 정글로 향했다.

본인들도 자신들이 어떤 상황에 놓였는지 파악한 만큼 사람들도 의욕적이었다.

다들 3층은 거치고 온 만큼, 기본적인 전투 역량은 갖추고 왔을 것이라 믿었다.

믿었는데…….

'아니, 이 사람들 잘못은 아니지.'

설마 4층 정글의 고블린 캠프 고블린들마저 강화됐을 줄은 몰랐다.

왜 여기 고블린 궁수들이 배치되어 있지?

결국 내가 개입해서 궁수들의 활을 부러뜨려야 했다. 경험치 손실은 적지 않겠지만 화살로 고슴도치가 되어 버리는 것보단 낫겠지.

"헉, 허억… 고블린들도 세네요."

궁수뿐만 아니라 일반 고블린들도 수준이 높았는지 한 놈씩 골라 붙어 싸우던 사람들, 특히 꼬맹이가 약한 소리를 했다.

"이 정도로 약한 소릴 내뱉으면 안 돼!"

그래서 나는 외쳤다.

속내를 감춘 채.

"그러다 죽는다!"

오히려 더욱 뻔뻔하게 몰아쳤다.

"다음 캠프로 간다!!"

사람들이 다른 생각을 하지 못하도록.

*　　　　*　　　　*

고블린 캠프는 두 군데였다. 우리 진영에 가까운 쪽과 적 진영에 가까운 쪽.

두 번째 캠프 처리는 조금 더 수월했다. 레벨도 올랐고 경험도 쌓인 덕택이다.

"이제 됐죠?"

꼬맹이가 잘난 척 웃었다.

나는 녀석의 자신감을 인정해 주기로 했다.

"그래. 조금은 실력이 쌓였군. 그러면 다음은 늑대 소굴로 간다!"

"그런 데도 있어요?"

"응. 두 군데."

양 진영에 하나씩 있다.

그렇게 늑대 소굴을 클리어한 다음, 나는 다시 사람들을 고블린 캠프로 보냈다.

"여긴 깼잖아요."

"고블린들 다시 채워진 거 안 보여? 시간 지나면 다시 채워진다. 이걸 리젠이라고 해. 참고로 늑대 소굴도 마찬가지야."

"설마……."

그 설마가 사람을 잡진 않았다.

고블린과 늑대를 잡았지.

양 진영의 고블린 캠프를 모두 처리하고, 늑대 소굴을 클리어하고, 잠시 휴식한 뒤 리젠된 양 진영의 고블린 캠프를 처리하고…….

이것을 입에 신물이 날 정도로 반복하고 나자 서포터들의 평균 레벨은 10까지 상승했다.

참고로 이거 하기 전에는 평균 레벨이 5였다.

아니, 이 사람들 3층 어떻게 깨고 왔지?

진심으로 의아했지만, 잘 생각해 보니 내가 더 어려운 상대를 만난 만큼 이 사람들은 더 쉬운 상대를 만났으리라 짐작할 수 있었다.

고블린 대장보다 더 약한 고블린 전사 같은 거나 잡고 내려왔을 수도 있겠다 싶었다.

"허억, 허억… 이제 다 끝난 거죠?"

꼬맹이 여자애의 건방지리만큼 당당하던 태도는 간곳없고, 이제는 입에서 약한 소리가 나오기 시작했다.

나는 녀석에게 고개를 끄덕여 주었다.

"그래, 고블린 캠프는 끝이다."

꼬맹이의 낯이 환해진 것도 잠시.

"이제 레벨들도 올랐으니 더 어려운 캠프로 진출해 보죠."

다른 사람에게 한 말을 들은 꼬맹이의 낯은 다시 거무죽죽해졌다.

그래서 이번에는 오크 용병 캠프를 깨고 다시 고블린 캠프를 처리했다가 늑대 소굴에 들렀다가 잠깐 쉬고 오크 용병 캠프로 돌아오는 걸 순서대로 반복했다.

고블린 캠프의 리젠 시간을 생각할 필요가 없어져, 시간을 더욱 효율적으로 쓸 수 있게 되었다.

그뿐일까, 각자가 더 강해졌을 뿐만 아니라 서로의 능력을 이해해 팀워크가 올라간 이들은 내 도움 없이 고블린 궁수까지 잡기에 이르렀으니.

레벨이 올랐음에도 경험치는 오히려 더 빨리 벌리는 기현상마저 일어났다.

그 덕에 서포터들의 평균 레벨은 어느새 15까지 육박했다.

"후욱, 후욱. 끄, 끝났다!"

꼬맹이의 외침에 나는 고개를 끄덕여 주었다.

"맞아, 끝났다."

"어, 오! 와!"

꼬맹이가 기뻐하던 것도 잠시.

"그리고 끝은 새로운 시작을 의미하지."

"엑? 서, 설마 또……!?"

"그래, 이제 골렘 잡으러 가자."

"악!"

꼬맹이가 해병대식의 대답을 했다.

저렇게 보여도 군필이었던 걸까?

아무튼 그렇게 반복한 결과.

서포터들은 모두 20레벨에 도달했다.

"쓥, 아쉽네……."

나는 혀를 찼다.

"레벨 한계만 없었으면 더 올릴 수 있었을 텐데……."

그렇게 혼자 턱을 만지며 중얼거리고 있으려니, 서포터들의 이글거리는 시선이 느껴졌다.

어, 그리고 보니 이거 목적이 레벨 올리는 게 아니라 저 사람들 환심 사는 거였지?

실패했네.

하핫!

내가 그런 생각에 잠겨 허무하게 웃을 무렵, 넷 중에선 그나마 가장 비협조적이었던 아저씨가 먼저 내게 다가오더니 악수했다.

"고맙습니다. 감사합니다."

아저씨의 눈에는 어느새 눅눅한 습기가 들어차 있었다.

"선생님 덕에 앞으로 어떤 역경을 겪든 헤쳐 나갈 자신감이 생겼습니다⋯⋯!"

로봇같이 계속 무표정하던 아가씨도 아저씨 옆에 서서 끄덕거렸다.

이 와중에도 표정에 변화는 없었다.

"뭐예요! 아저씨도, 언니도! 우리 그냥 마구 휘둘리기만 했다고요!?"

잘 보니 분노에 찬 건 꼬맹이 하나뿐이었다.

"그렇다고 말하기엔 우리 전투력이 너무 월등하게 올랐어. 레벨도 봐."

이제까지 존재감이 없던 고등학생 정도 되어 보이는 남자애가 꼬맹이를 달랬다.

"그러니까 그만 찡찡거려."

아니, 저거 달래는 거 맞나?

아무튼 잘 보니 꼬맹이 빼고 세 명에 대한 환심을 얻는 데엔 성공한 것 같았다.

"흥!"

뭐, 꼬맹이 하나쯤 빼도 된다.

쟤가 치유 능력자인데, 치유야 뭐⋯⋯.

안 다치면 되니까.

…좀 아쉽긴 하지만.

"아저씨는 다쳐도 조금만 치유해 드릴 거예요!"

아, 치유는 해 주는구나.

"크, 크게 다치면 조금만 더 치유해 드릴 거예요!"

그렇구나, 조금만 더 치유해 주는구나.

나는 웃었다.

"그러든지."

"재수 없어!"

아니, 왜?

*   *   *

[김이선].

표정 변화가 적은 아가씨다.

고유 능력은 [급속 거대화].

대상을 거대화시킴과 동시에 근력과 체력을 확 올려 주는 효과를 지녔다.

[유상태].

나랑 동년배인 아저씨다.

고유 능력은 [모발 부적].

상태 이상을 머리카락에 전이시키고, 그 머리카락을 뽑으면 낫게 하는 능력을 지녔다.

[김명멸].

존재감이 희박한 남고생이다.

고유 능력은 [작아져라!].

대상을 작아지게 만들며 민첩과 솜씨에 보너스를 주는 효과를 지녔다.

[이수아].

꼬맹이.

고유 능력은 [따스한 손길].

자신의 손에 닿은 부분을 천천히 낫게 하는 효과를 지녔다.

다 그런 건 아니지만, 고유 능력 중 상당수는 레벨이 오름에 따라 더 강력해진다.

그리고 이 넷 다 장래성이 있었다.

김이선이 5레벨 때 사용한 급속 거대화는 기껏해야 5% 정도 커지는 정도에 지나지 않았다.

어디가 급속? 어디가 거대화?

이런 말이 절로 나왔지.

하지만 20레벨이 되자 사람을 20%나 커지게 만들더라.

물론 20%도 '거대화'라는 단어에 부합하게 느껴지지는 않았지만, 적어도 장래성이라는 면에 있어서는 충분한 투자 가치를 느끼게 할 정도였다.

꼬맹이, 그러니까 이수아의 치유 능력도 레벨이 오를수록 빨라지고 있었다.

아예 능력 설명에 '천천히'라는 표현이 명시된 것치고는, 상처가 치유되는 걸 눈으로 확인할 수 있을 정도가 되었으니 말이다.

김명멸의 [작아져라!]는 처음부터 사람을 반토막으로 만들더니, 20레벨이 찍히자 반의 반토막으로 만들고 있었다.

능력의 성장성에 있어선 김이선보다 낮지만, 그래도 별 페널티 없이 작아지는 능력은 그 자체로 가치가 크다.

피격 판정에서 유리해지는 것도 그렇거니와, 잠입이나 도주 등에선 더더욱 유리하니까.

팔이 짧아져 리치에서 손해 보고, 키가 작아져 높이에서 손해 보는 것 때문에 근접전에선 애로 사항이 크지만, 뭐 근접 전투시에는 능력 풀고 그냥 싸우면 되니까.

넷 중에서 그나마 장래성이 낮은 게 유상태 아저씨긴 하다. 레벨이 높아져도 달라지는 점이 없었으니까 말이다.

그래도 저런 종류의 능력은 레벨이 오르면서 진화하는 경우가 있어서 방심할 수 없다.

게다가 정화 능력자는 미궁 하층으로 갈수록 중요도가 높아져만 가니, 중요도 자체는 넷 중 가장 높다.

이 인재들, 그냥 방생할 건가?

안 되지.

그럴 순 없다.

"5층에 내려가면 커뮤니티 기능이 개방될 겁니다. 아무나 쓸 수 있는 건 아니고 주요 기능을 쓸 수 있는 건 상위 100명뿐이에요."

헤어지기 직전, 나는 4층을 함께 돌았던 서포터들에게 이런 말을 했다.

"여러분은 모두 레벨을 한계까지 올리셨으니 십중팔구는 상위 100명 안에 들게 될 겁니다. 그때 커뮤니티를 통해 제게 연락을 주셨으면 합니다."

이런 식으로 끈을 남겨 두면 나중에 필요할 때 도움을 받을 수 있을 것이다.

물론 내가 도움을 줄 수도 있을 것이고.

5장
—
제5층

서포터들을 출구로 내보낸 후, 나는 돌아섰다.

서포터들만 키우고 4층을 나갈 생각은 추호도 없었다.

나도 레벨 올려야지.

물론 오크 영웅들을 잡으면서 약간이나마 레벨이 오르긴 했지만, 나는 아직 배가 고팠다.

당연하다면 당연한 말이지만, 고블린 캠프나 늑대 소굴, 오크 용병대, 심지어 골렘마저도 내게는 전혀 경험치를 주지 않았다.

따라서 나는 더 큰 놈을 잡으러 가야 했다.

진짜 큰 놈을.

"용 잡으러 가야겠다."

용.

영어로는 드래곤.

…은 아니다.

아무리 그래도 겨우 미궁 4층인데 벌써 드래곤이 나오겠는가?

여기 나오는 놈들은 드레이크라고 해서, 드래곤보다 두 수 정도는 떨어지는 놈들이다.

그럼에도 불구하고 회귀 전에는 대체 누가 저걸 잡느냐고 어이없어했던 기억이 아직 생생하다.

드래곤보다 약하든 말든, 미궁 4층 모험가 입장에서 보자면 막막하긴 마찬가지였으니까.

입에서 불을 뿜으면서 날아다니는 데다 크기가 작은 것도 아니다. 고층 건물까진 아니어도 3층 건물 정도 크기는 되더라.

하지만 지금의 나라면?

[불꽃 초월]에 마법을 쓸 수 있게 된 지금의 나라면 잡을 수 있지 않을까?

답은 '아직 모른다' 이다.

즉, 용 사냥은 내게도 모험이다.

그런데 내가 누군가?

모험가 아니겠는가?

그렇다면 도전할 수밖에 없지.

모험에 나설 수밖에 없지 않겠는가.

"간다!"

나는 정글로 뛰어들었다.

"아아아아아~! 나는 회귀자다~!"

괴성을 지르면서.

＊　　　＊　　　＊

그렇게 목이 터져라 울부짖었음에도 불구하고 4층의 정글은 내게 응답해 주지 않았다.

풀어서 말하자면, [비밀 교환]이 반응하지 않았다는 소리다.

비밀 통로나 비밀 방 하나쯤 발견될 법도 한데, 아무것도 안 나올 줄이야.

매정하다.

매정하기 짝이 없다.

[서브 퀘스트: 드레이크 처치]

[드레이크는 건방집니다. 드래곤도 아닌 주제에 드래곤인 것처럼 굴죠. 죽여도 되살아나니, 여러 번 죽여서 버릇을 고쳐 놓으십시오. 보상이 있습니다.]

[처치 횟수: 0/5]

[퀘스트 성공 공통 보상: 레벨 +1]

[기여도에 따라 추가 보상이 주어집니다.]

이 짜증을 드레이크에게 풀어야겠다.

다섯 번쯤!

"캬아아아악!"

드레이크의 둥지는 입구가 한쪽으로만 뚫려 있지만, 이건 지상에서 봤을 때 한정이다.

비행하는 몬스터의 이점을 살리기 위해선지 위쪽이 뻥 뚫려 있다.

즉, 벽을 넘어서 잠입하는 게 가능하다는 뜻이다.

그래서 나는 투시를 활용해 드레이크의 시야를 파악하면서 녀석이 등 돌리고 있는 방향의 벽을 넘기로 했다.

벽의 높이는 드레이크의 두 배, 그러니까 5층 건물 정도 높이였지만 민첩을 잔뜩 올려놓은 내 신체 능력으로는 한달음에 기어 올라갈 수 있었다.

그리고 낙하하면서 기습!

"캬아아아아!"

녀석의 목을 팔로 휘감아 매달린 후 가슴 부위를 케르베로스의 어금니로 찌른다!

―치명타!

―치명타!

―치명타!

드레이크를 잡는 법은 나도 안다.

미궁 하층에도 나오는 녀석이고, 모험가들의 공략 영상에도 그만큼 자주 출연했다.

드레이크의 약점은 심장!

녀석은 심장을 찌르면 죽는다!

정확히는 가슴 중앙부의 비늘이 제대로 맞물리지 않은, 흔히 '역린'이라 부르는 부위에 정확하게 칼침을 놓으면 심장을 꿰뚫을 수 있다.

이 레벨의 몬스터에게 제대로 피해를 줄 무기가 없어서 칼침 대신 어금니 침을 먹여야 하는 건 뭐, 별로 큰 문제는 아니다.

비행하는 드레이크에게 매달려 역린을 단숨에 찌르는 것은 사

실 그리 쉬운 일이 아니지만, 지금의 내겐 그렇게까지 어려운 일
도 아니었다.

그간 올려 둔 솜씨 능력치가 내 공격의 정확성을 보정해 주고
있는 덕택이었다.

—치명타!

"끼에에으으으……."

심장이 꿰뚫려 뜨거운 피를 뿜어내던 드레이크의 몸부림이
천천히 약해지더니, 이윽고 조용히 쓰러져 죽음을 맞이했다.

"일단 한 번."

드레이크의 시체는 땅속에 빨려 들어가듯 사라졌다. 대신 [드
레이크의 홍옥]이 덩그러니 남았다.

몬스터 리젠이 있는 층 특징이 이거다. 전리품을 남긴 채 시체
는 사라지고, 살아 있는 놈이 나중에 다시 나온다.

[드레이크의 홍옥: 붉은 드레이크에게서 발견되는 희귀한 보
석. 마력이 담겨 있다.]

용의 여의주… 에 비해 급이 두 단계 정도 떨어지는 전리품이
다.

제대로 마력을 써서 마법을 쓰는 모험가에게는 상당히 유용
하다고 한다. 보조 배터리처럼 쓸 수 있다나.

물론 나는 [지식]을 기반으로 마법을 쓰니 내게는 별 의미가
없다. 그냥 잘 놔뒀다가 다른 모험가에게 팔거나 교환해야지.

홍옥을 챙기고 난 후, 나는 다시 벽을 넘어서 드레이크의 둥
지 바깥으로 나갔다.

[드레이크가 등장했습니다.]

멍하니 3분 정도 대기하고 있으려니, 시스템 메시지가 드레이크의 리젠을 알렸다.

휙! 퍽! 푹푹푹!

—치명타!

—치명타!

—치명타!

드레이크는 죽었다.

되살아난 드레이크가 내 기습을 눈치채지 않을까 걱정했지만 그런 일은 없었다.

서브 퀘스트 설명에서 드레이크 버릇을 고쳐 놓으라기에 기억이 남는 줄 알았더니, 그런 것도 아닌 모양이었다.

그럼 일은 쉬워지지.

휙! 퍽! 푹푹푹!

—치명타!

나는 같은 작업을 세 번 더 반복했다.

[성공 횟수: 5/5]

[퀘스트 완수]

[퀘스트 완수 공통 보상: 레벨 +1]

[기여도 100% 추가 보상: 레벨 +1, 미궁 금화 100개]

"생각했던 것보다 쉬웠네."

잡기 전에 긴장했던 게 바보처럼 느껴질 정도로 쉽고 간단했다.

오히려 고블린 미니언 무리에 뒤섞여 등장했던 오크 영웅들을 상대하는 게 더 까다로웠을 정도다.

생각해 보니 고블린 왕국 때도 생각했던 것보다 훨씬 쉬웠지.

어쩌면 서브 퀘스트에 등장하는 몬스터의 레벨은 고정일지도 모른다는 가설을 한 번 세워 봄 직했다.

"뭐, 그럼."

나는 다시 둥지의 담을 넘어 바깥으로 빠졌다.

"이 김에 레벨이나 올려야겠다."

드레이크 학살 잔치다!

*   *   *

[이철호]

레벨: 54

"아, 되게 아쉽네."

여기는 미궁 4층.

그러니 내 레벨 제한은 현재 55다.

그래서 나는 딱 55레벨만 찍고 내려갈 생각이었는데… 그게 안 됐다.

54레벨이 되자마자 내 레벨은 오르지 않고 있었다. 아무리 드레이크를 학살해도 경험치 바가 미동도 안 한다.

이런 걸 보면 역시 드레이크의 레벨은 고정된 게 맞는 것 같다.

[드레이크 100회 처치 보상: [드레이크 사냥꾼] 칭호]

그나마 이런 게 따라오긴 했지만 별로 성에 차지는 않았다.

칭호 효과는 드레이크가 겁먹게 하는 건데, 별로 쓸모없었다.

어차피 기습으로 처리해야 되는 데다 이것들 도망치면 날아가 버리는데.

오히려 안 좋지.

"그렇게 많이 잡았는데 홍옥은 딱 7개만 모였네."

레벨 오를 때마다 행운을 올려 줘서 내 행운이 현재 54나 되는 데도 이렇게 적게 나오는 걸 보니 홍옥의 드랍율이 그렇게 높은 것 같지는 않다.

처음 잡자마자 딱 나와서 잡을 때마다 나올 줄 알았더니.

"쓥, 아쉽지만 어쩔 수 없지."

나는 4층 모험을 이쯤에서 멈추고 5층으로 내려가기로 마음먹었다.

"아아아아~! 나는 회귀자다~!"

마지막으로 맵 전체를 한 바퀴 휙 돌았음에도 불구하고, 새로운 비밀은 나타나지 않았다.

"아, 진짜 아쉽네……."

생각해 보면 3층까지 내가 모르는 게 하나씩은 나왔는데, 4층에서만큼은 딱 내가 아는 것만 나왔다.

물론 오크 영웅의 등장이 의외긴 했지만, 그렇다고 내가 오크 영웅에 대해 아예 모르는 것도 아니었으니 말이다.

[행운의 여신이 작작하라고 말합니다.]

행운을 54까지 올렸음에도 여신이 저렇게 반응하는 걸 보니, 내 미련이 넘치긴 넘쳤나 보다.

맵을 한 바퀴 돌았다고 말했었지.

그건 거짓말이었다.

다섯 바퀴 돌았다!

"…예, 작작하겠습니다."

출구에 선 채 마지막으로 4층을 뒤돌아본 후, 나는 미련을 접고 5층으로 향했다.

아, 진짜 아쉽네.

*　　　　　*　　　　　*

[Tip!]: 5층부터 미궁 공용 커뮤니티 기능이 지원됩니다. 단, 미궁 내부 기준에 따른 상위 100명의 모험가에게만 모든 기능이 지원됩니다.

[Tip!]: 상위 30%, 혹은 상위 500명에 속한 모험가에게도 커뮤니티의 일부 기능이 지원됩니다.

[Tip!]: 아쉽지만 나머지 모험가들은 단순한 기능만이 주어집니다. [구독], [좋아요], [알림 설정]을 이용해 보세요!

[Tip!]: 커뮤니티 우량 이용자에게는 추가 기능이 지원될 수 있습니다. 유용한 정보를 공유해 보세요!

[Tip!]: 커뮤니티 불량 이용자는 제재가 가해질 수 있습니다. 욕설과 비난, 혐오 조장 등은 밴 대상이니 주의해 주세요!

미궁에서는 정보와 지식이 곧 힘이다.

그럼에도 불구하고 왜 미궁의 모험가들은 공용 커뮤니티에 공략을 올리고 영상을 찍어 보여 주는가?

그건 바로 커뮤니티 점수 유지를 위해서다.

팁에서는 상위 100명 모험가에게 모든 기능이 지원된다고 확언했지만, 이건 딱 거짓말만 아닌 발언이다.

미궁 내 사용자 전원에게 [알림] 알람을 띄울 수 있는 [스피커] 기능이나 특정 사용자와 개인적인 대화를 나눌 수 있는 [텔레파시] 기능 등.

이런 강력한 기능들은 모두 사용할 때마다 커뮤니티 점수를 소모한다.

심지어 '커뮤니티'라는 말을 달고 있음에도, 영상이나 글에 짧은 덧글을 다는 것조차 커뮤니티 점수를 소모하니 말 다 했지.

그리고 이 점수를 남용했다간 아무리 미궁 랭킹 1위라도 커뮤니티 랭킹에선 100위 밖으로 밀려서 이용 제한을 당하는 경우도 생긴다.

지금이야 레벨로 랭킹이 정산되지만, 나중에는 커뮤니티 점수 또한 랭킹에 반영되는 탓이다.

그러니 랭킹이 높아도 방심하지 말고 열심히 공략을 올리고 영상을 찍어서 [좋아요]를 많이 받고 점수를 벌어야 한다.

하지만 나는 자신 있다.

나는 회귀자니까.

다른 사람이 모르는 정보를 많이 알고 있으니까.

그러니 이번 커뮤니티 랭킹 1위는 나다!

나는 그렇게 믿어 의심치 않았다.

"안녕하세요, 회귀자입니다."

내 사칭범이 나타나기 전까지는.

아니!

[4층의 모험가 6,274명 중 생존하여 5층까지 내려온 모험가는 2천, 3백, 1십, 1명입니다.]

[생존을 축하드립니다.]

오, 그래.

많이들 살았군.

내가 한 명쯤 죽어도 별 티는 안 나겠어.

그렇지?

일이 이렇게 된 원인을 굳이 하나 꼽자면, 내가 5층까지 내려오는 데에 시간을 지나치게 많이 소모한 것에 있다.

물론 미궁은 타임 어택이 아니다. 빨리 내려온다고 좋을 일은 그리 많지 않다.

오히려 생존이 확보만 된다면 최대한 머물면서 일반 기술이라도 단련하는 게 성장에는 좋다.

그래서 미궁에 익숙해진 모험가들은 시간을 다 안 쓰고 먼저 아래층으로 내려간 사람을 보면 안타까워하며 이런 조언을 건네곤 한다.

"그님몇?"

'그' 래서 '님' 일반 기술 '몇' 랭크?

지금 와서 다시 잘 생각해 보니 별로 제대로 된 조언 같지는 않지만, 그거야 뭐 아무튼.

하지만 미궁에 들어온 지 얼마 안 된 뉴비만 가득한 지금의 이 시점에서, 이 사실을 아는 이가 얼마나 될까?

이런 사람들에겐 무작정 빨리 내려온 모험가가 더 대단해 보이지 않을까?

회귀자 사칭범은 이 상황을 교묘하게 이용했다.

"안녕하세요, 회귀자입니다! 구독, 좋아요, 알림 버튼 부탁드립니다!"

내가 1층에서부터 쌓아 온 회귀자의 명성을 그대로 홀라당 집어먹어서 [좋아요]를 쓸어 담고 커뮤니티 1위를 굳혀 버린 것이 그것이었다.

이게 가능한 이유는 의외로 간단했다.

미궁 모험가 중 회귀자가 있다는 소문은 빨리 퍼졌어도, 정작 내 얼굴을 직접 본 사람은 한 줌에 불과하다.

가까이에서 자세히 보고 기억한 사람은 더 적을 테고.

사칭범 놈은 그 점을 정확히 노리고 찔렀다.

"5층의 공략도 거의 끝나 가는데요, 신규 모험가분들을 위해 공략 영상을 하나 찍어 보았습니다. 이대로 따라만 하시면 아주 쉽고 빠르게! 돌파하실 수 있을 겁니다."

그렇다고 회귀자라고 주장만 하고 아무 정보도 주지 않는다면 그냥 사기꾼으로 몰리고 끝났겠지만, 녀석은 달랐다.

5층을 최단 시간, 최단 거리로 돌파해 버린 후 그 과정을 공략이랍시고 올린 것이 그것이었다.

물론 이것도 한계가 있다.

언젠간 들킬 일이다.

하지만 5~6층에서 한 탕 벌고 빠지기엔 나쁘지 않다. 이렇게 판단했을 것이다.

실제로 이미 커뮤 1위 찍고 점수를 쓸어 먹었을 테니, 놈의 전략은 이미 성공한 것이나 다름없다.

능력도 있고 머리도 좋다.

판단력도 좋고 결단도 빠르다.

혹시 진짜 회귀자인 걸까?

그럴 리 없다.

놈은 아주 큰 실수를 했으니까.

타임 어택에만 지나치게 집중한 나머지, 5층에선 거의 필수에 가까운 과정을 생략해 버린 게 그것이었다.

열쇠.

5층 출구는 미리 열쇠를 얻어야 열 수 있다.

그런데 미궁은 이걸 모험가들에게 사전에 말해 두질 않아서, 꼭 출구를 한 번 찍었다가 다시 열쇠를 가지러 가게 만든다.

처음엔 미궁의 이런 요소가 참 싫었는데, 지금은 좋다. 이게 아니었으면 저 사칭 회귀자가 6층으로 달아나 버렸을 테니 말이다.

그럼 안 되지.

못 죽이잖아.

타임라인을 보니 잘못된 공략 양상이 올라온 지 얼마 되지 않았고, 수정 영상은 아직 올라오지 않은 상태였다.

그 말은 곧, 이런 뜻이다.

"넌 죽었다."

죽일 수 있다는 소리다.

5층에서.

바로!

*　　　*　　　*

[유상태]: 안녕하십니까, 선생님. 기억하고 계실지 모르겠지만 저 유상태입니다, [모발부적]의. 4층에서 함께하셨죠.

내가 한창 사기꾼에 대한 살의에 불타고 있을 때, 동년배 아저씨한테서 연락이 왔다.

예상대로 100위 안에 들었는지, 커뮤니티 특별 기능인 [텔레파시]를 사용한 연락이었다.

뉴비는 이런 게 무서워.

점수 아까운 줄 모르고 막 쓰네.

그게 다인데 좀 아껴서 쓰지.

[유상태]: 그런데 저 사칭이 올린 공략 영상 보셨습니까? 저야 선생님과 함께 다녔으니 속지 않았지만, 사람들을 혹세무민해 무슨 짓을 하고 다닐지 모르겠습니다.

아니, 얼굴 맞대고 말할 땐 좀 거칠게 말하는 스타일이더니 메시지는 왜 이렇게 사람이 딱딱하냐.

[이철호]: 지금 잡으러 갑니다.

[유상태]: 누구요? 저요?

[이철호]: 아니, 사칭범요.

[유상태]: 믿고 있었습니다, 선생님.

뭘 무슨 의미로 믿고 있었는지는 모르겠지만, 아마 유상태 씨가 믿었던 대로 처리될 것이다.

죽이라는 거 맞지?

*　　　　*　　　　*

"쌍! 이게 뭐야!!"

비슷한 시각.

미궁 5층의 출구 앞에 선 회귀자 사칭범, 오삼불은 출구 앞을 꽉 막은 철문을 발로 차며 성질을 부려 대었다.

누구보다 빠르게 출구까지 도달한 것은 좋았으나, 지난 1~4층까지는 뻥 뚫려 있던 출구가 이번엔 막혀 있다는 게 문제였다.

"이러면 계산이 틀어지는데……."

원래 계획은 가장 먼저 6층에 도달해서 영상을 하나 더 찍을 생각이었다.

그런데 그 계획이 철문 앞에서 무너졌다.

그뿐만이 아니다.

자칭 회귀자란 놈이 철문의 존재를 몰랐다?

그동안의 사기 행각이 발각될 만한 이슈였다.

'아무도 몰라야 해!'

식은땀이 축축하게 등판을 적셨다.

'내가 몰랐다는 걸, 아무도!'

다행히 지금은 아무도 모르고 있다.

그러나 누구 한 명만 출구 앞에 도착해도 바로 들통날 일이다.

'최대한 빨리… 열쇠를 구해 와야 해.'

그나마 다행인 건, 오삼불에게는 그 불가능해 보이는 퀘스트를 가능케 할 수도 있는 능력이 있다는 것이었다.

[유체화 질주]: 일정 이상의 속도로 질주 중일 때 [유체화] 상태가 될 수 있다. [유체화] 상태 중에는 몸무게가 절반으로 줄어들고 눈에 잘 띄지 않으며 저지당하지 않는다.

설명으로는 그냥 눈에 잘 띄지 않는다지만, 실제로는 유체화를 켜자마자 그냥 투명해진다고 봐야 했다.

게다가 질주 중에 몸무게가 줄어든다는 건 생각보다 대단한 이점이었다. 점프력만 해도 두 배 이상 불어나는 느낌이었다.

마지막으로 저지당하지 않는다는 점은 문자 그대로였다. 붙잡히지도, 가로막히지도 않는다. 발에 걸려 넘어지지도 않는다.

아무 걱정 없이 장애물을 무시하고 전력으로 달릴 수 있다는 것은 상상한 이상으로 대단한 쾌감을 선사해 주었다.

혹시 벽을 통과할 수 있지 않을까 싶어 실험해 본 결과, 그것만은 실패했다. 치유의 샘물이 없었더라면 머리가 깨진 채 다녀야 했을 것이다.

이 능력 덕에 오삼불은 4층을 최단 시간으로 클리어 해낼 수 있었다.

고블린들 사이를 전부 헤치고 달려, 적 본진에까지 몸을 들이밀고 출구로 홀로 골인했다.

혼자 빠져나간 탓에 남은 팀원들은 전멸했겠지만, 그건 차라리 다행한 일이다.

만약 살아남은 팀원이 있었다면 그의 정체와 사기 행각이 밝혀졌을지도 모르니까.

'유체화 켜고 재빨리 다녀오면 돼. 아무도 모를 거야. 아무도……'

그러나 오삼불도 모르는 게 있었다.

아니, 그가 모르는 건 너무나도 많았다.

"찾았다."

국가도, 법도, 경찰도 없는 이 미궁이라는 곳에서, 사기범을 지켜 줄 수단이라고는 아무것도 없다는 사실 또한 그랬다.

*　　　　*　　　　*

"안녕하세요, 여러분. 회귀자입니다."

"으븝! 으브븝!"

"뭐야, 왜 그래. 너도 인사해야지. 다시 해 봐. 안녕하세요, 여러분. 회귀자입니다. 얼른 해."

"아, 아녕… 으흑, 으흐흑!"

"뭐야, 갑자기 왜 울어? 네가 갑자기 울면 내가 괴롭히는 것 같잖아."

나는 커뮤니티의 영상 녹화 기능을 멈췄다.

"사려! 살, 살려 주세요!"

그러자 흠칫 놀란 자칭 회귀자, 오삼불은 갑자기 무릎을 꿇더니 내게 빌기 시작했다.

뭐야, 죽일 생각인 건 어떻게 알았지?

하긴 이런 놈들이 눈치는 빠르더라고.

눈치가 너무 빨라서 생각은 안 하고 눈치만으로 행동할 때도 있더라.

그리고 그건 대부분 좋은 결과로 이어진다.

하지만 대부분이라는 말은 곧 전부는 아니라는 뜻이기도 하지.

더욱이 대부분을 제외한 극히 일부분은 나쁜 결과로 이어진다고는 할 수 없다.

그냥 나쁜 결과가 아니라, 치명적인 결과로 이어지니까. 문자 그대로, 목숨이 위험한.

이 오삼불이 나를 처음 보자마자 취한 행동이 딱 그거였다.

냅다 튀더라.

게다가 그렇게 튀자마자 놈의 모습이 흐릿해지더니 곧 투명해지고 속도까지 확 빨라지더라고.

하지만 그렇게 고유 능력을 동원했음에도 불구하고, 놈의 달리기는 내 달리기보다 느렸다.

근본적인 민첩 차이를 극복하지 못한 탓이다.

더불어 투명해진 건⋯ 간파를 쓸 필요도 없었다. [비밀 교환]의 아이콘이 머리 위에 둥실둥실 떠 있었기 때문이다.

하긴 이 녀석도 내 비밀을 알고 있겠지.

그러니까 회귀자인 척 사기를 쳤을 테고.

그 덕에 쉽게 잡았다.

그런데 손으로 붙잡아도 빠져나가고 발을 걸어도 안 걸리더라.

뭐 저지 불가 효과라도 얻었나 보지?

이건 좀 귀찮았다.

그래서 마법을 펑 터뜨려서 다리를 날려서 잡을 수밖에 없었다.

[유체화]가 다 좋은데 공격까지는 무시 못 하지. 아무리 저지불가라도 다리가 날아가면 못 뛴다.

이런 사실은 능력 보유자인 본인도 몰랐던 모양이다. 뭐, 알았어도 뭐가 달라지진 않았을 테지만 말이다.

이놈이 잡히기까지 걸린 시간은 눈치 빠르게 도주를 결심한 지 약 1초 정도.

어쩌면 그보다 짧았을지도 모른다.

"왜 그랬어?"

"그, 저⋯⋯."

"화 안 낼 테니까 말해 봐. 왜 그랬어?"

"하, 할 수 있으니까⋯ 했습니다."

허, 핵미사일 버튼이 눈앞에 있으면 누를 수 있으니까 누를 놈일세.

"그러셨구나."

생각했던 것보다 대단한 놈이었다.

"알았다, 이해했다"

"그, 그럼 살려 주시는 겁니까?"

"일단 영상 하나 찍고 생각하자고."

나는 사람 좋은 웃음을 띠었다.

그러나 우리의 오삼불 씨는 내 표정을 보더니 부들부들 떨기 시작했다.

…눈치 진짜 빠르네.

*   *   *

"이, 이분께서 진짜 회귀자이십니다. 저는, 저는 그냥, 쓰레기입니다! 어헝헝헝!"

"야! 울지 말라고! 몇 번째 NG야?!"

그래도 이 정도 데이터가 모였으면 됐다 싶어서 촬영을 한 번 끊었다.

나는 솜씨 좋게 오삼불이 우는 장면을 편집하고 여러 영상을 짜깁기해서 그럴듯한 영상 하나를 뽑아냈다.

과거에 커뮤니티 점수를 벌기 위해 미궁 7층의 생활상을 찍어서 브이로그로 올리던 가닥이 아주 죽지는 않은 덕택이다.

비록 다른 모험가들이 40층에 진입하고 김민수만 남긴 채 모조리 죽어 나간 후부터는 영상을 찍는 걸 그만두긴 했지만.

그거야 뭐 여하튼.

"자, 이거 네 계정에 올려."

나는 완성된 영상 데이터를 오삼불에게 넘겼다. 그러자 오삼불은 부들부들 떨기 시작했다.

"오, 올리면 죽이실 거 아닙니까!"

"아, …안 죽여."

"거, 거짓말……!"

"방금 마음이 바뀌었다. 안 올리면 죽인다."

"약, 약속해 주십시오. 올리면 안 죽인다고……."

"아, 그래. 안 죽일게."

"[계약], [계약]해 주십시오."

"…이런 거 있는 건 어떻게 알았냐?"

커뮤니티 기능엔 별 게 다 있는데, 그중에는 [계약]도 있었다.

"누가 사기꾼 아니랄까 봐 계약 되게 좋아하네. 전생에 악마였냐?"

"아, 아닙니다?"

왜 대답을 의문문으로 하냐? 질문에 질문으로 대답하지 말라고 선생님한테 안 배웠냐?

나는 이렇게 말하지 않았다.

"아무튼 뭐, 그래. 좋아. [계약]해 주지."

그러자 오삼불은 좋아서 계약서를 작성했다. 그리고 내게 서명하라며 내밀었다. 나는 놈의 머리를 딱 때렸다.

"아, 왜 때리십니까?"

"이게 어디서 독소 조항을 넣어."

누가 사기꾼 아니랄까 봐, 이런 상황에서마저 사기 칠 기회를 놓치지 않는다.

'어떤 일이 있어도 죽지 않게 한다'는 뭐야? 뻔뻔한 놈 같으니라고.

"깔끔하게 다시 써. 나 이철호는 너 오삼불을 죽이지 않는다. 깔끔하게 이 한 문장이면 된다."

"아, 아무리 그러셔도! 최소한 제게 직접적인 피해를 주지 않는다는 약속은 해 주셔야 합니다!"

딴에는 꽤나 각오를 하고 내뱉은 말인지, 눈마저 질끈 감는 모습이 비장해 보였다.

사기꾼 새끼가 비장해 봤자지.

"…좋다."

나는 고개를 끄덕였다.

"그렇다면 네게 피해를 줄 때마다 같은 고통을 느끼는 걸로 하지."

내가 한 관대한 양보에도 오삼불은 만족하지 못하는지 시무룩해졌지만, 그래도 이거라도 어디냐 싶었던지 얼른 계약서를 써서 줬다.

한층 깔끔하게 변한 내용을 확인한 나는 고개를 끄덕이며 사인을 해 줬다.

그리고 잠시 후, 커뮤니티 랭킹 1위의 따끈따끈한 영상이 커뮤니티를 달궜다.

"잘 올라갔군."

영상을 직접 재생해 보며 만족스럽게 고개를 끄덕인 후.

나는 곧장 오삼불의 처형에 들어갔다.

아, 처형이라고는 해도 죽인 건 아니다.

"으아악! 이건 약속하고 다르잖아!"

"약속?"

피투성이가 된 채 악에 받친 소리를 지르는 오삼불의 말에, 나는 고개를 갸웃거렸다.

"너와 내가 무슨 약속을 했지?"

"직접적인 피해를 입히지! 않는다고!!"

"그런 약속은 한 적이 없다."

나는 히죽 웃었다.

오삼불의 동공이 공포에 물들었다.

"서, 설마… 나를 속인 거냐!"

"아니, 나는 이 정돈 버틸 수 있거든."

"거, 거짓말……."

맞다. 거짓말이었다.

나는 그냥 [불변의 정신] 덕에 멀쩡한 것뿐이었다.

실제 피해에 의한 고통은 나도 느끼지만, [계약]의 내용은 '피해를 입는다' 가 아니라 '고통을 느낀다' 였다.

그리고 이건 정신적인 고통이며 상태 이상이지.

따라서 [불변의 정신]으로 회피할 수 있다.

사기 아니냐고?

아니다.

모든 건 계약 내용대로 이뤄졌으니.

"너는 못 버티는데 나는 잘 버티는 이유? 그건 간단해. 레벨 차이가 너무 나기 때문이지."

사기는 지금 내가 하고 있는 게 사기다.

그럼에도 불구하고 나는 양심에 일말의 가책도 느끼지 못했다.

사기꾼을 상대로 사기를 친다.

이보다 더 통쾌한 일이 있을까?

"자, 계속하자."

"으, 으아악! 차라리 죽여! 죽이라고!!"

내가 다가가자 오삼불은 기겁하며 소리를 질렀다.

그런 오삼불을 향해 나는 고개를 저어 보였다.

"농농농, [계약]했잖나."

"…어?"

"나는 널 못 죽여. [계약] 때문에. 알았지?"

"으아아아악!"

7시간 후.

오삼불은 스스로 계약을 해지했고, 나는 놈을 편하게 보내 주었다.

그간 든 정을 생각한 자비로운 결정이었다.

*　　　　　*　　　　　*

"안녕하세요, 진! 짜! 회귀자입니다. 오늘은, 미궁 5층의 공략에 대해 말씀드려 보도록 하겠습니다."

"먼저 말씀드리지만 가~짜! 회귀자의 공략은 엉터리이니 믿지 마시고, 제가 말씀드리는 대로 진행하시면 되겠습니다."

"미궁 5층은 모든 모험가가 한 층에 모여 공략을 진행하는 오픈 월드 플로어입니다. 괜히 '월드'라는 단어가 들어간 게 아니라 매우 넓습니다."

"기본적으로 5층은 원형에 가까우며, 모든 모험가가 가장자리에서 시작해 원의 중앙인 출구를 목표로 삼는 것이 기본입니다."

"여러분은 각자 다른 입구에서 시작하게 되지만, 거치게 되는 과정은 비슷할 겁니다. 방향만 제대로 맞다면요."

"5층의 난관들은 동심원 형태로 배치되어 있으며, 기본적으로는 난관을 돌파하지 않으면 출구에 도착하지 못하는 형태로 되어 있습니다."

"자! 서론이 길었습니다. 이제부터 본격적인 공략을 시작해 보도록 하죠. 저를 따라오시면 됩니다."

오삼불은 내게 많은 것을 남겨 주었다.

비록 그 모든 것이 내가 다른 방법으로도 얻을 수 있는 것들이라 한들, 어쨌든 구하려면 적으나마 시간과 노력이 필요한 것들이었다.

그런 의미에서 보자면 오삼불은 아낌없이 주는 나무나 다름없었다.

내 계정으로 구독자를 보내 줬을 뿐만 아니라, 지금까지 찍은 영상 소스도 넘겨주었으니 말이다.

다행히 5층의 난이도는 크게 조정된 부분이 없었고 공략 내용도 달라진 부분이 없었다.

그래서 나는 오삼불의 영상에서 틀린 곳만 고쳐 편집하면 됐다.

"출구를 여는 열쇠를 얻으셔야 하는데, 중요한 건 여기서 열쇠라는 단어에 속지 않는 겁니다."

"보통 열쇠라고 하면 편평하거나 기다란, 복잡한 모양의 쇳조각을 상상하시는데 5층의 열쇠는 그런 모양이 아닙니다."

"자, 보시죠. 이게 5층의 열쇠입니다."

"이 이상한 모양의 돌멩이가 열쇠라고 하면 믿으시겠습니까? 그런데 믿으셔야 합니다."

"이 돌멩이는 세 번째 난관인 돌 골렘을 처치하고 그 몸통을 깨부숴야 얻으실 수 있습니다. 모르면 여길 두 번 와야 하니 골치 아프죠."

"여기서 근력 능력치를 충분히 올려 두지 않으신 분들은 좀 고생하실 텐데, 그래도 능력치 투자는 섣불리 하지 마시고 직접 캐세요."

"왜냐면 이것도 채굴로 쳐줘서 일반 스킬로 습득하실 수 있거든요. 습득하고 나면 힘이 없어도 잘 캘 수 있게 되고, 하다 보면 근력도 오릅니다."

커뮤니티에서는 순위권 바깥의 무명이었던 내가 1위로 올라서며 대량의 커뮤니티 점수를 얻은 것에 대해, 오삼불의 역할이 없다고는 할 수 없었다.

고맙다, 오삼불.

잊지 않…….

…지는 않겠지만.

*   *   *

미궁 5층에는 광활한 만큼 숨겨진 게 많았다. 그리고 커뮤니티가 막 개시된 층이기도 하기에, 숨겨진 것에 대한 공유도 활발했다.

나도 기본적인 것들은 알고 있었고, 공략 영상을 통해서 공유하기도 했다. 그러니까… 경쟁하지 않아도 되는 것들은 그랬다는 소리다.

수량이 한정되어 있거나 얻고 나면 사라지는 것들은 공유하지 않았다.

이유?

내가 먹어야 하니까.

당연한 이유다.

그런데 이 과정에서 낭패가 있었다.

"경험치 바가 또 움직이질 않네……."

미궁 5층의 환경에 내 레벨이 반영되지 않은 것은 장점이기도 하고 단점이기도 했다.

기껏해야 10레벨대, 높아 봐야 20레벨이 돌아다니는 이 5층에서 54레벨이 경험치를 챙겨 먹을 수 있을 정도로 강력한 적수는 드물다 못해 없었다.

게다가 5층에 숨겨진 것들이 또 빤해서…….

내가 챙길 게 드물었다.

"아, 그냥 6층에나 내려갈까."

그런 생각을 하고 있을 때였다.

"오."

내가 돌아다니면서 계속 속삭이고 있던 비밀, '나는 회귀자다'에 반응하는 아이콘이 나타난 건.

"이게 이런 데 있었네."

5층의 다섯 번째 난관 쪽을 한 바퀴 쭉 돌고 있었는데, 거기 벽면에 아이콘이 떠 버렸다.

"흐흐, 이건 나도 모르는 건데."

4층에서 미처 채우지 못한 모험심이 다시금 내 가슴을 뜨듯하게 달구기 시작했다.

그런데 문제가 있었다.

"입구가 너무 좁은데."

기껏해야 직경 40~50㎝ 정도 되어 보이는, 좁은 입구를 통과해야 했다.

게다가 [투시]를 써 보니 벽 한 장만 통과한다고 되는 게 아니라, 안쪽으로 굴이 죽 이어져 있었다.

기어서 들어가면 간신히 들어갈 수는 있을 것 같은데, 그것도 참 애매하다.

"안으로 기어들어 갔다가 끼기라도 하면……"

꼴사납게, 그리고 고통스럽게 죽어 가겠지.

상상만 해도 끔찍하다.

굴의 벽이 흙이면 긁어내기라도 할 텐데, 이게 또 그런 것도 아니었다.

바위틈에 물이 흘러 들어가며 자연스럽게 뚫린 구멍인 건지 주변이 다 돌이었다.

게다가 벽을 잘못 부쉈다가 무너지기라도 하면?

"하……"

나는 고민 끝에 결국 이런 결론에 이르렀다.

"안 되겠다. 사람 불러야 돼, 이거."

마침 이 문제를 해결하기에 적절한 사람이 한 명 있다.

*　　　　　*　　　　　*

[김명멸].

존재감이 희박한 고등학생.

[작아져라!]라는 고유 능력을 지닌 모험가.

4층에서 나와 함께했던 서포터 중 한 명이다.

"불러 주셔서 영광입니다."

혼자 나타난 김명멸은 내게 아주 공손하게 굴었다. 여럿이 있을 때와 1:1로 만날 때가 또 다른 모습이었다.

하긴, 그렇다고 여럿이 있을 때 김명멸이 내게 무례하게 굴지는 않았다. 그저 존재감이 없었을 뿐. 아니, 존재감을 숨긴 것일지도 모르겠다.

비록 4층에서 심하게 굴렀을 때 눈을 번뜩이긴 했지만 그건 사람이니까 어쩔 수 없는 거고.

그런데 김명멸의 공손함이란 말뿐인 공손함은 아니었다.

"이걸로 선생님께 진 빚을 조금이라도 갚을 수 있다면 저는 그걸로 만족하겠습니다."

충분한 대가를 지불할 테니 내게 [작아져라!]를 걸어 달라는 요청에 김명멸이 한 대답이 이것이었다.

이게 고등학생인가?

내가 고등학생일 땐 어땠지?

그 뭐냐, 좀 더 애 같지 않았나?

50년 가까이 지난 일인지라 전혀 기억이 안 난다.

…아니, 사실 기억은 난다.

나는 몰려오는 자괴감을 외면하며 김명멸에게 말했다.

"아무리 그래도 사람을 여기까지 불러 놓고 그건 아니지. 뭐라도 받아 가야……."

"어차피 와야 하는 길이기도 했고요. 게다가 제가 여기까지 올 수 있었던 게 선생님 덕분입니다."

무슨 뜻이지?

4층에서 굴려 줘서 고맙다는 소린가?

"아, 올려 주신 공략 영상 잘 봤습니다. 큰 도움이 되었습니다. 구독도 하고 좋아요도 눌렀습니다. 알림 설정도 해 두었습니다."

"그, 그래. 고맙다."

"고마워하실 일이 아닙니다. 당연히 해야 하는 걸 한 것뿐이니까요."

…부담스럽다!

이상하게 부담돼, 얘!

"그러면 [작아져라!]를 걸어 드리겠습니다."

"그래… 부탁해."

"실례하겠습니다."

[작아져라!]는 접촉형 발동인지라, 김명멸은 내 손등에 자기 손등을 붙였다.

접촉하는 방법이 특이하네.

보통 악수를 하지 않나?

어쨌든 [작아져라!]는 잘 걸렸고, 내 몸과 내 몸에 붙어 있는 장비는 함께 줄어들었다.

내 키가 30㎝ 정도가 되자 김명멸은 손을 떼며 능력 발동을 멈췄다.

"이 정도면 되겠는지요?"

[근력 3기] [체력 3기] [민첩 37+7] [솜씨 37+7]

이렇게 키와 몸무게가 크게 줄었음에도, 힘과 체력은 그대로라는 게 신기하면서도 두렵다.

게다가 민첩과 솜씨가 큰 폭으로 오르기까지 했으니, 신체 능력은 오히려 향상된 셈이다.

"응, 딱 좋아. 고마워."

"제가 도움이 되었다면 다행입니다."

김명멸은 안도하듯 웃었다.

*   *   *

이 굴 안으로 들어오기 전에 나는 투시를 활용해 미리 내부를 눈으로 확인해 두었다.

어떻게 보면 치트를 쓴 거나 마찬가지다. 하지만 아무리 모험이라도 그렇지, 있는 능력을 안 쓸 이유는 없다.

어쨌든 그 덕에 나는 한 번도 헤매지 않고 굴을 통과할 수 있었다.

[이수아]: 아저씨!

그런데 굴을 통과하는 동안, 모르는 이름으로부터 [텔레파시]가 왔다.

[이철호]: 누구?

[이수아]: 명멸이 불러서 만났다면서요!

질문에는 대답도 안 하고 지 할 말만 하는 걸 보니 이건 꼬맹이로구나.

[이철호]: 그래.

[이수아]: 왜 난 안 부르고 명멸이만 만나요?

그런데 애가 말하는 게 좀 이상하다.

[이철호]: 오빠.

[이수아]: 예?

[이철호]: 오빠라고 불러야지.

[이수아]: 제가요? 아저씨를요?

앤 또 갑자기 무슨 소리지?

[이철호]: 명멸이 말이야. 너보다 나이 많잖아.

[이수아]: 예?

[이수아]: 아닌데요.

[이수아]: 동갑인데요.

[이수아]: 참 나!

앤 또 왜 이렇게 잘라서 말할까? 텔레파시는 보낼 때마다 커뮤니티 점수가 드는데.

아니, 그런데 잠깐.

명멸이랑 꼬맹이가 동갑이라고?

아, 잠깐.

나 머리 띵했어.

[이철호]: 그럼 명멸이가 중학생이라고?

[이수아]: 아니, 그게 무슨 뚱딴지같은 소리야?

갑자기 예의 바르게 반말을 하다니.

우리 수아가 화가 많이 났구나.

아무리 그래도 이럴 땐 좀 달래 줘야지.

[이철호]: 너 어려 보인다고.

[이수아]: 아!!!!! 진짜!!!!!

이상하다. 여자애들은 보통 어려 보인다고 하면 좋아하지 않나?

그런데 얘는 반응이 왜 이러지?

아, 잘못 들었나 보다.

[이철호]: 농담 아니야. 너 진짜 어려 보여.

그래서 나는 한 글자 한 글자 또박또박 진심을 담아 메시지를 써서 보냈다.

이번엔 알아듣겠지.

[이수아]: 명멸이 대학생이라고요!

[이철호]: 아, 그래? 어째 어른스럽더라.

나는 몇 분 전, 명멸이를 만났을 때의 부담감이 해소되는 걸 느꼈다.

그렇지, 남고생이 그렇게 나오면 사기지.

대학생 정도는 되어야지.

[이수아]: 그럼 전 뭐겠냐고요!

[이철호]: 중학생.

나는 진실을 알려 준 수아에 대한 감사의 마음을 담아 정성을 다한 답변을 되돌려 주었다.

그러나 수아는 내 답변에 대해 내가 미처 예상하지 못한 반응을 보였다.

곧장 텔레파시를 끊어 버린 게 그것이었다.

"…너무 놀렸나?"

하지만 나는 후회 따윈 하지 않는 남자.

나는 나의 길을 간다.

고잉 마이 웨이.

*　　　　*　　　　*

"여기가 종착점이란 말이지……."

망원으로도 투시로도 안 보이는 시커먼 벽.

나는 이 벽이 뭔지 이미 알고 있다.

연식이 된 모험가들 사이에는 '차원의 벽'으로도 불리는 이 검은 벽은 층의 끝을 의미하기도 하고, 다른 세상으로의 연결점을 의미하기도 한다.

나도 미궁 7층에 집 짓고 살 때는 자주 보았던 벽이기도 하다.

50년 가까이 혼자 살면서 내가 뭘 했겠는가?

모험가의 자격을 잃었음에도, 오히려 그렇기에 모험에 목말랐던 나는 7층을 적극적으로 탐사했다.

7층 세계의 가장자리는 이 벽으로 둘러쳐져 있고, 밖으로 나갈 수 없게 만들어져 있었다.

땅을 파도 마찬가지고, 하늘도 마찬가지다.

내가 본 벽은 그랬지만, 다른 모험가들의 영상으로 본 벽의 모습은 또 달랐다.

벽을 통과하자마자 새로운 세상이 열리고, 그 세상에서 새로운 모험을 진행하는 식이었다.

"이 벽이 어느 쪽일지 모르겠네."

하지만 이 벽 너머에 아무것도 없다면 [비밀 교환]의 아이콘이 반응하지도 않았으리라.

"나는 회귀자다."

혹시 몰라서 또다시 한번 속닥여 봤더니, 아이콘이 뿅 하고 떴다.

"좋아."

모험심으로 가슴이 달아올랐다.

"후읍!"

심호흡을 한 번 크게 한 후, 나는 벽 너머로 머리를 들이밀었다.

그러자 새로운 세상이 열렸다.

예상대로의, 하지만 어떤 의미로는 또 예상외의 광경이 펼쳐졌다.

"여기 어디지? 혹시 7층인가?

내가 나도 모르게 이렇게 혼잣말을 흘릴 정도로 거의 미궁 7층의 모습과 흡사한, 하늘과 산과 강이 있고 풀과 나무가 우거진 환경이었다.

"아니, 7층은 아니네."

하지만 내가 50년 가까이 살아온 곳을 못 알아볼까. 나무가 다르고 풀이 다르고, 강과 산의 배치가 다르다.

유사하지만 다른 세계다.

"그래도 살기 좋은 곳이네."

만약 내가 내 능력에 자신이 없어 어디에든 정착하고 싶다면 딱 이런 곳을 골랐을 것이다.

하지만 이런 환경의 공통점이라면 꼭 주인이 존재한다는 것이다.

7층에서는 원주민, 아니지. 원주 몬스터들을 없애고 모험가들이 정착했었다.

그렇다면 여긴 어떨까?

나는 두근거림을 억누른 채 굴 밖으로 한 걸음 나섰다.

"……!"

딱 한 걸음.

그 걸음을 내딛고선, 나는 그 자리에 못 박히기라도 한 듯 멈춰 버리고 말았다.

이유는 하나.

"서브 퀘스트가 안 주어진다고?"

미궁에 의도가 없는 장소는 없다.

특히나 이렇게 메인 퀘스트, 그러니까 출구를 찾아서 내려가는 것과는 영 별개의 공간에 들어섰을 때는 십중팔구 서브 퀘스트가 뜬다.

그리고 지금처럼 또 다른 세상이 펼쳐졌을 때는?

100%다. 예외가 없다.

지금까지는 그랬다는 소리다.

하지만 이제부터는 아니다.

지금 내가 바로 그 예외를 목격했으니까.

"이걸 어떻게 해석해야 하지?"

어쩌면 여기는 미궁이 의도하지 않는 방식으로 드러난 비밀

장소일 가능성이 있었다.

그 말은 곧, 이 숨겨진 세상의 난이도 또한 5층에 도달한 모험가의 수준에 맞춰진 게 아닐 수도 있다는 의미이기도 했다.

5층은커녕, 7층의 주민이었다 회귀한 나도 마찬가지다.

고작 44레벨에 불과한 내가 이 세상을 감당할 수 있을까?

그건 모르는 일이다.

일단 정보가 지나치게 부족했으니.

나는 굴의 입구 부분에 선 채로 [망원] 마법을 발동했다. 언제든 도망칠 수 있도록 몸은 둔 채 시야만으로 정보를 얻으려는 수작이었다.

아무리 모험이 중요해도 일단 살아야 모험도 할 수 있는 법이니까.

"……!"

그리고 나는 발견하고 말았다.

"공… 킹룡!"

먹잇감의 사냥에 성공하고 울부짖는 티라노사우루스의 모습을.

"가……."

그 순간, 나는 부르짖고 말았다.

"가즈아!"

킹룡은 못 참지!

*   *   *

티라노사우루스.

공룡이다.

T-Rex라고도 불리는데, Rex는 왕이라는 뜻이다.

그러니까……

"킹룡."

킹룡이다.

"킹룡을 실제로 보게 될 줄이야……"

어릴 때부터 좋아했다.

왜 그렇게 끌리는지도 모른 채 좋아했다.

하지만 그렇다고 내가 킹룡 좀 봤다고 흥분해서 아무 생각 없이 뛰쳐나온 건 아니다.

"저 색상의 티라노사우루스는 62레벨 전후."

나는 지금 54레벨.

나랑은 8레벨 차이다.

그렇다고 해서 내가 못 이길 건 없다.

티라노사우루스는 다른 특수 능력이 없다.

아니, 정확히는 저 색상의 티라노에겐 특수 능력이 없다고 해야 하겠다.

빨간 깃털이 난 90레벨짜리 티라노사우루스는 입에서 불도 토하고 하니까.

아무튼, 62레벨의 티라노는 특별한 능력이 없다.

그저 강력한 근력과 압도적인 체력, 그리고 생각보다 빠른 민첩으로 싸운다.

하긴 그거면 충분하긴 하다.

키가 4~5m에 달하는 데다 몸무게도 톤 단위인지라 몸집에서부터 인간을 압도하므로.

반면, 나는 일반 기술 덕에 레벨 이상으로 능력치가 높은 데다 마법까지 갖췄다.

몸집이야 마법의 화력으로 어떻게든 될 테고.

이 정도면 8레벨 정도 차이는 극복할 수 있지 않을까?

저 개체가 특별히 강한 개체라 몇 레벨이 더 높을 가능성도 아예 배제하지는 않겠지만, 그렇다고 가정해도 아주 절망적이지는 않다.

그렇다.

싸울 만하다.

그렇다고 얻을 것도 없는데 일부러 싸울까?

그렇지도 않았다.

"맛있다고… 들었습니다……."

직접 먹어 본 적은 없지만, 들은 게 있다.

티라노사우루스의 고기 맛은 닭고기 맛이라고.

정말일까?

모른다.

먹어 보지 않았으니.

킹룡 마니아로서, 고기 맛을 몰라서 되겠는가.

나는 킹룡 맛을 볼 역사적 사명을 띠고 이 땅에 온 것이나 다름없다.

"나도, 나도 찍을 거야! 킹룡 먹방!"

내게 킹룡 맛을 알려 준 그 모험가가 찍은 먹방은 실시간 커뮤니티 1위를 찍으며 대량의 커뮤니티 점수를 벌어들이게 해 주었다.

하지만 이번엔 내가 먼저다.

잔뜩 벌어들일 커뮤 점수를 생각하면 입에 침이 미리 고였다.

"보았노라, 잡겠노라, 먹겠노라."

나는 선언했다.

*　　　　*　　　　*

"오."

사실 나는 차원의 벽을 넘어 이쪽 세계로 왔을 때에도 김명멸이 걸어 준 [작아져라!]가 안 풀린 줄 알았다.

주변의 나무가 워낙 컸기 때문이다.

나무뿐일까, 잠자리도 엄청 컸고 바퀴벌레도 사람 머리통만 한 게 돌아다니니, 내가 착각을 안 할 수가 없었다.

공룡이 살던 시대의 식물과 곤충이 현대 지구보다 많이 컸었다는 사실을, 나는 킹룡을 눈앞에 둔 순간에 떠올릴 수 있었다.

내가 [작아져라!]에 걸린 상태라면, 킹룡의 키는 나보다 적어도 열 배 이상은 커야 했다.

하지만 킹룡의 키는 겨우 내 대여섯 배 정도에 그쳤다.

이러니 [작아져라!]가 풀린 상태라는 걸 눈치챌 수밖에 없게 되었다.

"아, 5층으로 돌아갈 때 어쩌지?"

이 커진 몸으로 그 좁은 통로를 다시 통과해 돌아갈 생각을 하니 벌써 골치가 아프다.

"뭐, 그건 그때나 생각하고."

나는 위를 올려다보았다.

"캬오오오오!"

킹룡이, 내가 그렇게도 동경하던 티라노사우루스가 나를 습격하고 있었다.

빠악!

—치명타!

내 라이트 어퍼컷이 티라노사우루스의 턱에 카운터로 박혔다.

민첩은 내가 확실히 높다.

예상대로다.

그런데 지금 보니 근력도 내가 높은 것 같다.

"할 만하겠는데."

60레벨대의 킹룡에게 내가 가진 무기가 통할 리 없으니, 결국 또 맨손 격투가 강제된다.

게다가 체구가 워낙 커서 레슬링도 안 먹힌다.

하지만 괜찮다.

주먹이 박힌다면야 할 만하지.

"죽어라, 킹룡!"

뻐억!

퍼버버벅!

내가 킹룡을 동경한다고 했던가?

정확히는 약간 틀렸다.

"으하하하핫!"

나는 킹룡과의 싸움을 동경했다!

원랜 그게 아니었던 것 같지만…….

지금은 그랬다!

*   *   *

"이럴 수가…….."

나는 충격을 받은 채 중얼거렸다.

"맛없어……!"

생각해 보면 당연한 일이다.

마당에 놓아 기른 토종닭도 전신이 근육이다.

이걸 좀 야들야들하게 먹겠답시고 조상님들께서 개발하신 조리법이 푹 익히다 못해 뼈와 살이 분리되도록 고아 버린 요리가 토종닭백숙 아니겠는가.

그런데 매일 사냥감을 쫓아다니느라 바쁜 티라노사우루스의 근질은 어떻겠는가?

이걸 튀김으로 만들어 먹겠다는 발상 자체가 잘못된 것이다.

하려면 튀김 옷이 새카매질 때까지 끓는 기름 속에 잠수를 시켜 놨어야 했다.

하지만 나는 그렇게 하지 않았다.

그냥 튀겼다.

치킨처럼 튀겼다.

황금색으로 잘 튀긴 티라노 튀김은 보기만 해도 입 안에 침이 넘칠 정도로 맛있어 보인다.

그러나 맛있어 보이는 건 겉보기뿐.

튀김옷을 씹은 이빨이 만나는 것은 토종닭과는 비교조차 안 되는, 질기다 못해 차라리 고무 씹는 게 나을 것 같은 킹룡 살이었다.

물론 37이나 되는 근력이 제공하는 치악력은 고무보다도 질긴 킹룡 살도 잘만 씹는다.

그래, 먹을 수는 있었다.

먹을 수만 있었다.

"이건 아니야!"

본질적으로 식사라는 행위는 영양 보충에 지나지 않는다지만, 인류는 이를 독특하게 발전시켜 왔다.

좀 더 맛있게.

좀 더 보기 좋게.

좀 더 세련되게.

지구 인류에게 있어 식사는 단순한 열량 보급이 아니라, 문화이자 문명이었다.

조상님께서 이르시길 그 혈관에 무엇이 흐르든 조선 사람처럼 먹고 조선 사람처럼 말하면 조선인이라 하지 않았던가.

기어코 식사는 인류에게 있어 자기 정체성을 규정하는 중요한 의식의 수준에 다다랐다.

그런데 뭐?

먹을 수 있으니 음식?

이건 아니다!

이건 아니란 말이다!

이런 건 음식이 아니야!

아무리 양보해도 식량까지다!

씹던 킹룡 튀김을 뱉으려던 나는 그래도 이게 아까워서 기어코 마저 씹어서 삼켰다.

근력 37에서 비롯된 악력은 강철 같은 킹룡 살도 떡볶이처럼 씹어 먹을 수 있도록 해 주었다.

그런데 떡볶이 맛이 어땠었지?

잘 생각 안 나지만 아무튼 떡볶이 먹고 싶다.

나는 우울해지고 말았다.

아무리 맛이 없어도, 우울해질 정도로 맛이 없음에도 불구하고 내가 이걸 버릴 수 없는 이유는 따로 있다.

미궁 6층에 이르러, 모험가들은 그동안 잊고 있었던 문제와 마주하게 된다.

그것은 바로 기아다.

미궁의 배려로 5층까지는 안 먹고 안 마셔도 됐지만, 6층에 이르자마자 모험가들은 격렬한 허기에 시달리게 된다.

그러나 6층은 또 식량을 구하기 대단히 곤란한 층계다.

5층까지가 미궁의 배려인 게 아니라, 6층을 노린 미궁의 함정이 아닐까 생각할 법한 배치였다.

고블린 대퇴부 구이를 끝까지 거부한 상당수의 모험가가 거기서 결국 굶어 죽어 버렸다.

사실 고블린이라도 구해서 먹을 수 있으면 운이 좋은 편이다.

같은 모험가라도 잡아먹겠다고 서로 싸우게 되는 아비규환의 현장을 마주하게 되는 게 6층의 지옥도다.

이 대규모 기아 사태를 겪은 모험가는 결코 식량을 그냥 버리지 못한다.

그리고 나 또한 그랬다.

아무리 끔찍스럽게 맛없는 킹룡 치킨이라 하더라도, 이걸 버릴 수는 없다.

생각보다 많이 튀기고만 킹룡 치킨이라도…….

그렇다면 이걸 어떻게 해야 하는가?

답은 간단하다.

다른 사람들에게 먹인다.

이것만이 답이었다.

굶어 죽기 싫으면 뭐든 먹게 되게 마련이다.

음식이 아닌 식량이라도 말이다.

*　　　*　　　*

그렇다고 내가 킹룡 치킨에 납득한 건 아니었다.

어떻게든 킹룡을 맛있게 먹고야 말겠다.

이러한 내 집착은 기어코 결과물을 만들어 내고야 만들었다.

"…완성했어!"

드디어 내가 납득이 될 만한 킹룡 요리 레시피 개발에 성공했다.

―새로운 레시피 개발 성공!

―[티라노사우루스 곰탕]!

시스템이 센스가 없다.

[닭곰탕]의 킹룡 버전인 만큼, [킹곰탕]이라고 명명해야 마땅할 것을.

—일반 기술, [요리 7]에서 [요리 8]로 랭크 상승!

—랭크 보너스, [요리 효과]를 얻습니다.

새 요리의 명명이야 좌우지간.

새로운 요리의 창조에 성공했기에 그동안 막혀 있던 요리의 랭크가 상승했다.

7층에서 구할 수 있는 식재료로는 전부 요리를 만들어 놨기에 랭크를 올릴 기회 자체가 돌아오지 않았었다.

[요리 효과]: [요리 8] 이상의 요리사가 8랭크 이상의 요리를 대성공하였을 경우, 특수한 효과를 얻는다.

"이걸 이제야 얻네."

일반 기술 중엔 일정 랭크 이상을 달성하면 일반 기술이라 부를 수 없을 정도의 특별한 효과를 얻는 게 몇 개 있는데 그중 하나가 요리였다.

[요리 효과]는 요리를 먹는 것만으로 상처가 낫는다거나 소모한 마력이 채워진다거나 하는 비상식적인 효과를 발휘한다.

사실 닫힌 세계인 7층에선 굳이 얻을 필요가 없는 능력이긴 했지만, 누군 달성하고 난 달성 못 하면 좀 그렇지 않은가.

그런데 이번에 그 자격지심 비슷한 걸 날려 버리게 되었다.

"좋아! 그럼 이제 한번… 만들어 볼까?"

방금 창조해 낸 티라노사우루스 곰탕… 줄여서 킹곰탕은 8랭크 레시피니, 이걸 반복해서 만들다 보면 언젠가는 대성공이 뜰 것이다.

대성공 확률은 1% 정도니, 아마 100그릇 정도 만들다 보면 나오지 않을까?

나는 그렇게 생각했다.

―[황금 티라노사우루스 곰탕]

하지만 처음부터 바로 대성공이 떠 버렸다.

뭐지, 이건?

"아, 행운 효과인가?"

레벨이 오를 때마다 꾸준히 올려 온 내 행운은 어지간한 확률은 바로 뚫을 정도라고 할 수 있다.

그렇다고 1% 확률까지 단번에 뚫을 정도는 아니지만, 이번엔 그냥 운이 좋았겠지.

―[요리 효과: 공룡의 힘이 솟아나요‼]: 4시간 동안 근력이 7 오릅니다.

심플한 능력치 기반 효과라…….

나쁘지 않다.

범용성도 뛰어나고.

지속 시간과 상승량도 준수하다.

하지만 뭔가 아쉽다.

킹룡이 들어갔는데 근력만 오른다니…….

[킹룡의 힘이 솟아나요‼]가 아니라 그런가?

킹룡으로 변신한다든가, 작은 킹룡들을 불러내어 부린다거나, 이런 식의 특이한 능력을 부여하는 효과가 나왔으면 좋았을 텐데.

"뭐, 첫술에 배부를 순 없지."

내 모험은 이제 막 시작됐을 뿐이다.

앞으로 더 많은 식재료와 만날 테고, 만들고 싶은 요리도 잔뜩 있다.

할 일이 요리뿐만인 것도 아니고.

나는 남은 재료로 적당히 킹곰탕을 만들었다.

대성공 확률은 30% 정도.

확실히 행운 효과가 좋긴 좋다.

나는 만들어 낸 황금 킹곰탕을 인벤토리에 소중하게 쟁여 놨다.

이건 잘 놔뒀다가 나 혼자 다 먹을 거다.

*　　　　*　　　　*

[이철호]

레벨: 60

레벨이 올랐다.

조금 많이.

다양한 킹룡 요리를 시험해 보기 위해 킹룡을 좀 많이 사냥하다 보니 레벨도 잘 오르더라.

사냥하다 보니 흥이 올라서, 현재의 내 한계 레벨인 60레벨까지 채워 버리고 말았다.

"그러고 보니 김민수가 레벨 60에 [비밀 교환]이 강화된다고 했었지."

내가 모험에서 완전히 탈락했다는 것이 확인되자, 김민수는 작정이라도 한듯 내게 비밀들을 털어놓았다.

임금님 귀는 당나귀 귀.

김민수에게 있어 나라는 존재는 그 설화에 나오는 대나무 숲 같은 역할이리라.

좌우지간, 그래서 나는 내 고유 능력을 다시 확인해 보기로 했다.

[비밀 교환+]: 모험가의 비밀을 하나 밝힘으로써 비밀을 들은 대상에게서 원하는 비밀을 하나 알아낼 수 있다. 이 효과는 중첩될 수 있다.

그러니까 이제까지는 대상 하나당 [비밀 교환] 아이콘을 하나만 띄울 수 있었다면, 앞으로는 두 개, 세 개씩 띄워 놓을 수 있다는 의미다.

김민수가 말한 그대로의 효과였다.

그런데 변한 건 [비밀 교환]만이 아니었다.

[불변의 정신+]: 외부의 정신적 상태 이상 발생 시도에 대해 이전보다 더 완벽하게 저항할 수 있다. 이 효과는 모험가가 살아 있을 때만 유효하다.

이게 언제 변했는지는 모른다.

일일이 확인을 했어야 알지.

뭐, 그게 중요한 게 아니다.

[불변의 정신]이 [불변의 정신+]이 되면서 바뀐 변화는 '이전보다 더 완벽하게'라는 표현이 추가된 것 하나뿐이었다.

일견 수수하게 보이는 효과지만 내게는 절실한 효과였다.

내가 이제까지 [지식] 능력치에 단 1도 투자하지 않은 이유가 무엇인가.

[비의 계승자]가 남긴 상흔이 아직도 알게 모르게 남아 있는 탓이다.

뭘 당했는지는 제대로 기억도 나지 않지만, 그걸 두 번 당하고 싶지는 않다는 것만은 내 심장에 화인처럼 새겨져 있었다.

그러나 [불변의 정신]의 변화는 내게 용기를 주기에 충분했다.

이제 [지식]이 더 필요해질 경우, 나는 망설이지 않고 능력치를 투자할 수 있게 되었다.

그게 지금은 아니지만 말이다.

대신 나는 [행운의 여신]과 약속한 대로 행운에만 능력치를 투자했다.

이렇게 올린 행운은 조금 전의 황금 킹곰탕으로 보답받기도 했었다.

"그런데 좀 이상하긴 하네."

행운도 올렸는데 이상하게 행운의 여신이 조용하다.

"여신님, 여신님?"

직접 불러 봐도 대답이 없고, [행운의 여신 성상]을 꺼내다 불러 봐도 마찬가지였다.

"설마 연결이 끊긴 건가?"

어쩌면 이 세계가 성좌의 진입을 허용하지 않는 것일 수도 있겠다.

"좋은 건지 안 좋은 건지 모르겠네."

첫인상은 최악이었지만, 어쨌든 여신 덕에 챙겨 먹은 게 없지 않다 보니 조금 아쉽긴 하다.

"뭐, 영원히 끊긴 건지 이 세계에서만 끊긴 건지는 아직 모르지만······."

뭐, 여기서 나가 보면 알 일이다.

하지만 나는 아직 여길 나갈 생각이 없었다.

이 드넓은 세계에서 내가 본 거라고는 킹룡뿐이었다.

사실 눈에 들어온 건 그보다 많지만, 내가 킹룡에만 지나치게 집중한 탓에 기억에는 남지 않았다.

그러니까 본격적인 탐사는 사실상 지금부터인 거나 마찬가지였다.

"자, 그럼 탐사를 시작해 볼까?"

나는 주변에서 높은 곳을 찾아 올라간 다음, [달의 지식]의 마법인 [망원]을 켰다.

탐사를 꼭 직접 다녀야 한다는 법은 없다.

물론 직접 다니는 게 더 좋긴 한데······.

여긴 너무 넓다.

탐사를 끝내기도 전에 미궁 5층이 무너져 내릴 수도 있었다.

잘못하면 미궁의 미아가 되어 버리는 셈이다.

여기는 행운의 여신과의 연결마저 끊어질 정도로 특수한 곳이니만큼, 이번에는 [불변의 정신+]을 들고도 회귀하지 못할 가능성도 있었다.

그러므로 미궁 5층의 시간제한을 항상 염두에 두고 움직여야했다.

"5층이 아마 일주일이었나?"

나는 커뮤니티의 개인 노트를 켜서 5층의 정보를 확인했다.

그런데 개인 노트는 제대로 남아 있긴 했지만, 다른 커뮤니티 기능들이 모조리 먹통이 돼 있었다.

잠깐 당황했지만, 잘 생각해 보니 놀랄 일은 아니었다.

여신과의 연결도 끊기는데 커뮤니티 연결이야 뭐 당연히 끊기는 것 아니겠는가.

"그래도 이건 좀 불안하네."

대충 훑어 보고 얼른 돌아가야겠다.

내가 그렇게 마음을 먹자마자, [망원]에 뭐가 비쳤다.

*　　　*　　　*

"마을… 사람?"

그것은 바로 이 세계 인간들의 마을이었다.

"원주민인가."

나는 좀 더 [망원]에 집중했다.

원주민의 생김새는 내가 아는 지구 인류와는 조금 달랐다.

키는 성큼 크고, 체격은 호리호리했다.

피부는 하얗고, 머리색은 더욱 하얬다.

개중에서도 지구 인류와 가장 차이점이라면, 귀의 윗부분이 길게 솟은 것이 가장 특징적이다.

나는 저들이 뭐라고 불리는지 알고 있었다.

"귀쟁이네."

엘프였다.

문제는 그들의 복장이 내가 아는 엘프와는 많이 다르다는 점이었다.

가죽으로 된 옷으로 가릴 곳만 겨우 가렸고, 무기는 뭔지 모를 생물의 두툼한 뼈를 들고 있다.

그것은 마치 지구에서 상상화로 본······.

"원시인?"

뭐지, 저거?

원시 고대 엘프인가?

마을의 건물도 뭔가 갈대를 엮어 대충 만든 것 같고, 다른 걸 봐도 문명 수준이 원시인 수준을 벗어나지는 못한 것 같았다.

그런데 마을의 엘프들이 전부 모여서, 마을의 가장 큰 건물에다 대고 뭔가 절을 하고 있었다.

"···뭐지?"

문득 호기심이 들었다.

뭔가 어디에다 대고 절을 하는 것 같기도 하고, 종교적 의식을 치르는 것 같기도 하다.

"가서 물어보고 싶은데······."

내가 엘프어는 대충이나마 할 줄 안다.

누가 엘프어 강좌를 영상으로 찍어다 올려놨고, 그걸 보고 좀 배워 보려고 한 적이 있기 때문이다.

하지만 저 원시 고대 엘프들에게 내가 배운 엘프어가 통할까?

"전혀 통할 거 같지 않은데."

말이 안 통한다면 역시 대화의 수단은 몸의 언어밖에 없다.

그렇다, 폭력이다.

문제는 60레벨의 무력으로 저 숫자의 엘프 무리를 압도할 수 있을까인데…….

그때였다.

티라노사우루스 한 마리가 쿵쿵 발소리를 내며 마을을 향해 다가간 것은.

티라노사우루스의 접근을 확인하자마자 엘프들은 뭐라고 소리를 지르며 거미 새끼처럼 흩어져 달아났다.

거대한 포식자 공룡은 충격과 공포에 휩싸인 마을을 뷔페라도 온 듯 거닐며 엘프들을 양껏 집어 먹었다.

엘프들의 작은 마을이 폐허가 되어 버리는 데에 걸린 시간은 고작 10여 분.

나는 [망원]을 끄고 일어섰다.

"그럼 가 볼까!"

폐허가 된 마을에 가 보면 뭐라도 얻을 수 있을지 모른다.

뭐, 딱히 먹을 게 없더라도 최소한 호기심은 채울 수 있겠지.

                    *   *   *

폐허가 된 마을까지의 거리는 생각보다 멀었다.

[망원]으로 봐서 가까워 보였던 거지, 실제로 가려니 꽤 많이 걸어야 했다.

그래도 나는 서두르거나 뛰지 않았다.

커뮤니티나 여신과의 연결이 끊긴 건 분명 불길하지만, 그렇다고 시간이 아주 촉박한 것도 아니었기 때문이다.

5층의 시간제한은 일주일이었으니까, 다소 시차가 있다고 하더라도 이 정도는 괜찮을 것이다.

오랜만에 나뭇잎 사이로 쏟아지는 햇살을 즐기며 여유롭게 숲속을 걷다 보니, 생각보다 금방 원시 고대 엘프의 마을에 도착할 수 있었다.

티라노사우루스가 무자비하게 파괴하긴 했지만, 그래도 멀쩡한 게 많이 남아 있었다.

뼈와 나무 막대기로 만든 원시적인 낚싯대, 돌을 갈아 만든 손칼, 진흙과 갈대를 섞어 구운 원시적인 토기…….

박물관에서나 볼 법한 물건들의 총집합이었다.

이런 걸 전리품이랍시고 가져갈 순 없지.

나는 약간 구경한 뒤에 도로 내려놓았다.

진짜는 이거다.

[고대 엘프 사냥꾼의 성상: 성좌 [고대 엘프 사냥꾼]과 연결된 성상이다.]

1층과 3층에서 [훼손된 성상]만 발견했다가, 처음으로 제대로 된 성상을 입수하게 됐다.

그런데 이 세계에서는 여신과도 연결이 끊겼는데, 과연 이 성상으로 제대로 된 연결이 가능할까?

뭐, 해 보면 알겠지.

나는 [고대 엘프 사냥꾼의 성상]에 손을 댔다.

그러자 놀라운 일이 일어났다.

[오오, 영웅이여. 지금 이 시대에 나는 그대와 같은 영웅과 만난 적이 없도다.]

성좌가 직접 내게 말을 걸어왔다!

"…그렇게 말씀하셔도 괜찮습니까?"

보통 [행운의 여신이 웃었다!] 이런 식으로 말하는 게 국룰 아니었나? 그리고 거기에도 이유는 있을 거고. 아마 성좌력 관련 문제 때문일 건데……

[고대 엘프 사냥꾼]은 내가 왜 걱정해 주는지 이해하지조차 못한 듯, 아주 길게 말했다.

[무슨 의미인지 모르나 나는 지금 괜찮지 않다. 나의 백성, 나의 아이들이 저 용도 아닌 것에게 잡아먹히고 터전은 파괴되었으니.]

[고대 엘프 사냥꾼]이 무슨 말을 하고 있는지는 바로 감이 왔다.

바로 한두 시간 전에 티라노사우루스가 이 마을을 파괴하고 엘프들을 잡아먹는 걸 직접 목격했으니 모를 수가 없었다.

"제가 뭘 하면 되겠습니까?"

[복수를!]

대답은 즉각 돌아왔다.

[나의 아이들을 잡아먹고 터전을 파괴한 폭군을 죽이고 그 살과 뼈를 살아남은 아이들에게 전해 줬으면 한다!]

복수를 외치는 성좌의 목소리에는 강한 원한과 비애가 서려 있었다.

[그대가 강대한 존재라고는 하나 어려운 부탁임을 내가 안다.]

사실 별로 어려운 일도 아니다.

그저 귀찮고 별 이득이 없는 일일 뿐.

이미 내 인벤토리에는 티라노사우루스의 고기가 가득했고, 레벨은 한계에 걸려 경험치를 얻을 수도 없으니 말이다.

[그러니 충분한 보상을 약속하겠다. 그대에게 [신비]를 약속하지.]

하지만 보상이 있다면 이야기는 달라진다.

나는 즉각 고개를 끄덕였다.

"지켜봐 주십시오, 해내고야 말겠습니다."

[기대하겠다]

*　　　　　*　　　　　*

[고대 엘프 사냥꾼]의 기대는 정확히 7분 만에 충족되었다.

마을을 짓밟은 티라노를 찾아내는 데에 걸린 시간이 3분, 싸워 죽이는 데에 10초, 나머지 시간은 시체를 끌고 마을로 돌아오는 데에 쓰였다.

[그대는 실로 위대하고 고귀한 전사로다!]

[고대 엘프 사냥꾼은 내 솜씨에 찬탄을 아끼지 않았다.

[내 그대에게 약속한 [신비]를 부여하노라.]

—새로운 능력치를 얻었습니다.

—[신비]

[그대가 내 예상을 뛰어넘은 성과를 보인 바 있으니, 내 더 큰 선물을 주리라.]

—[신비] +5

[신비 7]

[본래 신비는 숨겨진 지식을 탐구하는 데에 쓰이는 도구다.]

[하나, 이 엄혹한 세계에는 생존이 더욱 우선되는 가치이니 그에 맞는 사용법을 알려 주겠노라.]

[신비한 화살: 활과 화살 없이 활을 쏜다. 신비한 사격으로 발사된 화살은 [신비] 능력치와 비례한 피해를 준다. 치명타의 영향을 받는다.]

[신비한 폭발: 시전자를 중심으로 한 폭발을 일으킨다. 시전자와 시전자의 아군에게는 아무런 피해도 주지 않고 적에게만 피해를 입힌다.]

나는 그동안 알게 모르게 품게 된 성좌에 대한 선입견이 깨져 나가는 것을 느꼈다.

내가 이제껏 만난 성좌 중에 이렇게 친절한 성좌가 없었다.

[행운의 여신]은 만나자마자 저주를 걸질 않나, [비의 계승자]는 죽어 보라는 듯 지식을 밀어 넣지를 않나.

하지만 [고대 엘프 사냥꾼]은 달랐다.

그저 아낌없이 퍼 주는 나무셨다.

"감사합니다……!"

나는 나도 모르게 진심이 우러난 감사 인사를 하고 말았다.

[무얼. 내 부탁을 들어준 것이 더 고맙다.]

[영웅이여, 그대의 앞길에 빛이 있기를. 막막한 어둠 속에서 달빛이 그대의 앞을 비추고, 별빛이 그대의 길을 찾아 주길.]

[고대 엘프 사냥꾼]과의 대화는 거기까지였다.

내게 능력과 지식, 정보를 다 퍼 주느라 힘이 다한 듯, 더 이상 목소리가 들려오지 않았다.

그냥 잠든 거겠지.

소멸한 건 아닐 것이다.

나는 잠깐 망설이다가, [고대 엘프 사냥꾼의 성상]을 마을에 그대로 두었다.

이렇게도 자신의 아이들을 아끼는 성좌다.

엘프들과 함께 있는 게 성좌에게도 좋으리라.

그리고 이건 그냥 추측이지만, 이 성상을 들고 미궁으로 돌아가도 어차피 [고대 엘프 사냥꾼]과의 연결은 끊길 것 같았다.

내가 그렇게 성상을 내려놓자, 주변의 풀숲에서 부스럭거리는 소리가 들렸다.

귀쟁이… 엘프들이었다.

내가 티라노를 죽이고 그 시체를 끌고 온 걸 보기라도 한 건지, 그 시선에는 두려움과 경외감이 동시에 머물러 있었다.

"아녕하세요?"

나는 엘프어로 인사를 해 봤지만, 예상했던 대로 내 말은 전혀 통하지 않았다.

게다가 혀를 씹었다.

아녕하세요가 뭐냐.

그러나 나는 내 인사말을 정정하지 않았다.

대신 나는 그들에게 인벤토리에 가득 채워져 있던 킹룡 치킨을 꺼내서 주었다.

원래 이문화 교류는 음식부터 시작하는 게 정석이니까.

처음에는 경계하듯 노려보고 냄새를 맡던 엘프들은 튀김옷에서 나는 맛있는 냄새에 이끌려, 결국 입 안에 넣고 말았다.

그리고 나는 보고 말았다.

정말 맛있는 것을 처음 먹어 보는 어린아이의 눈빛이 엘프들에게서 새어나오고 있었다.

아, 하긴 그렇지.

여긴 원시의 세계다.

아무리 티라노사우루스의 고기가 질겨도, 엘프들이 그런 것 따위를 상관할 리 없었다.

그저 튀김의 바삭함만이 그들의 입맛을 사로잡은 것 같았다.

나는 내친김에 킹룡 치킨을 전부 그들에게 넘겨주었다.

대가는 받을 생각이 없었다.

이미 성좌에게서 넘치도록 받았으니까.

내가 그렇게 혼자 감성에 젖어 있으려니.

치킨을 맛본 엘프들은 자기들끼리 뭐라고 떠들더니, 갑자기 나를 향해 절을 하기 시작했다.

마치 성상에 절을 하듯.

설마…….

아니겠지?

나는 내가 성좌의 신도를 빼앗았을지도 모른다는 생각을 곱게 접어 두고, 고대 엘프들에게 손을 몇 번 흔들어 준 후 마을을 나왔다.

아닐 거야.

에이, 아니겠지.

[고대 엘프 사냥꾼]의 신도를 내가 빼앗은 걸 리 없지!

…없겠지?

나는 발걸음을 좀 더 서둘렀다.

아무튼 내가 빨리 사라져 주는 게 서로를 위한 일이리라.

＊　　　　＊　　　　＊

나는 차원의 벽을 넘어 미궁 5층으로 돌아왔다.

저쪽 세계로 넘어갔을 때 [작아져라!]가 풀렸던지라, 돌아오면
서는 통로를 기어서 나갈 각오를 했었는데 돌아오니 다시 30㎝로
작아진 상태였다.

이건 좀 신기하군.

무슨 원리지?

하지만 그보다 먼저 확인해야 할 일이 있다.

"…여신님?"

[행운의 여신이 왜 부르냐고 나른하게 말합니다.]

[행운의 여신이 깜짝 놀랍니다.]

[행운의 여신이 어떻게 된 거냐고 묻습니다.]

"무슨 말씀이신지……."

[행운의 여신은 눈 한 번 깜박이고 나자 네 행운이 치솟았다
고 말합니다.]

"눈 한 번?"

그렇다면 행운의 여신은 내가 저쪽 세계에 다녀온 것조차 인
지하지 못했다는 뜻인가?

이건 교차 검증을 해 볼 필요가 있을 것 같았다.

[이철호]: 꼬맹아.

[이수아]: 아니야!

[이철호]: 수아야.

대꾸는 2초 정도 돌아오지 않았다.

안 읽진 않았을 텐데?

딱 1초 더 기다리자 대답이 돌아왔다.

[이수아]: 왜요?

단 두 글자였지만, 나는 꼬맹이의 반응이 부드러워진 것을 느꼈다.

[이철호]: 내가 너한테 [텔레파시] 보내고 얼마나 지났니?

[이수아]: 1분? 2분? 그런데 그건 왜 물어요?

"역시……."

내가 저쪽에 있는 동안 미궁의 시간은 거의 움직이지 않은 것 같았다.

[행운의 여신이 뭐가 역시냐고 묻습니다.]

[이수아]: 아니, 왜 그러시냐고요.

"아무것도 아닙니다."

[이철호]: 너 대학생이면 이제부터 나한테 아저씨라고 부르지 마라.

[이수아]: 그럼 뭐라고 불러요? 설마 오빠라고 부르란 건 아닐 테고.

[이철호]: 존경하옵는 이철호 님이라고 불러.

[이수아]: 알았어요, 아저씨. 앞으로 꼬박꼬박 아저씨라고 부를게요.

애도 사람 속 긁는 법을 좀 안다.

그거야 뭐 아무튼, 꼬맹이 덕분에 좋은 걸 알았다.

[행운의 여신이 뭐가 역시냐고 묻습니다.]

나는 끈질기게 질문을 던지는 여신을 무시하고, 다시 저쪽 세계로 넘어가기 위해 차원의 벽을 넘으려고 했다.

그러나 그 시도는 실패했다.

나는 마치 미궁 7층의 검은 벽에 부딪힌 것처럼 머리를 박고 말았다.

[행운의 여신이 깔깔 웃습니다.]

[행운의 여신이 나는 웃지 않았다고 합니다.]

나는 고개를 끄덕이며 인벤토리에서 [행운의 여신]의 성상을 꺼내 들었다.

그리고 이렇게 말했다.

"사실 이거 비밀인데, 저 '저쪽 세계'에 넘어갔다 왔어요."

여신의 성상에 [비밀 교환+]의 아이콘이 떴다.

하나가 아니라, 두 개가.

[행운의 여신이. 뭐가 어떻게 된 거냐고 묻습니다!]

"이것이 강화된 [비밀 교환+]의 효과입니다. 아, 맞다. 이것도 비밀이었는데."

[행운의 여신이 웃지 않았다고 강변합니다!]

"뭐… 비밀이 두 개, 아니 세 개니 하나쯤은 봐도 되겠죠?"

[행운의 여신이 사실 웃었다고 미안하다고 사과합니다.]

[행운의 여신이 한 번만 봐 달라고 합니다.]

"이번만입니다."

[행운의 여신이 고마워합니다.]

아무튼, 저쪽 세계에 넘어갈 기회는 한 번뿐이었던 것 같다.

아쉽다면 아쉽지만, 죽을 정도로 아쉽진 않다.

어차피 레벨도 한계까지 올렸고, 세계의 문명 수준이 너무 낮아서 얻을 만한 전리품도 없었으니.

다만.

그저.

다시 킹룡을 보게 될 날이 한참 뒤로 미뤄진 것만이 아쉬울 따름이다.

6장
—
제6층

[김이선]: 존경하옵는 이철호 님.

그때, 김이선으로부터 [텔레파시]가 날아왔다.

그 무표정하고 키 훌쩍 큰, 4층에서 함께 움직였던 모험가가 김이선이다.

그런데 텔레파시 내용이 좀 이상하다.

뭐, 뭐?

뭐 하는 이철호 님?

[김이선]: 이철호님께서 올려 주신 공략 덕분에 5층 클리어가 눈앞입니다. 감사의 말씀 올리고자 [텔레파시]를 보냈습니다. 시간 괜찮으신지요.

[이철호]: 어, 어. …그런데 '존경하옵는 이철호 님'은 뭐야?

[김이선]: 수아 언니가 철호 님 부를 때는 그렇게 부르라고 하

셔서…….

아, 이수아 짓이구나.

아니, 그런데 잠깐.

[이철호]: 누구 언니?

[김이선]: 수아 언니 말씀이십니까?

[이철호]: 누가 언니야?

[김이선]: 제가 열아홉 살이고 수아 언니가 스무 살이니, 수아 언니가 언니 맞습니다.

아니, 무슨.

아니, 무슨!

[이철호]: 그렇구나.

[김이선]: 그렇습니다.

도저히 납득이 안 된다.

[이철호]: 명멸아.

그래서 나는 김명멸에게 [텔레파시]를 보내 보았다.

[김명멸]: 예, 선생님.

[이철호]: 수아가 너랑 동갑 맞아?

[김명멸]: 그렇습니다, 선생님.

[이철호]: 이선이는 너보다 한 살 어리고?

[김명멸]: 예, 그렇습니다.

머리가 띵하다.

너무 황당해서 김명멸이 마치 갓 전역한 군인처럼 대답하는 건 신경도 안 쓰였다.

이것들, 혹시 작당해서 만우절 이벤트라도 벌이는 건 아니겠지?

나는 가슴 깊은 곳에서 무럭무럭 솟아오르는 의혹을 애써 무시했다.

그리고 해야 할 말을 했다.

[이철호]: 그, 수아가 장난친 거야. 앞으로는 그냥 아저씨라고 불러.

김이선에게.

[김이선]: 아저씨는 조금… 그럼 그냥 오빠라고 부를까요?

[이철호]: 그냥 아저씨라고 불러.

아무리 그래도 10대 여자애한테 오빠라고 부르라고 종용할 정도로 썩진 않았다.

[김이선]: 네, 오빠.

애네들은 왜 사람 말을 안 듣지?

*   *   *

[Tip!]: 미궁 6층부터는 배고픔과 목마름을 느끼게 됩니다. 식량과 식수의 확보에 관심을 기울이세요! 너무 오래 굶주렸다간 죽게 됩니다!

나는 먼저 미궁 6층으로 내려왔다.

다른 사람들은 일반 기술을 익히고 갈고닦아서 랭크를 올리고 랭크 보너스를 받아먹어야 하지만, 나는 그럴 필요가 없기 때문이다.

정확히는 그럴 필요가 없는 게 아니라, 5층에서 구할 수 있는 재료와 환경으로는 랭크를 더 올리는 게 불가능할 뿐이지만.

어쨌든 그런 이유로 나는 미궁 5층에서 시간을 보내는 것보다 얼른 미궁 6층으로 내려와 먼저 준비하는 것이 낫다고 판단했다.

미궁 6층의 룰은 디펜스.

몰려오는 좀비들로부터 치유의 샘물이 있는 맵 중앙의 입구를 지키는 것이 임무다.

일정 이상의 시간을 버티면 클리어 판정이 내려지고, 해당 모험가는 자동적으로 7층으로 보내진다.

출구를 찾지 않아도 되는 첫 계층인 셈이다.

좀비들의 습격을 막지 못하고 치유의 샘물을 점령당해도 그대로 끝나지는 않는다.

그러나 어차피 치유의 샘물을 잃은 시점에서 모험가 측의 승리는 물 건너간 것이나 다름없으니 그게 그거다.

더 긴 시간 동안 고통받으며 좀비들에 의해 죽어 나가게 되니 오히려 안 좋다고도 볼 수 있다.

게다가 앞서 미궁이 직접 언급했듯, 6층의 진짜 적은 기아다.

물이야 치유의 샘물로 대신한다 치더라도, 좀비들로 가득한 미궁 6층에서 식량을 구하기란 쉽지 않은 일이다.

좀비들을 피해 도망치는 고블린을 잡아다 먹는 게 그나마 몇 안 되는 식량 수급 수단이다.

이런 미궁 6층의 특성상, 여기서는 인간의 밑바닥을 확인하게 된다.

내가 없었다면 말이다.

"크어~!"

"크아~!"

"스며든다~!"

나보다 먼저 6층에 내려와 먹을 것도 없이 쫄쫄 굶고 있던 모험가들이 내가 나눠 준 [티라노사우루스 곰탕]을 먹으며 연신 탄성을 내지르고 있었다.

당연히 이건 자원봉사도 아니다.

다 대가를 받으면서 뿌리는 거다.

"감사합니다, 선생님! 구독, 좋아요, 알림 버튼 다 눌렀습니다!"

"평생 따라가겠습니다! 이 구독은 죽을 때까지 해지 안 할 겁니다!!"

그 대가란 바로 흔들림 없이 견고한 커뮤니티 랭킹 1위와 막대한 양의 커뮤니티 점수였다.

큰 솥을 걸어 놓고 손질한 고기를 아낌없이 풍덩 풍덩 집어넣으며, 국물이 줄면 치유의 샘물을 부어 가며 계속해서 끓였다.

뭐, 샘에서 떨어진 샘물은 더 이상 치유 효과도 뭣도 없지만, 확실하게 안전하고 깨끗한 물이니만큼 안심할 수 있는 식재료다.

참고로 큰 솥은 저번에 7층에서 만들어놓은 물건이었다. 솥을 불 위에 걸기 위해 쌓은 벽돌도, 바닥에 꽂은 쇠꼬챙이도 전부.

대신 향신료는 나 먹을 것도 부족해서 아무 것도 안 넣은 거나 마찬가지지만, 어지간한 소금보다도 확실한 향신료가 여기 있으니 상관없다.

자고로 배고플 땐 뭘 먹어도 맛있다고 그랬다!

"흐어엉! 너무 맛있어!!"

"저, 저 한 그릇 더 받아도 될까요?"

"그럼. 물론이지!"

나는 욕심껏 한 그릇 더 먹으려는 모험가의 말에도 흔쾌히 고개를 끄덕여 주었다.

그래도 됐으니까.

음식 양은 많았다.

60레벨까지 올리느라 잡은 티라노사우루스만 수십 마리.

그것들을 도축해서 얻은 고기는 고작 몇백 근 수준이 아니었다.

이걸로 여기 모인 모험가들을 다 먹이기엔 부족함이 없었다.

오병이어가 아닌 60킹인 셈이다.

물론 기적도 뭣도 아닌 그냥 물량 공세지만.

"감사합니다! 믿습니다!"

"믿습니다, 믿습니다!"

먹을 게 간절했던 사람들에겐 이것도 기적으로 보이는 모양이었다.

하긴 얼마나 신기하겠어.

5층은커녕 1층부터 4층까지 따져도 이만한 고깃덩이가 나올 구석이 없는데, 이게 계속해서 나오니 말이다.

이게 다 들어가는 광활한 인벤토리의 크기도 신기하겠지.

어휴, 귀여운 뉴비들.

많이들 먹고 쑥쑥 크렴!

*　　　　　*　　　　　*

다행인지 뭔지, 쳐들어오는 좀비의 수준은 그리 높지 않았다.

내 기억과 거의 똑같았다.

아무래도 미궁에 난이도 보정이 가해지는 건 나 혼자만 들어가는 층이거나, 나 외의 소수 인원으로 진행해야 하는 층 한정인 것 같았다.

어쩌면 나와 함께하는 모험가들의 레벨 평균에 따르는 걸지도.

뭐, 결론을 내기엔 아직 이르다.

더 데이터를 모아야 뭐가 나와도 나오겠지.

아무튼, 그래서 결론이 뭐냐면.

"저 없이도 지킬 수 있죠?"

"그럼요, 그럼요!"

"그럼 저 한 바퀴 돌고 올게요."

"하고 싶으신 거 다 하셔도 됩니다!"

치유의 샘물 방어를 다른 사람에게 맡기고 나는 혼자 6층 탐사에 나설 수 있다는 뜻이다.

지난번엔 지옥이나 다름없었던 6층이 이번에는 모험의 장으로 변한 셈이다.

뭐, 그렇다곤 해도 6층에 대한 정보가 아예 없는 건 또 아니다.

이 상황에 어울리는 고유 능력을 가진 모험가들이 모험에 나서서 영상도 찍고 공략도 쓰고 다 했다.

나중에 김민수가 말해 주길 6층 시점 공략 1위였던 양반의 고유 능력은 [시체 먹기]였다고 한다.

비밀로 했을 법한 고유 능력이다.

그리고 비밀이라서 김민수한테 들킨 거겠지.

아무튼, 그 덕에 나는 어느 정도 사전 지식을 얻은 채 6층의 모험에 나설 수 있게 되었다.

"여기가 좀비가 생성되는 더럽혀진 묘지로군."

기이하고 불길한 기운을 풍기는 마법적인 문양과 기호가 가득 새겨진 묘지에서 좀비가 3초마다 한 마리씩 생성되어 기어 나오고 있었다.

여길 파괴하면 좀비 생산이 늦춰진다.

모험가 입장에선 난이도가 내려가는 셈이다.

하지만 그게 꼭 좋은 거냐면 그렇진 않다.

줄어든 좀비만큼 경험치도 적게 들어올 테니.

물론 어려워지면 낙오자가 생기겠지만, 대량의 경험치를 통해 모험가들의 정예화를 꾀할 수 있다.

소수를 강하게 키울 것이냐.

더 많은 이들을 데리고 갈 것이냐.

고민이 되지 않을 수 없는 명제였다.

[행운의 여신이 더럽고 불경한 묘지를 파괴하라고 계시를 내립니다.]

그때, 여신이 내 등을 떠밀었다.

"예? 제가요?"

원래 사람이란 게 밀면 버티는 법이다.

"꼭 그럴 필요가 있을까요? 제가……."

나는 그렇게 반론하며 묘지 안으로 들어갔다.

그러자 이런 게 떴다.

[서브 퀘스트: 좀비 묘지 파괴]

[좀비 묘지는 장점이 많지만, 단점이 하나 있다면 너무 많은 좀비를 생성한다는 겁니다. 게다가 시간이 지나면 더 많아지기까지 하죠. 적당히 가지치기를 부탁드립니다. 보상은 드리겠습니다.]

[퀘스트 성공 공통 보상: 경험치]

[기여도에 따라 추가 보상이 주어집니다.]

"오?"

그러고 보니 이게 있었지?

하도 오래돼서 깜박했다.

내가 미궁 은화를 처음 얻은 것도 이런 파괴 퀘스트에 참가했을 때였다.

이걸로 적당히 밥 사 먹고 말았었지, 아마?

기억이 안 나는 것도 당연했다.

50년 가까이 된 일이니 말이다.

그런데 이게 끝이 아니었다.

[행운의 여신이 보상을 약속합니다!]

오!

"알고 계십니까? 예로부터 불에는 정화의 힘이 깃들어 있다고 했지요."

[불꽃 폭발]

쾅!

나는 더럽혀진 묘지를 파괴했다.

[퀘스트 완수]

그러자 퀘스트 완수가 뜨고, 보상이 나왔다.

[퀘스트 완수 공통 보상: 경험치 10%]

[기여도 100% 추가 보상: 미궁 금화 10개]

—레벨 업!

"쏠쏠… 한데?"

물론 지금 레벨 업을 한 건 킹룡을 잡으며 경험치 바를 꽉 채워 둬서 그런 거다.

드레이크 죽이는 퀘스트에 비해 보상이 영 떨어지긴 하지만, 그런 건 별로 문제가 되지 않는다.

지금 레벨에서 경험치를 얻을 수 있다는 것 자체가 매력적이었기 때문이다.

나와 다른 모험가들 사이의 레벨 차이가 지나치게 벌어지는 바람에, 좀비들은 아무리 잡아도 경험치가 오르지 않고 있었기에 더욱 그랬다.

다만 내가 모든 건물을 파괴해 버리면 다른 사람들의 성장이 늦어질 것이 조금 신경이……

[행운의 여신이 계속하라고 합니다.]

[행운의 여신이 더 큰 보상을 약속합니다!]

"갑니다요!"

안 쓰였다.

아, 몰라!

7층에서들 크라고 해!!

　　　　　*　　　　　*　　　　　*

콰쾅!

나는 더럽혀진 묘지를 파괴하고, 좀비 타워를 무너뜨렸으며, 불경한 심볼을 철거했다.

티끌 모아 태산이라는 말이 있지 않은가.

그 말이 지금 딱 맞아 들었다.

―레벨 업!

기어코 나는 62레벨에 이르고 말았다.

그러나 레벨 업은 어디까지나 부가적인 목적에 지나지 않았다.

진짜 목적은!

[미궁 금화: 200개]

아니, 이게 아니라.

"자, 여신님!"

행운의 여신이 내려 줄 보상이었다.

이러니저러니 해도 2층에서 얻었던 [라이스 샤워]는 나온 쌀이 안남미인 것만 좀 아쉬웠을 뿐, 축복의 효과 자체는 꽤 쏠쏠했다.

이번에도 그 정도 보상을 받을 수 있을까?

받을 수 있겠지!

내가 여신을 위해 이렇게 봉사했는데!

"보상을!"

[행운의 여신이 좀 무섭다고 합니다.]

"보!"

[행운의 여신이 무작위의 축복을 내립니다.]

[축복은 5초 후에 활성화됩니다.]

[5··· 4······.]

"아, 맞다, 행운."

나는 행운을 62로 맞췄다.

"깜박할 뻔했네."

―[행운의 여신]의 [무작위의 축복]이 내립니다.

―[승진한 폰]

―가장 낮은 능력치가 [행운]만큼 증가합니다.

―[신비 기이 [신비 62]로 상승합니다.

―이번에 반영되지 않은 상승분의 능력치는 미배분 능력치로 전환됩니다.

미배분 능력치: 182

"오."

얻은 지 얼마 안 된 데다 딱히 오를 일도 없었고 투자할 일도 없었던 신비가 떡상했다.

[행운의 여신이 놀랍니다.]

[행운의 여신이 이거 뭐냐고 합니다.]

"이거라뇨?"

[행운의 여신이 신비를 가리킵니다.]

"아, 말씀 안 드렸던가요? 5층에서 저쪽 세계 넘어갔을 때 얻었어요."

내가 그렇게 대답하자 행운의 여신에게 걸린 [비밀 교환] 아이콘이 세 개에서 네 개로 늘어났다.

아, 맞다.

이것도 비밀이었지.

헤헷.

[행운의 여신이 기절합니다.]

아니, 여기서 기절을?

*   *   *

[신비] 능력치가 상승하며, 나는 새로운 활용법을 저절로 깨닫
게 되었다.

[신비한 갑옷: 신비한 힘으로 무형의 갑옷을 몸 주변에 생성한
다. 무형의 갑옷은 시전자가 입을 피해를 대신 받는다.]

[신비한 칼날: 신비한 힘으로 무기의 칼날을 감싼다. [신비] 능
력치와 비례하여 파괴력, 절삭력, 치명타 확률과 방어 관통 확률
이 증가한다.]

이런 활용법도 있었지만, 가장 시선을 모으는 활용법은 이것
이었다.

[신비한 명상: [위대한 지식]에 접근할 권한을 얻는다. 그러나
주의하라. 그대가 [지식]을 들여다보면 [지식] 또한 그대를 들여다
볼 테니.]

[고대의 엘프 사냥꾼]이 내게 말한 [본래 신비는 숨겨진 지식
을 탐구하는 데에 쓰이는 도구다]라는 말이 떠올랐다.

그 말에 의하면, 이게 [신비]의 본래 용도일 가능성이 컸다.

숨겨진 지식이라는 게 [위대한 지식], 즉 [지식]이리라고는 예상하지 못했지만 말이다.

이미 한 번 [위대한 지식]에 데였던 터라 조금 꺼림칙한 마음이 안 드는 건 아니다.

하지만 공짜로 능력치를 얻을 수 있는데, 이 기회를 그냥 날려 버리는 것도 바보 같다.

게다가 [불변의 정신]도 업그레이드되었으니, 더 거칠 게 없었다.

그렇다고 지금 여기서 바로 [신비한 명상]을 사용하는 건 그리 현명하지 못한 일 같았다.

명상 중에는 무방비 상태가 되어 버리는데, 언제 어디서 좀비가 튀어나올지 모르는…….

"…상관없나?"

하긴 이 레벨 차이면 좀비가 와서 깨물어도 내 피부에 실금 하나 못 낸다.

"…좋아, 시작하자."

스스로 변명을 늘어놓는 걸 멈추고, 나는 내가 파괴한 무덤가에서 가부좌를 틀었다.

능력 발동에 딱히 가부좌까지 틀 필요는 없었지만, 그래도 분위기라는 게 있지 않은가?

"자, 그럼."

[신비한 명상]

나는 능력을 발동했다.

내 기억은 거기서 끊겼다.

＊　　　＊　　　＊

"…어? 내가 지금까지 뭘 하고 있었지?"

아무것도 기억이 나질 않았다.

시간이 얼마나 지났는지도 모르겠다.

"아."

멍하니 한참을 앉아 있다가, 드디어 기억해 냈다.

[신비한 명상]을 했다.

맞다, 그랬지.

그런데 내 상태가 왜 이렇지?

내 주변은 또 어떻고?

입고 있던 옷은 너덜거렸고, 주변은 뭔가 여러 번 폭발이라도 일어난 듯 쑥대밭이 되어 있었다.

그리고 내가 앉아 있던 곳에서 조금 떨어진 곳에는 좀비의 시체라기보다는 잔해라 일컫는 것이 더 적절할 것 같은 물질들이 흩어져 있었다.

"대체……?"

나는 고개를 갸웃거리며 인벤토리에서 새 옷을 꺼내다 입었다.

물 한 모금으로 입안을 헹궈 정신을 좀 차린 후, 문득 상태창을 열어 보았다.

그리고 놀랐다.

특별 능력치: [행운 62] [지식 62] [신비 62]

너무 예뻤다.

내 능력치가!

"어떻게 이렇게 예쁠 수가 있지?"

[행운의 여신이 정신 차리자마자 무슨 소리냐며 묻습니다.]

행운의 여신도 기절에서 깨어난 모양이었다.

그래서 나는 일단 인사부터 하고 봤다.

"감사합니다, 여신님."

물론 여신은 이 결과를 전혀 의도하지 않았겠지만, 어쨌든 이게 여신 덕인 건 맞으니까.

[신비한 명상]은 아무래도 [지식]을 [신비]와 같은 수치로 맞춰주는 효과를 가진 것 같다.

[지식]이 43에서 62면 19나 상승한 건데, [비의 계승자]가 내게 억지로 +17을 걸었던 때에 비하면 상태가 썩 괜찮다.

비록 똑같이 기억을 잃긴 했지만, 어쨌든 이건 [불변의 정신+] 덕이겠지.

[행운의 여신이 그런 건 됐으니 레벨이나 확인하라며 종용합니다.]

"아, 예."

나는 여신의 말대로 레벨을 확인했다.

[이철호]

레벨: 65

레벨이 올라 있었다.

그것도 6층의 한계까지.

"여신님, 이게 대체……."

[행운의 여신은 그보다 먼저 해야 할 일이 있지 않으냐고 묻습

니다.]

"아."

깐깐하긴.

나는 행운을 65까지 올렸다.

"그래서 이게 어떻게 된 일입니까?"

[행운의 여신은 네가 명상에 잠긴 사이 [위대한 지식]의 ■■들이 차원의 문을 열고 널 습격했다고 말합니다.]

어따, 길게도 말씀해 주신다.

행운 좀 올린 게 그렇게 기분 좋은가?

아니, 그보다.

"습격이요?"

여신은 그동안 기절해있던 게 아니었던 건가?

어쨌든 내가 명상하는 동안 무슨 일이 일어났던 건지 여신이 목격했던 모양이다.

문제는 그 설명을 알아들을 수가 없다는 것이었다.

[위대한 지식]의 ■■라고 말했는데 ■■가 뭔지 알아들을 수가 없었다.

[행운의 여신이 그렇다고 말합니다.]

[행운의 여신은 그쪽 ■■들이 썩 ■■ 같다며 유쾌한 목소리로 욕합니다.]

아, 욕이 ■■라고 처리되는 거구나.

…맞겠지?

아무렴 어때.

나는 ■■에 대해 깊게 생각하지 않기로 했다.

그보다 나는 좀비의 잔해라고 생각했던 것들을 좀 더 자세히 살폈다.

그러자 머리가 띵하니 아파 왔다.

동시에 상태 메시지가 띵 떴다.

—[불변의 정신+]이 상태 이상 [■ ■]에 저항합니다.

—저항 성공!

…시스템도 욕을 하는 건가?

그럴 리 없지.

아무튼 더 자세히 알려고 해 봤자 정신 건강만 해칠 것 같아서 나는 정체불명의 잔해를 그냥 외면해 버렸다.

그보다 이번 시도로 얻은 교훈이나 되새겨야겠다.

섣불리 [신비한 명상]을 사용했다간 위험에 빠질 수 있으니 주의할 것.

적어도 체력과 뇌의 상태가 온전할 때 시도할 것.

이 정도는 머리에 새겨 놔야 할 것 같다.

*   *   *

[지식]이 62를 찍으며 나는 새로운 마법을 사용할 수 있게 됐다는 걸 알게 되었다.

[해의 지식]을 통해서는 [내면의 불꽃]이라는 마법을 사용할 수 있게 되었다.

자신의 내면을 불태워 담금질하는 이 마법은 어떤 의미에서는 [해의 지식] 본래의 사용법에 가까울 수 있었다.

사용 중에는 지속적인 불꽃 피해를 감수해야 하지만, 불꽃 계열의 지식 마법을 사용할 때 추가 보너스를 얻는다.

　이미 [불꽃 초월]을 얻은 나는 아무 페널티 없이 보너스만 집어삼킬 수 있는 좋은 마법이다.

　그러나 1초 지속시키려면 지식 1이 소모된다는, 그리 좋지만은 않은 연비가 마음에 걸린다.

　지금의 나로서는 1분 정도밖에 지속을 못 시킨다는 게 아쉬울 뿐이다.

　혹시 [신비한 갑옷]을 입고 지식 마법을 쓰면 뇌의 피해를 갑옷이 대신 받아 주지 않을까 싶어서 써 봤지만, 별 효과는 없었다.

　거의 즉시 사용이 가능한 지식 마법의 특성을 이용해 공격할 때와 방어할 때 핀 포인트로 쓰는 식으로 사용해야 할 것 같았다.

　[달의 지식]을 통해서는 [미시]라는 마법을 사용할 수 있게 되었다.

　이건 별건 아니고 그냥 좀 성능이 좋은 돋보기 마법이다.

　[망원]의 반대라고 해야 하나.

　아니, 좀 다른가.

　아무튼 현미경 비슷한 느낌이다.

　이걸 과연 쓸 일이 있을까 싶긴 하지만, 뭐 쓸 일이 생길지도 모르지.

　없는 것보다야 낫지 않은가?

　[별의 지식]을 통해서는 [현계 체류 정령 소환]이라는 마법을 사용할 수 있게 되었다.

이전까지 무작위 소환이나 다름없어 영 쓸 일이 없었던 별의 지식 마법에 드디어 쓸모가 생긴 셈이다.

다만 정령계의 정령을 불러오는 게 아니라 문자 그대로 현계, 즉 이 세계에 이미 와 있는 정령을 부르는 거다.

아무 때나 아무렇게 쓸 수 있는 마법은 아니고, 정령이 있을 법한 곳으로 찾아가서 써야 한다.

그래도 운이 좋으면 정령 계약을 맺어 정령을 사역할 수 있다고 하니, [지식]이 남는 상황이면 몇 번 시도해 봐도 나쁠 건 없어 보인다.

이러니저러니 해도, 이번 시도로 나는 이렇게 많은 것을 얻었다.

그래, 그럼 된 거지.

나는 심플한 결론을 내렸다.

*　　　　*　　　　*

나는 모험가의 베이스캠프로 돌아왔다.

불 위에 걸어 둔 솥을 봤더니, 어느덧 건더기가 거의 없어지고 기름만 조금 둥둥 뜬 맹물 수준이 되어 있었다.

킹룡 뼈와 고기를 수북하게 쏟아붓고 불을 활활 지피자, 저 너머에서부터 그어어 하는 소리와 함께 좀비들이 기어 오기 시작했다.

아, 좀비가 아니라 굶주린 모험가들이었구나.

하마터면 착각으로 머리를 깨부술 뻔했다.

"아니, 내가 자리 비운 지 얼마나 됐다고……."

"이런 말씀 드리긴 실로 황송합니다만, 사흘이 지났습니다."

아, 내가 명상에 정신 빼고 있던 중에 사흘이 지나 버린 모양이다.

아니, 그렇게 시간이 갔다고?

그래도 다른 사람들도 나만 보고 있진 않은 모양이었다.

식량을 찾는답시고 멀리까지 답사를 나간다거나, 고블린이라도 잡아서 먹을 시도를 해 보거나 했다고 한다.

그러니까 내가 없을 경우의 미궁 6층을 충실하게 재현한 모양이었다.

어쩌면 내가 며칠만 더 늦게 왔으면 예전처럼 인간성을 찾아볼 수 없는 최악의 상황이 도래했을지도 몰랐다.

내가 무덤과 시설을 파괴해서 좀비들의 숫자가 확 줄어 버렸기에 그나마 좀 버틸 수 있었다던가.

아무튼 나는 6층을 돌아다니며 찍은 영상들을 정리해서 커뮤니티에 싹 올린 후, 사람들로부터 좋아요를 받으며 고깃국을 퍼 주었다.

세상에 공짜는 없는 법이니까.

사흘을 굶은 사람들은 눈물을 펑펑 흘리며 고깃국을 받아 갔다.

하루이틀 정도 굶었다면 적반하장으로 내 욕을 하는 사람도 몇 명쯤은 나왔을지 모르겠다.

하지만 그게 사나흘이 되어 버리면 또 상황이 달라지는 법이다.

"고마워요. …오빠."

이수아의 입에서 시키지도 않은 오빠 소리가 자발적으로 나올 정도였으니 말 다 했다.

응? 이수아? 꼬맹이?

아, 하긴 내려올 때가 되긴 됐지.

"혼자 왔니?"

"아뇨, 명멸이랑 이선이랑 상태 어르신도 같이 내려왔어요. 사흘쯤 전에."

그런데 이때 또 이수아의 입에서 뜬금없이 의외의 발언이 터져 나왔다.

"…상태 어르신?"

"…생각했던 것보다 연령대가 높으시더라고요."

나랑 동년배라고 봤는데, 유상태 어르신께서는 내 예상을 뛰어넘는 동안이었나 보다.

그런 생각을 하면서 상태 어르신께 가서 킹곰탕 한 그릇 올리며 은근슬쩍 연세를 여쭤 봤다.

알고 보니 상태가 나보다 한 살 어리더라.

…그렇구나!

이수아를 비롯한 젊은 애들한테는 끝까지 내 나이를 비밀로 하겠다고, 나는 내심 맹세했다.

그리고 이 비밀을 지키기 위해서라도, 나는 앞으로 상태한테 높임말을 쓰기로 결의했다.

지금부터라도 잘 부탁드립니다, 상태 어르신!

*   *   *

그 후로도 몇 번 원정을 나가 보았지만, 6층에선 딱히 뭔가 추가로 발견한 게 없었다.

의외로 [시체 먹기] 능력을 가졌던 그 모험가가 꼼꼼하게 탐험을 했던 모양이다.

그냥 빨리 7층으로 내려가는 게 나을 것 같았다.

[5층의 모험가 2,311명 중 생존하여 6층까지 내려온 모험가는 1천, 8백, 7십, 1명입니다.]

[생존을 축하드립니다.]

이제 내려올 사람도 다 내려왔는지, 생존자 수 공지가 나왔다.

그런데 5층의 생존율이 예상외로 높았다.

높은 생존율의 비결은 단 하나뿐이다.

나다.

내가 잘해서다.

내가 공략을 잘 써서 올린 덕이다.

내 공략을 본 모험가들이 그대로 따라서 해서 살아남은 거다.

뭐, 그렇다고 내가 잘난 건 아니다.

그냥 회귀 지식을 풀어놓은 게 전부니까.

하지만 이번엔 좀 잘난 척을 해도 될 것 같다.

6층의 생존율은 거의 100%를 찍을 것 같거든.

모험가들은 허기에 잘 버틴다.

체력 능력치 투자를 게을리하지 않았다는 전제가 붙긴 하지만, 꽤 오래 굶어도 잘 살아남는다.

내가 6층에 오기 전까지 굶어 죽은 모험가가 거의 없었던 건 그런 이유다.

게다가 이번엔 내가 6층을 돌아다니며 묘지를 다 파괴해 버렸기에, 앞으로는 더 버티기 쉬워질 거다.

내가 나눠 주는 킹곰탕 한 그릇만 먹고 나면 6층 클리어 때까지 버티고도 남겠지.

상황이 이러니 생존율 거의 100% 이야기를 꺼낼 수 있는 거다.

7층까지 두 배 넘게 살려서 데려갈 수 있을 거란 생각에 나는 가슴 충만한 보람을 느꼈다.

"저······."

"응? 아, 킹곰탕 말이군. 주지, 대신 대가는······."

"예! 구독, 좋아요, 알림 설정 다 했습니다!"

상대가 자신의 커뮤니티 창을 꺼내 띄워 보이며 고개를 꾸벅 숙였다.

나는 눈을 의심했다.

"···김민수?"

"예? 예. 저 김민수입니다."

김민수와 이렇게 재회할 줄은 몰랐다.

아니, 사실은 알고 있었다.

6층까지 내려온 모든 모험가에게 킹곰탕을 나눠 주고 있다 보면 만나겠지, 하고 말이다.

만약 5층, 혹은 그 전에 죽었다면 이렇게 재회할 일도 없었겠지만, 나는 김민수라는 모험가가 벌써 죽었을 리 없다고 믿고 있었다.

그 믿음이 보답받긴, 했는데······.

—[김민수]의 고유 능력은 [시체 먹기]입니다!

호기심에 눌러본 [비밀 교환]로 알게 된 사실은 충격적이었다.
왜 네가 그걸 들고 있냐?

*   *   *

회귀 전, 김민수만큼 입지전적인 인물도 보기 드물었다.

[비밀 교환]이라는 일견 별 쓸모도 없어 보이는 고유 능력을
들고 40층까지 내려갔으니 말이다.

더군다나 40층에서 일어난 큰 싸움에서 마지막까지 살아남은
모험가도 김민수였다.

물론 애시당초 김민수의 존재가 없었더라면 40층의 큰 싸움
은 일어나지도 않았을 걸 생각하면, 논란의 여지가 있는 인물이
기도 했다.

[비밀 교환]을 통해 상대의 능력을 알아내는 것 자체는 조금
불쾌하고 끝날 일이긴 했다.

그러나 쓸모 있는 능력을 지닌 상대를 죽여서 시체로 만들어
자신의 인형으로 만들어 버린 게 문제였다.

[음습하고 기괴한 인형사]라고 했던가, 그런 이름의 성좌와 계
약해 축복을 받았다고 했었지.

이 비밀만큼은 김민수도 혼자 남은 뒤에나 밝혔을 정도였으
니, 그에게도 특급 비밀이었던 셈이다.

40층의 큰 싸움은 김민수와 그의 인형들이 너무 위협적이었기
에, 다른 모험가들이 연합을 이뤄 맞서 싸우며 벌어지게 되었다.

앞서 말했듯 승리자는 김민수였고, 김민수는 자신이 죽인 모

험가들 상당수를 인형으로 만들었다.

그렇게 만든 인형을 결코 인형이라 부르지 않고 하수인이라 칭한 것도 어찌 보면 김민수다운 언행이었다.

그런 짓을 저지른 주제에 7층에 혼자 사는 내게 모험가들을 더 많이 데려왔어야 했다고 넋두리를 했으니 내로남불도 이 정도면 예술 수준이지.

그 넋두리를 남긴 채, 김민수는 49층에서 죽어 버렸다.

행적만 보자면 회대의 악당이지만, 내게는 복잡한 감상을 안겨 주는 대상이었다.

커뮤니티로나마 나와 대화해 주는 유일한 상대였고, 모험가로서의 간접 경험을 통해 대리만족을 안겨 주는 상대이기도 했으니.

나한테만큼은 그저 악당이기만 한 대상이 아니게 되어 버리고 말았다.

일종의 스톡홀름 신드롬, 그러니까 인질극을 벌이는 범인과 인질이 동지 의식을 갖게 되는 그런 현상이 내게도 일어난 것이리라.

아니, 좀 다른가.

그거야 뭐 여하간.

그 김민수가 지금 내 눈앞에 나타나 있었다.

이전과 다르게, 굶주리고 주눅 든 모습으로.

[시체 먹기]를 썼다면 허기를 달랠 수 있었겠지.

이렇게 굶주릴 필요도 없었을 것이다.

하지만 이 녀석은 그러지 않았다.

킹곰탕을 먹기 위해 줄을 선 것만으로 이전의 김민수와 지금의 김민수는 다른 사람이다.

어쩌면 단순히 지금은 아직 '그렇게' 되기 전일 뿐일지도 모르겠지만…….

나는 김민수의 킹곰탕에 고기를 두 덩어리 올려 주었다.

"어, 이건……."

"쉿."

당황하는 김민수에게 나는 손가락 하나를 입 앞에 가져다 대보이며 웃었다.

"예전 친구와 동명이인이라."

예전이란 게 회귀 전이지만.

그런데… 친구? 김민수가?

글쎄, 친구는 아니었던 것 같다만.

그냥 거짓말을 한 셈 치자.

"…흔한 이름이긴 하죠."

"흔한 성이기도 하고."

나는 김민수와 마주 웃었다.

7장
—

제7층

[Tip!]: 미궁 7층에는 [현지 세력]이 존재합니다. 이 [현지 세력]은 기본적으로 모험가들을 적대시합니다. 그러나 성의를 다한다면 태도가 달라질지도 모릅니다.

[Tip!]: 모험가는 7층에 정착할 수도 있습니다. 그러나 [현지 세력]은 모험가의 정착을 절대 반기지 않습니다.

[Tip!]: 정착을 선택한 모험가는 모험가로서의 자격을 잃습니다. 신중하게 선택하십시오!

그렇게 지긋지긋한 7층이었건만, 이렇게 돌아오니 어째 고향에 돌아온 것만 같았다.

"오, 회귀자 선생님 오셨군요!"

"기다리고 있었습니다, 선생님!"

다만 딱 하나 다른 점이 있다면, 나 외의 모험가들이 7층에 득

시글거리고 있다는 점이었다.

아, 하긴 처음 7층에 왔을 때도 이렇긴 했지.

"여긴 참 좋네요! 햇볕도 따스하고 물도 맑고 공기 좋~고!"

"6층이랑은 참 너무 비교돼요!"

"저기 시냇물 보셨습니까? 물고기! 물고기가 살아요! 저거 낚아서 구워 먹으면……."

"전 저 너머에서 과일나무도 봤어요! 혹시 몰라서 그냥 오긴 했는데……."

제각각 떠들었으나, 모두의 의지는 하나로 모이고 있었다.

이 탐스러운 세계를 우리 모험가들의 것으로 만들자는 것!

그것이 여기 모인 사람들의 공통된 욕망이었다.

"후……."

나는 심호흡을 한 번 했다.

그리고 6층에서 새로 얻은 마법을 써 보았다.

[미세].

그저 맑아만 보이던 공기와 물 안에는 평범한 이들의 눈에는 보이지 않는 작은 생명체들이 우글거리고 있었다.

[분노 박테리아: 감염되면 [광인병]을 일으키는 병균이다.]

[광인병: 열흘 정도의 잠복기를 거친 후 증상이 발현된다. 감염자는 무분별한 분노를 느끼게 된다. 증상 발현 후 10일~20일이 지나면 사망한다.]

"…어쩐 이상하더라."

어느 정도 눈치는 채고 있었다.

험하디험한 미궁이다.

우선 고작 7층에 정착 가능한 환경이 나타나는 게 수상하다.

물론 당시에는, 그러니까 회귀 전에는 그리 이상하다는 걸 못 느꼈다.

직접 미궁을 모험한 입장으로 봤을 때는 악전고투 끝에 7층에 도달한 느낌이었으니까.

향후 커뮤니티를 통해 다른 모험가들이 20층, 30층, 40층까지 가는 걸 보고서야 7층이 초입에 불과한 층계라는 걸 알게 되었다.

그러니까 나중에야 수상하다는 걸 알게 된 셈이다.

그런데 수상한 점은 이것 하나가 아니었다.

모험을 그만두고 7층에 정착한 모험가들은 이유야 각자 다르겠지만 궁극적으로는 계속 싸워나갈 자신이 없기 때문에 그런 선택을 한 거였다.

그런 주제에 언제부턴가 갑자기 야망에 들어차 서로를 죽고 죽이는 전쟁에 나선 것도 이상했다.

그 전쟁의 마지막 승리자들마저 전염병에 걸려 픽픽 죽어 나가기까지 했다.

왜 그런 멍청한 짓을 했을까, 지금까지도 의문으로 여겨왔다.

알고 보니 전후 관계가 반대였다.

싸움이 시작되고 나중에 병에 걸린 게 아니라, 병에 걸려서 다들 미쳐 날뛴 거였다.

지난번에 나 혼자 살아남은 건 역시 [불변의 정신] 덕이었나 보다.

[분노 박테리아]는 정신을 건드리는 질병이다 보니 저항할 수 있었겠지.

왜 그땐 상태 메시지에 안 떴는지 모르겠지만, 미궁이 불친절한 거야 하루 이틀 일이 아니다.

"…그렇게 된 거였군."

당시에도 나는 위화감을 느끼긴 했다. 7층에 내려오자마자 [미시]부터 켠 이유가 그것이었다.

지난번에는 원인을 파악할 능력이 없었다.

그래서 50년 가까이 지난 지금에서야 비로소 내 추측에 확신을 얻게 되었다.

뭐, 지금 와서 이런 진실을 알게 된다고 뭐가 달라질 거라곤…….

"회귀자님, 우리 정착할 수 있을까요?"

"[현지 세력]이 있다잖아?"

"어떻게, 어떻게든 되지 않을까요?"

…있다.

나는 나를 애타게 바라보는 모험가들에게 그리 좋지 않은 소식을 알려 줄 수밖에 없는 것에 심히 유감스러움을 느꼈다.

"…여러분, 안타깝게도 여러분은 모두 병에 걸렸습니다."

분노 박테리아와 이 작은 생물이 일으키는 질병, [광인병]에 대해 되도록 담담히 설명했다.

"그래서 최대한 빨리 치유의 샘물을 마시지 않으면 한 달 후에는 죽게 됩니다."

내 친절한 안내를 들은 사람들은 동요를 감추지 못했다.

"벼, 병이라고요?! 우리가 병에 걸렸어요?!"

"치유의 샘물! 치유의 샘물이 있으면 고칠 수 있다잖아!!"

"7층에 치유의 샘물은 없지 않아요? 적어도 우리 시작 지점엔 없던데!"

나는 손을 내저어 사람들을 진정시켰다.

"너무 걱정하실 필요는 없습니다. 한 달 안에만 출구를 찾아 나가면 아무 문제 없습니다."

7층에 정착하지 않고 8층으로 내려간 모험가들은 거의 다 문제가 없었거든.

몇몇은 분노 박테리아의 증상에 사로잡혀 다른 사람들을 습격하다 반격당해 죽어 버리긴 했다.

하지만 이제는 원인도 알고 치료법도 알고 있으니, 그런 비극적인 결말을 맞이하진 않을 거다.

"회귀자 선생님께서 그렇게 말씀하신다면야······."

"하긴 어째 미궁이 친절하더라. 이유 없이 친절할 리가 없는데······."

나는 사람들의 적지 않은 반발을 예상했지만, 생각보다 모험가들은 내 말을 잘 들었다.

하긴 여기 있는 사람들은 전부 다 내게서 킹곰탕을 얻어먹은 사람들이다.

짐승도 밥 준 사람은 안 무는데, 하물며 사람이 그럴까.

···사실 사람 중엔 그런 놈이 꼭 있지만, 적어도 여기 있는 사람 중에는 없는 것 같았다.

*   *   *

"미궁 7층 클리어에 필요한 건 [현지 세력]과의 협력입니다."

사실 꼭 협력할 필요는 없고 해치워도 되긴 된다.

다만 그러면 오래 걸린다.

손도 많이 가고.

그렇게 시간 질질 끌리다 보면 몇 명쯤은 분노 박테리아 증상 발현으로 돌아 버릴 수도 있었다.

지금 다시 생각해 보자면 지난번에도 그랬던 것 같긴 하다.

그렇게까지 할 필요가 없음에도 불구하고 굳이 [현지 세력] 주민 시체를 박살 내고 팔다리를 잘라 나무에 걸어 놓는 놈들이 있었다.

아마 그놈들이 그랬던 건 분노 박테리아에 잡아먹힌 탓이었겠지.

"집단으로 가면 쳐들어오는 걸로 오해할 수 있으니, 몇 명만 가도록 하죠. 일단 제가 가겠습니다."

그러자 사람들이 서로 의논하더니 두 명 정도가 나를 따라왔다. 둘 다 남자고 성인이다. 아마 20대 중후반쯤? 군필로 보였다.

나는 [비밀 교환]을 써서 두 사람의 고유 능력을 알아냈다.

한 명은 통역 계열, 다른 한쪽은 번역 계열의 고유 능력을 가지고 있었다.

왜 이 일에 나섰는지 한눈에 들어왔다. 이런 고유 능력으로 7층까지 살아남은 것도 신기하다.

아마 둘 다 수완이 좋았겠지.

"2층에서 지나가다 뵀었는데 기억나세요? 그때 조언을 받아서 제가……."

"저는 1층에서 뵀었습니다. 제가 회귀자님께 집어 던져졌었죠!"

응, 내 덕.

묘하게 둘 다 내게 좀 아부를 떠는 경향이 있긴 했지만, 대놓고 적대시하는 것보다야 훨씬 낫다.

"자, 저 언덕을 넘으면 현지 세력과 조우하게 될 겁니다."

나는 애둘러 조용히 해 달라는 말을 전달했다.

두 사람의 눈치는 나쁘지 않은지, 단박에 합죽이가 되어 주었다.

이 두 사람, 괜찮군.

미궁 하층으로 갈수록 온갖 이상한 이종족들과 만나게 되며 퍼즐에도 요상한 문자가 동원되게 되는데, 그때, 이 둘의 가치는 크게 오를 것이다.

물론 나는 대부분의 퍼즐 답을 알고 언어가 안 통해도 클리어하는 법을 알지만, 그래도 직접적으로 통역 및 번역을 받는 게 더 낫긴 할 것이다.

이름과 얼굴을 기억해 둬야겠다.

나는 커뮤니티 기능으로 사진을 찍어 두 사람을 내 개인 노트에 박제해 놨다.

사실 이미 이 모든 과정을 영상으로 녹화하고 있지만, 영상은 단번에 찾아보기 힘드니 노트에 정리해 두는 편이 낫다.

그런 생각을 하며 느긋하게 언덕을 걸어 올랐다. 바쁠 건 하나도 없었다.

이 층의 현지 세력은 바로 귀쟁이, 엘프들이었다.

그렇다고 내가 귀쟁이들과 딱히 어떤 연결 고리를 지닌 건 아니다.

지난번에는 7층에 정착할 마음을 품고 생존을 건 전쟁을 치렀었고, 그 결과 정착 첫해를 다 보내기도 전에 귀쟁이들을 전멸시켰었으니까.

그러니 나와 엘프의 관계성이란 건 존재할 수가 없었다.

그나마 연결 고리라고 한다면… 역시 5층에서 원시 고대 엘프들과 만난 거려나.

그게 만약 이 층 엘프들의 과거 모습이었다면 재밌었겠지만, 그럴 가능성은 거의 없다.

애초에 그 세계는 미궁과 단절된 세계처럼 보였으니까. 뭐 영향을 끼치고 말고도 없겠지.

그런 생각을 하며 정상에 다다르니, 드디어 현지 세력의 영역권이 눈에 들어왔다.

엘프의 도시였다.

응?

도시?

눈을 몇 번 깜박이고 다시 봐도 그건 도시였다.

어라, 이상하다.

여긴 고즈넉한 숲속 마을이 있어야 했는데……

인구수도 100명 미만의, 작은 마을의 모습은 간 곳 없고 대신 아무리 적게 잡아도 1,000명은 넘어 보이는 수의 엘프들이 바쁘게 오가는 도시의 모습이 거기 있었다.

나는 소름이 쫙 돋았다.

이거 혹시 나 때문인가?

내 레벨이 너무 높아서?

아니, 아무리 그래도 그렇지!

이건 정도가 너무 심하잖아!

평균 레벨 20대의 우드 엘프 대신 평균 레벨 50이 넘어가는 어번 엘프라니!

그것도 이 정도 규모의 도시면 최소 레벨이 100인 엘븐 킹에, 적어도 레벨 70은 잡아야 하는 정예 엘븐 나이트가 튀어나올 수 있다.

그렇지 않더라도 다수의 엘더들이 튀어나올 수도 있고 말이다!

아니, 지금은 당황하고 있을 때가 아니다.

냉정하게 판단을 내려야 했다.

그러려면 근거가 있어야 했고······.

"후우······."

나는 심호흡을 통해 동요를 가라앉혔다.

일단은 정찰, 정찰이다.

지금은 정찰이 중요해.

나는 나랑 대동하던 두 사람을 멈추게 하고 바로 [망원]을 켰다.

그러자마자 내가 마주해야 했던 것은 대단히 뜬금없는 광경이었다.

"으잉?"

　　　*　　　　　　*　　　　　　*

기본적으로 미궁의 현지 세력은 모험가를 상대로 적대적인 태도를 취한다.

일단 말이 안 통한다.

언어가 다르니 당연한 일이겠지만.

그런데 문제는 모험가가 현지 세력의 말을 배워도 여전히 말이 안 통한다는 점이다.

이쪽에서 무슨 말을 해도 저쪽이 들을 생각이 없으면 말짱 도루묵이니까.

그나마 저쪽이 무슨 욕을 하는지 알아들을 수 있게 된다, 가 특기할 만한 성과일까?

그렇다고 그게 유용한 성과라는 말은 아니지만.

그러므로 미궁의 모험가와 현지 세력의 관계는 기본적으로 피와 철로 이뤄진다.

칼부림부터 시작하게 된다는 뜻이다.

그나마 대화를 나눌 방법이 아예 없진 않다.

상대 세력을 죽이지 않은 채 제압하고 나면 비로소 말이 좀 통하니까.

이게 무슨 뜻이냐면, 상대 입에서 살려 달라는 말이 나와야 한다는 소리다.

그리고 이것이 모험가와 현지 세력 간에 일반적으로 이뤄지는 첫 대화다.

이게 내 상식이며, 지난번의 모든 모험가의 상식이었다.

지금까지는 그랬다는 소리다.

[고대 엘프 사냥꾼이 반가워합니다!]

[고대 엘프 사냥꾼이 이런 곳에서 다시 보게 될 줄 몰랐다고 합니다!]

도시 중앙에 놓인 [고대 엘프 사냥꾼]의 거대 성상과 마치 내 모습을 조각해 놓은 것 같은 거대 석상을 발견하기 전까지는.

[행운의 여신이 넌 뭐냐고 묻습니다.]

[고대 엘프 사냥꾼이 반가워합니다.]

[행운의 여신이 넌 뭐냐고 강하게 묻습니다.]

[고대 엘프 사냥꾼과 행운의 여신 사이에 대화가 이루어지고 있습니다. 잠시만 기다려 주십시오.]

[……]

[행운의 여신이 반가워합니다.]

뭐임?

대체 뭐임?

*   *   *

"아녕하세요!"

"아녕하세요!"

엘프들의 입에서 기이하게 변형된 인사말이 튀어나오고 있었다.

설마 이거, 내 탓인가?

에이, 아니겠지?

[놀랍지 않은가? 그대가 나의 아이들에게 처음 말한 인사말이 종족 전체가 쓰는 인사말이 되다니!]

아니, 그렇게 대놓고 딱 짚어서 말씀하지 않으셨으면 좋겠는데 말입죠.

내가 일부러 그런 것도 아닌데!

아무튼 보다시피 내가 도시 안으로 들어오자마자 [고대 엘프 사냥꾼] 성좌는 예전처럼 메시지를 직빵으로 쏴 주고 계셨다.

아무래도 여기가 [고대 엘프 사냥꾼] 성좌의 [권역]인 것 같았다.

[권역]이라는 건 뭐, 단어가 좀 어려워서 그렇지. 그냥 영역이나 영토라고 봐도 된다.

그거야 뭐 아무튼.

성좌가 직접 나서서 환영하는 것에서 알 수 있듯, 엘프들도 나를 환영했다.

"저, 회귀자님. 여기 사람들이 환영 인사를 일부러 이상하게 발음하고 있는 것 같은데요……."

[통역] 능력을 지닌 모험가가 내게 속닥였다.

나는 나도 알고 있으니까 닥치라고 하고 싶었지만, 충동을 참고 말했다.

"환영받고 있으니 다행 아닙니까?"

"그건 그렇습니다."

여기에서 유일하게 엘프어를 알아듣지 못하는, 번역 능력을 지닌 모험가는 우리 이야기를 듣고서야 조금 안심하는 듯했다.

역시 눈치 하나는 빠르다.

*   *   *

나는 엘프 도시에서 가장 큰 건물로 안내받았다.

건물 안에도 밖에서 봤던 것과 똑같은 성좌의 성상과 내 모습의 석상이 있는 것으로 보아, 아마도 신전과 같은 역할을 하는 건물로 보였다.

다른 두 모험가는 다른 곳으로 인도되었다.

두 사람은 조금 불안해하는 눈치였지만 딱히 반항하거나 하지는 않았다.

그리고 사실 불안해할 것도 없었다.

듣기론 엘프 연회에 초대받은 거 같았으니.

다른 엘프들도 자리를 비우고, 남은 것은 아름답고 고귀한 한 명의 여성 엘프뿐이었다.

[고대 엘프 사냥꾼]은 그 여성 엘프의 입을 빌어, 이렇게 운을 뗐다.

[나의 아이들이 이렇게 번성한 것은 전적으로 그대 덕이다.]

여성 엘프가 입으로 말하고 있음에도, 내게 들리는 것은 성좌의 메시지와 그리 다르지 않았다.

이건 단순한 추측이지만, 여성 엘프는 단순히 성좌의 부담을 줄이는 역할인 것 같았다.

다른 모험가의 영상에서도 굳이 이런 식으로 말하는 성좌가 여럿 있었으니, 이것이 [고대 엘프 사냥꾼]만의 방식인 건 아니었다.

아마 성좌 사이에서는 보편적인 방식이겠지.

[그대는 나의 아이들이 생존할 수 있도록 폭군 도마뱀을 구제(驅除)해 주었다.]

폭군 도마뱀?

아, 티라노사우루스?

우리 세계에서도 티라노는 대충 폭군이라는 뜻이라는 소릴 들은 적이 있다.

이쪽 세계에서도 녀석을 보는 감성은 별로 다르지 않은 것 같다.

[또 그대는 나의 아이들이 성장할 수 있도록 영양분을 주었다.]

무슨 영양분?

아, 킹룡 치킨?

그런데 그게 성좌가 직접 언급할 정도로 큰 역할을 했나?

[무슨 의미인지 모르는 표정이로군. 나의 아이들은 적게 먹고 오래 산다. 이전까지 채식을 주로 한 건 그 가혹한 환경에서는 그게 생존에 더 유리했기 때문.]

[한데 그대가 고열량의 단백질을 아이들의 조상에게 투여함으로써, 그 아이들은 태어나서 처음으로 생존에 필요한 용량을 초과하는 영양을 얻었다.]

[그럼으로써 그 아이들이 다음 단계로 나아갈 단초를 얻었다.]

단초?

[하이 엘프다.]

나는 말로만 들은 단어를 성좌의 입에서 들었다.

김민수조차도 그 단어를 들으면 맞서 싸우기보다는 먼저 후퇴를 생각해야 했던 단어.

49층까지 도전했던 모험가도 그 존재를 영상에 담는 것에 실패했던 존재.

그것이 하이 엘프였다.

그런데 그게 나 때문에 생겨났다고?

어질어질하다.

물론 이번에는 엘프들이 내게 호의적이기 때문에, 결코 나쁘다고만은 볼 수 없는 현상이기는 했다.

그건 그거고, 어질어질한 건 어질어질한 거지만.

[나의 아이들은 그대가 벌어다 준 시간과 그대가 부여해 준 기회를 유용하게 써, 성장하고 발전할 수 있게 되었다.

[그리고 기어코 폭군 도마뱀을 처치하고 숲의 주인이 될 수 있었다.]

뭐가 어떻게 된 건지 이제야 감이 좀 온다.

왜 여기에 고즈넉한 숲속 마을이 아니라 빽적지근한 도시가 세워져 있는지.

엘프의 인구수가 두 자릿수에서 네 자릿수로 늘어난 건지.

전부 내 탓이었다.

아니, 이 경우는 내 덕인가?

그래, 내 덕이었다.

[이러할진대 그대가 내 아이들의 은인이 아니면 무엇이겠는가?]

[그러니 나는 그대에게 보은하기로 마음먹었다.]

[원하는 것을 말해 보라. 내가 할 수 없는 것, 그리고 나의 아이들의 절멸을 제외하곤 최대한 들어주겠노라.]

나는 한국인답게 두 번 정도 사양하려고 했지만, 입이 떨어지지 않았다.

왜냐하면, 이게 그만큼 큰 기회였기 때문이다.

성좌에게 소원을 빌 수 있다?

이건 고작 로또 당첨 정도와 비견할 수 없다.

"…감사히 받겠습니다."

다시 내 입이 열렸을 때, 나온 것은 당연하게도 사양의 말이 아니었다.

내 마음은 욕망으로 차올랐다.

*   *   *

내가 받은 것은 다음과 같았다.

우선 [하이 엘프 종족 변경권(무제한)].

이것은 지구 인류로 고정되어 있는 내 종족값을 하이 엘프로 언제든 변경할 수 있는 권한이다.

완전히 변하는 데에는 15초 정도의 시간이 걸리며, 딱히 집중력이 필요하다거나 하진 않다.

변한 후에 얻는 보너스는 다음과 같다.

[신비 마법 친화++]: [신비]를 자원으로 하는 마법 효과가 25% 증가한다.]

심플하지만 강력한 보너스다. 단순 계산으로 신비 능력치가 25% 상승하는 거나 마찬가지니.

+가 두 개나 붙은 걸 보니 일반 엘프도 이거 비슷한 보너스를 지니긴 한 모양이다.

[정령 지배력+: 정령을 상대로 지배력을 발휘할 수 있게 된다.]

이것도 쓸모가 있는 보너스다. 나는 이미 [현계 체류 정령 소환]이라는 마법을 알고 있으니, 그때 활용할 구석이 생길 것이다.

[하이 엘프의 영육: 근력과 체력이 20% 저하되는 대신 40%의 추가 신비를 얻는다. 이 추가 신비는 레벨에 따른 능력치 제한에 영향받지 않는다.]

근력과 체력 저하가 좀 크긴 한데, 그것보다도 큰 보너스가 페널티를 압살하는 형태의 특성이다.

[신비 마법 친화++]와 조합하면 마법의 위력을 두 배 가까이 뻥튀기시킬 수 있을 것이다.

페널티 문제도 생각보다 쉽게 해결이 가능하다. 하이 엘프에서 인간으로 되돌아오는 데에도 제한은 없었으니까.

참고로 인간으로 되돌아오는 데에 걸리는 시간은 마음먹으면 금방이다.

그러니 [신비]가 필요할 땐 하이 엘프, 근력과 체력이 중요한 상황에선 인간으로 대응하면 된다.

[질병 면역 강화: 2랭크 미만의 질병에는 완전 면역, 5랭크 미만의 질병에는 99.99% 면역을 얻는다. 5랭크 이상의 질병에도 저항력을 얻는다.]

마지막으로 덤처럼 있었던 이 보너스가 가장 인상 깊었다.

공기 중에 분노 박테리아가 횡행하는 7층에서 멀쩡히 숨 쉬고 살려면 꼭 필요한 보너스라 할 수 있었다.

이 특성은 내게도 유효한 특성이었다.

광인병이야 [불변의 정신]으로 막을 수 있다지만, 다른 질병을 막기 위해서는 다른 수단을 동원해야 하는데 이 보너스가 그 다른 수단이 되어 줄 테니.

그런데 여기에 명시된 보너스만 있는 게 아니다.

[나의 아이들은 모두 하이 엘프인 네 지시를 따를 것이다. 그렇다고 인간인 네 부탁을 들어주지 않는 것은 아니다.]

지시와 부탁의 차이가 있긴 하지만, 엘프의 은인으로서 내 바람을 이뤄 주기는 할 모양이다.

무려 성좌가 인증한 내용이니 확실하겠지.

두 번째로 받은 건 이거였다.

[신비한 활의 축복: [신비한 화살] 사용 시 시전 시간 97% 단축, 시전 후 지연 시간 98% 단축, 재사용 대기 시간 99% 단축.]

사실 이건 내가 받으려고 한 게 아니다.

나는 그냥 종족 변경권만 받고 끝내려고 했다.

그런데 그걸 [행운의 여신]이 말리고 [고대 엘프 사냥꾼]이 더 주겠다고 해서 받은 거였다.

내가 고른 건 아니지만, 성능은 대만족이었다.

무슨 [신비한 화살]을 기관총처럼 드르르르륵 긁어 버릴 수 있게 만들어 놨는데 만족스럽지 않을 수가 없었다.

다만 그만큼 탄창, 그러니까 신비가 빨리 닳아 없어져 버리기 때문에 남용에는 주의를 기울여야 하겠다.

마지막으로 받은 건 약속이었다.

[이로써 내가 모든 대가를 치렀다고는 생각하지 않으니, 필요한 때에 나를 부르라. 그리하면 내가 그대 앞에 나타나 힘을 빌려주리라.]

그러니까 말하자면 [고대 엘프 사냥꾼 초환]인 셈이다.

내게도 [별의 지식]을 통한 초환 마법이 있긴 하지만, 내 지식으로 성좌급의 존재를 초환하는 건 불가능하다.

그러므로 이것은 성좌의 힘을 써서 성좌를 강림시키는 나에게 일방적으로 유리한 계약이었다.

아, 계약이 아니라 약속이지만.

그거야 뭐 여하튼.

[행운의 여신이 이 정도면 납득할 만하다고 평합니다.]

여신도 이렇게 말하니, 나는 그런가 보다 하기로 했다.

덤이라면 덤일 수 있지만, 나는 [고대 엘프 사냥꾼]에게 부탁해 엘프 도시에서의 단기간 거주 또한 허락받았다.

여기서 나는 7층에서 보낼 수 있는 시간을 다 써서 일반 기술을 단련하는 데에 매진할 셈이다.

도시급의 현지 세력 거주지에 머물 수 있는 기회는 그리 흔치 않다.

여기서 배울 수 있는 건 배우고, 단련할 수 있는 것은 단련할 생각이다.

다른 모험가들은 그냥 바로바로 8층으로 내려보내기로 합의했다.

나야 엘프의 은인이지만 다른 인간들까지 그런 건 아니니까.

물론 내가 특별히 부탁하면 챙겨 줄지도 모르지만, 그럴 생각까진 들지 않았다.

다른 모험가 입장에선 6층에 이어 7층에서까지 레벨 업을 못하게 된 게 좀 아쉽겠지만, 그렇다고 그게 또 큰 문제는 아니다.

미궁이 모험가의 평균 레벨에 맞춰 난이도를 조절해 준다는 걸 알게 된 이상 크게 거리낄 일은 아니었으니까.

＊　　　＊　　　＊

엘프 도시에서 거주하는 동안 나는 거의 인간인 모습으로 지냈다.

아니, 하이 엘프로 며칠 좀 살아 보니까 근력과 체력 페널티가 생각보다 크더라고.

단순 반복이 기본인 일반 기술 단련에 특히 체력 저하는 치명적이었다.

근력도 너무 낮으면 근육통이 너무 쉽게 왔고.

뭐, 인간 모습이어도 내가 도시에서 손해 볼 게 없었다. 엘프들이 다른 인간들은 헷갈려도 내 모습만큼은 헷갈리지 않았으니까.

도시 중앙에 괜히 내 석상을 새겨 놓은 게 아니더라. 처음엔 좀 쪽팔리고 그랬는데 이렇게 덕을 보고 하니 불평도 못 하겠더라.

그리고 내가 인간의 모습으로 지내는 데에는 다른 이유도 있었다.

미궁의 현지 세력인 엘프들은 거의 본능에 가깝게 모험가를 증오하게 된다.

그런데 내가 인간 모습으로 있음으로써 그 증오심을 억누르는 효과가 있었다.

그렇다고 모험가들을 다 내려보낸 후에 하이 엘프 형태를 취한 건 아니었지만 말이다.

[6층의 모험가 1,871명 중 생존하여 7층까지 내려온 모험가는 1천, 8백, 3십, 2명입니다.]

그건 그렇고, 6층의 생존율은 그야말로 역대급이었다. 이 정도면 거의 다 살아서 7층에 내려왔다고 봐도 된다.

내가 오기 전에 좀비 웨이브를 막다가 죽은 사람과 자리를 비운 일주일 사이 뻘짓거리 하다가 죽은 사람이 있긴 했지만.

뭐, 그건 어쩔 수 없는 거였지.

그리고 이 생존자 대부분이 고대로 8층으로 내려갔으니, 7층의 생존율도 역대급이 될 예정이다.

그렇다고 100%는 아닌데, 엘프 여성 상대로 뻘짓거리 하다가 죽은 놈이 몇 명 있었거든.

아무리 내가 같은 인간이고 같은 모험가라지만, 그것만은 커버를 쳐 줄 수 없었다.

뭐, 나중에라도 뭔가 사고를 치긴 쳤을 인간들이니만큼, 그냥 향후의 위험 요소를 미리 걸러 냈다고 생각하자.

*   *   *

나는 도시의 엘프들에게서 재료만 받고 원하는 걸 만들어 주고 있었다.

그냥 숙식을 제공받으며 민폐만 끼치고 있던 게 아니다, 이 말이다.

아무 목적도 없이 그냥 반복적으로 물건을 만드는 것보다는 필요로 하는 사람에게 만들어 주는 게 숙련도의 상승에 더 유리했기 때문이었지만.

겸사겸사지, 뭐.

상부상조라고도 한다.

처음에는 은인에게 감히 요구를 한다는 불경한 행동에 크나큰 불편함을 느꼈던 엘프들이었지만, 그것도 처음뿐이었다.

익숙해진다는 게 이렇게 무섭다.

[고대 엘프 사냥꾼]에게 요청해 나한테 수주 좀 하라고 말해 달라고 했던 게 엊그저께 같은데, 어느새 작업실에 재료가 수북하게 쌓여 있었다.

그렇다고 엘프들이 준 재료만 쓴 건 아니었다.

3층에서 얻었던 지옥 개 시리즈의 부산물, 4층에서 얻은 드레이크의 부산물, 5층에서 얻었던 티라노사우루스의 부산물 등.

그간 얻은 재료들도 7층에서 전부 소진했다.

나는 만들고, 만들고, 또 만들었다.

결과는 놀라웠다.

—일반 기술, [석공 7]에서 [석공 8]로 랭크 상승!

—랭크 보너스, 근력 +10을 얻습니다!

—일반 기술, [목공 7]에서 [목공 8]로 랭크 상승!

—랭크 보너스, 체력 +10을 얻습니다!

—일반 기술, [재봉 7]에서 [재봉 8]로 랭크 상승!

—랭크 보너스, 솜씨 +10을 얻습니다!

—일반 기술······.

―랭크…….

내가 직접 재료를 모아 쓸데도 없는 물건을 반복적으로 만드는 것에 비해 효율은 비할 데 없이 높았다.

그 덕을 본 나는 그동안 막혀 있던 것이나 다름없던 일반 기술의 랭크를 펑펑 뚫으며 랭크 보너스를 쓸어 먹다시피 했다.

나는 일했다.

노동했다.

기본 능력치: [근력 65] [체력 65] [민첩 65] [솜씨 65]

모든 기본 능력치가 레벨 한계에 달하고, 넘친 보너스가 미배분 능력치에 쌓일 때까지.

"아, 좋다."

나는 가슴 가득한 만족감을 느끼며 상태창을 내려다보았다.

"행복하다."

8장

—

제8층

그러나 모든 행복에는 끝이 있는 법.

나의 행복에도 끝은 다가오고 말았다.

"[재봉] 의뢰 종료."

아무리 사람이 많이 사는 도시라 한들, 물건의 수요는 정해져 있다. 한 사람이 가방 두 개를 들 필요는 없고, 신발 두 켤레를 동시에 신을 수도 없다.

엘프들이 나를 위해 굳이 필요도 없는 물건을 주문해도, 미궁은 그런 걸 칼 같이 잘라내 내가 경험치를 못 먹게 시스템을 만들어놓았다.

…치사하긴.

"[목공] 의뢰 종료."

더욱이 일반 기술 단련에는 재료의 수준도 따라줘야 했는데,

일개 층계에서 얻을 수 있는 재료는 한계가 있었다.

물론 뭐든 혼자서 해결해야 했던 회귀 전의 7층에 비하자면 지금이 훨씬 낫긴 했으나, 아무리 도시를 지어 올린 엘프라 해도 없는 자원을 만들지는 못한다.

"[석공] 의뢰 종료."

미궁 7층에서 나는 주요 일반 기술의 랭크를 대부분 8까지 올릴 수 있었지만, 그 위로 나아가는 것에는 결국 한계를 맛볼 수밖에 없게 되었다.

"사실 이 이상을 바라는 게 욕심이긴 하지."

그래도 욕심은 있었다.

사람이니까.

"아쉽다."

입맛을 다시던 나는 작업실의 의자에서 일어났다.

그동안 틀어박혀 있던 작업실에서 문을 열고 나와 보니, 햇살이 눈부시게 쏟아졌다.

"그래, 맞다."

나는 아쉬워만 하고 있을 때가 아님을 깨달았다.

7층에서 할 일은 이게 전부가 아니었으니.

"모험."

나는 모험가로서의 본업으로 돌아가야 할 때가 되었음을 깨달았다.

*   *   *

7층에 50년 가까이 살면서, 나는 이 층계의 모든 것을 파악하고 있다고 생각했다.

아니, 착각했다.

애초에 분노 박테리아의 존재조차 지금에야 알았을 정도니 말 다 했지.

[미시]에 이어 [비밀 교환]이라는 수단까지 손에 넣은 지금, 나는 새롭게 7층을 탐험할 필요성을 느꼈다.

"뭐가 나오려나, 는 회귀자다."

[비밀 교환]이 강화되면서 유효 거리 또한 꽤 늘어나긴 했으나, 그래도 꾸준히 내 비밀을 입에 올리며 일일이 확인해야 한다는 것은 바뀌지 않았다.

그래서 탐사 결과.

"…내가 이걸 몰랐네."

나는 한탄했다.

"아니, 알 수가 없지. 이런 건."

물론 변명의 여지는 있었다.

아무리 내가 7층에서 50년 가까이 살았다 한들, 땅 밑 12m를 파고들 이유는 없었으니 말이다.

…사실 몇 번 있긴 했지만.

벽돌 구울 적당한 흙 찾느라.

아무리 그렇다고 해도, 7층 땅 전체를 갈아엎을 일은 있을 리가 없었다.

"…5층에서 킹룡들 잡길 잘했네."

그때 60레벨을 안 달아 뒀으면 [비밀 교환]의 강화도 없었을 테고, 그렇다면 이 비밀을 찾아낼 수도 없었을 테니까.

[비밀 교환+]의 유효 거리는 12m.

그리고 비밀은 지하 12m 깊이에 있었다.

여기에 무엇이 있었느냐.

그것은 바로 치유의 샘물이었다.

"왜 여기 치유의 샘물이?"

[행운의 여신은 그런 게 뭐가 중요하냐고 묻습니다.]

뭐가 중요하다니.

만약 이 샘물이 있는 걸 미리 알았으면……

음…….

"별로 안 중요하군요."

미리 알 방법이 없는데 지금 와서 만약이니 뭐니 하는 게 더
이상하다.

다만 7층에 정착을 원하는 모험가는 이제 이 치유의 샘물을
이용하면 정착이 가능해진다.

문제는 이미 나를 제외한 모든 모험가가 8층으로 내려갔다는
것.

만약 사람들이 이 사실을 알게 된다면?

음… 재미없어지겠지.

"…묻자!"

나만 본 거다.

아니, 나도 본 적 없는 걸로 해두자.

미궁 7층에 치유의 샘 같은 건 처음부터 없었다!

그렇게 정하고는 모든 것을 묻어 버리기 위해 삽을 다시 든

내게, 여신의 말씀이 내려왔다.

　[행운의 여신이 치유의 샘물 주변엔 정령이 있을 확률이 높다고 말합니다.]

　"아."

　나는 고개를 끄덕였다.

　"그렇군요."

　삽을 잠시 내려놓은 나는 정신을 집중했다.

　오랜만에 하이 엘프의 모습을 취하기 위해서였다.

　정령을 지배하든, 계약을 맺든 하이 엘프의 지배력이 더 좋은 결과를 가져다 줄 것이다.

　[별의 지식]의 마법, [현계 체류 정령 소환]을 직접 써 보는 것은 이번이 처음이었다.

　뭐, 마법의 구현 자체는 별로 어렵지 않았다.

　문제는 여기에서 어떤 정령이 튀어나오느냐였다.

　―[현계 체류 정령 소환]의 효과 범위 안에 체류 중인 정령은 총 3개체입니다.

　―3개체의 정령이 [현계 체류 정령 소환]에 응답합니다!

　―[물의 정령], [샘의 정령], [치유의 정령]이 나타났습니다.

　세 정령이 내 앞에 모습을 드러냈다.

　그 모습은 그냥 셋 다 비슷하게 물을 뭉쳐 놓은 것처럼 생겼다.

　솔직히 구분이 안 됐다.

　똑같은 정령들 아니야?

　[행운의 여신이 셋을 합체시키라고 말합니다.]

　"예? 어떻게 해서요?"

[행운의 여신이 말로 명령하면 된다고 합니다.]

"어… 합체해라?"

—[물의 정령]과 [샘의 정령], [치유의 정령]이 합체를 시도합니다.

—합체 성공!

—[치유의 샘물 정령]이 나타났습니다.

합체했다고는 하지만, 내가 보기에는 똑같았다.

아니, 크기가 조금 더 커졌나?

—[치유의 샘물 정령]이 당신에게 복종합니다.

복종한다고 해도… 이제 뭘 어쩌지?

[행운의 여신은 이제 그건 네 정령이니 네 마음대로 해도 된다고 합니다.]

[행운의 여신은 정령을 물병 안에 넣어 두는 것을 추천한다고 합니다.]

"오, 알겠습니다. 감사합니다."

[행운의 여신이 당신의 감사에 좋아합니다.]

나는 가죽 물통을 하나 꺼내서 [치유의 샘물 정령]에게 들어가라고 명령했다.

그러자 10리터짜리 말통 하나를 꽉 채울 법한 큼지막한 정령이 손바닥만 한 물병에 쏙 들어갔다.

"와, 신기하네."

[행운의 여신은 이제 필요할 때마다 불러내서 명령하면 된다고 합니다.]

"정령력이나 이런 게 필요하진 않고요?"

[행운의 여신이 이제 정령은 네 소유니 그런 건 필요 없다고 말합니다.]

"와."

내가 아는 정령 계약이랑은 뭔가 많이 달랐다.

다른 모험가들은 좀 좋아 보이는 정령한테는 간도, 쓸개도 빼다 줄 것처럼 굴면서 부탁하고 애원하고 그러던데.

이것도 하이 엘프 종족 보너스 덕인가?

나는 내 모습을 인간 모습으로 되돌렸다.

그러자 여신이 또 다른 언급을 했다.

[행운의 여신이 인간 상태로는 정령을 꺼내지 않는 게 좋겠다고 말합니다.]

"아."

역시 하이 엘프 종족 보너스 덕이었나.

"알겠습니다."

나는 고개를 끄덕였다.

써먹기 좀 불편한 감이 없진 않지만, 그래도 비상시에 활용할 수 있는 치유 수단이 반갑지 않을 리 없다.

*   *   *

나는 [치유의 샘물 정령]을 어떻게 써먹어야 할지 금방 감을 잡았다.

물론 다쳤을 때나 물이 필요할 때 불러내서 써먹는 것도 좋지만, 이런 건 좀 수동적인 활용방식이다.

나는 좀 더 적극적으로 정령을 써먹기로 했다.

"불꽃 폭발! 불꽃 폭발! 불꽃 폭발! 불꽃 폭발!"

나는 [해의 지식] 마법을 연신 쓰면서도 어지럼증이나 두통을 느끼지 않고 있다.

이유는 불러낸 정령을 내 머리에다 둘러놨기 때문이다.

내 뇌가 [지식]에 의해 과열되고 소모될 때마다 정령이 식히고 회복시키는 구조다.

[지식]의 회복이 곧 뇌를 소모시키는 구조라는 것에서 착안한 편법이었다.

아무리 그래도 무제한으로 마법을 쓸 수 있게 된 건 아니다.

일단 [지식]의 마법 사용으로 소모되는 건 뇌가 아니라 [지식] 이다.

[지식]이 뇌를 축내면서 회복하려고 할 때 그 축나는 뇌를 정령이 회복시키는, 굳이 비유하자면 하청의 하청 비슷한 구조라 무슨 마력 포션처럼 즉각 마법을 계속 쓸 수 있게 되는 건 아니다.

정령의 힘도 무한하지는 않아서 이 녀석도 부려 먹고 나면 쉬게 해 줘야 하더라.

그리고 정령의 치유 능력은 치유의 샘물에 직접 머리를 갖다 대는 것보다는 효과가 떨어졌다.

체감상 절반 정도 수준은 될 것이다.

이 정도만 되어도 대단한 건 맞지만, 좌우지간 무한 리필은 안 된다.

[행운의 여신이 정령을 성장시키는 것도 방법이라고 합니다.]

"성장이요?"

[행운의 여신이 정령은 비슷한 종류끼리 합체를 반복시키면 성장한다고 말합니다.]

"아, 처음 했던 것처럼요?"

아무래도 계속해서 잡 정령들을 먹여 가며 키우는 시스템인가 보다.

[행운의 여신은 그렇다고 네 지배력을 넘어설 정도로 성장시켜 버리면 큰일 난다고 조언합니다.]

"알겠습니다, 감사합니다."

[행운의 여신이 당신의 감사에 좋아합니다.]

[고대 엘프 사냥꾼]의 존재 때문인지, 요즘 여신이 부쩍 내게 친절하다.

사실 행운을 올릴 대로 올리고 난 이후로 계속 친절하긴 했지만, 그것보다 더 친절해진 느낌이다.

하긴 여긴 도시 밖이라 이렇지, 도시 안에서는 줄곧 [고대 엘프 사냥꾼]과 떠드느라 바쁘긴 했다.

여신도 여신 나름대로 외로웠던 걸까?

…그럴 리 없지.

성좌가 외로움을 타?

그럴 리가 없다.

나는 내 말도 안 되는 망상을 집어치운 후, 하던 일이나 계속하기로 했다.

*   *   *

7층에 허락된 시간은 쏜살같이 지나갔다.

7층은 정착 가능한 층계라, 시간이 지났다고 무너져내리거나 하지는 않는다.

무너져 내리는 건 출구지.

그것은 곧 모험가로서의 자격 박탈을 뜻한다.

나는 지난번과 같은 선택을 할 생각은 없었다.

지난번과 달리 모험을 하고 싶고, 할 수 있으며, 할 것이기에.

나는 엘프 도시에서의 삶을 정리하고, 8층으로 나아가기 위한 채비를 마쳤다.

[너라면 여기 정착해도 좋을 것을. 이렇게 헤어지다니, 아쉬움이 남는구나.]

[고대 엘프 사냥꾼]은 정말 아쉬움이 줄줄 묻어나는 목소리로 내게 말했다.

"다시 만나 뵐 수 있을 겁니다."

미궁 하층에서도 엘프들은 나온다.

그것도 많이, 잔뜩, 자주.

다만 그 사회가 [고대 엘프 사냥꾼]의 왕국과 관련이 있을지는 모르는 일이다.

아무리 회귀자인 나라도 재회를 장담할 수 없는 이유다.

[그래, 인연이 있다면 다시 만날 수 있겠지. 게다가 정 필요하다면……]

아, 그렇지.

나한테는 [고대 엘프 사냥꾼] 초환권이 있었지.

[아니, 그럴 일이 없길 바라야겠군. 그때는 네 위기일 테니 말

이야.]

얼굴 좀 보고 싶다고 써 버릴 권리는 아니니, [고대 엘프 사냥꾼]의 말이 맞았다.

"그럼 안녕히 계십시오, 평안하시길."

[부디 웃으며 다시 만나길.]

그렇게 나는 7층에서의 삶을 마무리했다.

지난번과는 다른 형태로.

                    *   *   *

지금 와서 굳이 다시 강조할 필요도 없겠지만, 미궁 8층부터는 나도 초행길이다.

[Tip!]: 치유의 샘물은 질병 치유에도 효과가 있습니다! 몸이 이상하다면 마셔 보세요!

누구나 다 볼 수 있는 팁을 영상으로 만드는 모험가는 없었고, 그래서 이 팁은 나도 처음 보는 거였다.

예전에는 몰랐지만, 미궁 7층의 진상을 알게 된 지금은 이 팁이 다르게 들렸다.

7층에서 [광인병]에 걸리면 치유의 샘물로 치유하라는 소리 아닌가?

"역시 다 계산된 거였군."

뭐, 지나간 일을 생각해 봐야 별 의미도 없다.

나는 미궁 8층으로 내려왔다.

[7층의 모험가 1,832명 중 생존하여 8층까지 내려온 모험가는

1천, 8백, 2십, 7명입니다.]

8층으로 내려오는 모험가는 내가 마지막임을 알리기라도 하듯 생존자 수 고지가 떴다.

와, 7층의 희생자는 단 다섯 명!

그 다섯 명이 엘프 부녀자를 노린 범죄자였던 걸 생각하면 사람은 아무도 안 죽은 셈이다.

이 정도면 그냥 100% 아닌가?

100%라고 치자.

하지만 8층은 그리 쉽지 않을 것이다.

내가 묘지를 부숴 놓은 덕에 쉽게 통과했던 6층이나 하이 패스였던 7층과 달리, 8층은 자신의 운명을 스스로 개척해야 하는 층계였기 때문이다.

8층의 구성은 5층과 4층의 정글을 합쳐 놓은 느낌이라고 생각하면 편하다.

층계의 가장자리에 자리 잡은 입구에서 출발해, 층계 중앙에 위치한 출구로 모이는 구조인 건 5층과 비슷하다.

모험가들은 중앙으로 연결된 유일한 길인 정글로 나아가 덤벼드는 괴물들과 싸워 이기고 길을 뚫어야 한다.

다만 열쇠만 구하면 쉽게 통과할 수 있던 5층과 달리, 8층에선 중앙의 거대 보스를 물리쳐야 비로소 출구가 열린다.

이 거대 보스를 처치하기 위해 중앙으로 진출하기 전에 충분히 성장을 거쳐야 하며, 모든 준비를 마치고 모두 힘을 합쳐 전투에 임해야 한다.

그러니까 8층은 모든 모험가의 협력을 강제하는 첫 계층인 셈이다.

그러나 나는 정석대로 8층을 클리어할 생각이 없었다.

"제가 거대 보스를 잡을 테니, 여러분은 걱정하지 마시고 생업에 종사하십시오."

여기서 생업이라는 건 레벨 업과 일반 기술 단련을 뜻한다.

4층의 정글과 마찬가지로, 8층의 정글에서도 괴물들은 계속해서 리젠된다.

즉, 8층의 정글은 자기 수준에 맞는 괴물을 반복해서 잡으며 레벨을 올릴 좋은 기회라는 뜻이다.

내가 모험가들의 레벨을 걱정하지 않은 이유가 바로 이것이다.

레벨이 낮으면 고블린 캠프만 클리어해도 되고, 자신 있으면 오크 용병 캠프로 향해도 되니까.

다만 자신의 수준을 과대평가했다가 죽어 버리는 것까지 내가 어떻게 해 줄 수는 없다.

그래서 8층의 생존율이 7층보단 높지 않으리라고 예상한 거였고.

그런데…….

"자, 그럼 잘들 하고 있으려나?"

당연히 층계 입구 주변에는 아무도 없었다.

다들 힘써 열심히 성장하고, 단련하고 있겠지.

나는 그렇게 생각했다.

"오! 회귀자님! 드디어 오셨군요!"

"회귀자님께서 다 해 주실 거야!"

안전한 공터에서 옹기종기 모여앉아 불을 피우고 그저 수다나 떨면서 놀고 있는 광경을 보기 전까지는.

*　　　　*　　　　*

여기는 미궁 8층.

한계 레벨은 40이다.

그런데 레벨 30은커녕 20조차도 못 찍은 모험가 무리가 옹기 종기 모여 앉아 불이나 쬐고 있는 이 광경은 대체 무엇이란 말인 가?

"…잘못됐어……."

"예?"

"레벨 업이 가능한데 왜 레벨을 올리지 않고, 기술을 단련할 시간이 있는데 왜 단련하지 않지?!"

"그, 그게… 귀찮아서, 요. 헤헤."

귀찮아서?

헤헤?

그래, 내가 잘못 생각했다.

이번 모험가는 지난번의 모험가와는 달랐다.

굶주림에 시달리다 못해 같은 모험가를 습격하기도 하고, 적 대적으로 구는 엘프들과 맞서 싸워 길을 열기도 했던 지난번과 달리.

이번 모험가는 굶주릴 때 킹곰탕을 떠먹여 주고 엘프 도시를 하이 패스로 통과시켜 주기까지 했다.

그 결과, 나한테 지나치게 의존적이라는 문제가 나타나고 말았다.

그런데 내가 많은 모험가를 살려서 미궁 하층으로 데리고 가는 건 그냥 말동무가 필요해서가 아니다.

함께 싸워 줄 전력, 등 뒤를 지켜 줄 동료, 가혹한 미궁의 환경을 같이 버텨 줄 버팀목이 필요해서다.

그런데 클리어에 필요한 기본적인 성장조차도 방기하고 내게 모든 걸 떠맡긴다?

이건 아니지!

방만해진 모험가들을 이대로 둘 순 없다.

이 문제를 해결하려면 어떻게 해야 하지?

나는 고민하고 고뇌했지만, 이 일을 온건하게 처리할 방법 따위는 없었다.

단호한 결단이 필요한 때였다.

모든 모험가에게 공개된 공용 커뮤니티 창을 연 나는 그동안 알뜰살뜰히 모은 커뮤니티 점수를 써서 이런 공지를 올렸다.

[이철호]: 공지합니다.

[이철호]: 레벨 30 미만은 9층 못 내려갑니다.

[이철호]: 출구는 제가 통제합니다.

[이철호]: 다들 레벨 올리십쇼.

[이철호]: 이상.

답은 통제였다.

억울하면 강해져라!

                    *   *   *

통제.

당연히 모험가들 사이에서는 안 좋은 이야기가 나올 수밖에 없는 주제다.

"아니, 자기가 뭘 해 줬다고!"

"밥 줬지."

"살려 줬지."

"정신 차려, 생명의 은인이야."

반박이 파바박 쏟아지긴 했지만, 불만에 찬 모험가는 쉬이 꺾이지 않았다.

"아무리 그래도 그렇지, 강제로 이런 짓을!"

"너 너무 놀더라. 내가 봐도 너무했어."

"그래도 밥은 챙겨 먹고 다니더라?"

"그 레벨에 잠이 오냐?"

다시금 쏟아지는 타박에도 불만에 찬 모험가는 굴하지 않았다.

"내 레벨은 내가 올리는 거야!"

"그건 맞네……."

"근데 왜 안 올리냐?"

"그 레벨에 잠이 오냐?"

불만에 찬 모험가는 억울함에 차 외쳤다.

"잠 잘 잔다! 하루 8시간씩 잔다고!"

그 외침에 대한 반응은 바로 나오지 않았다.

"아니… 진짜 잤다고?"

"미궁에서 잠 안 오지 않나?"

"그 레벨에 잠이… 온다고?"

잠시간 이어진 정적 후에 나온 반응은 이러했다.

참고로 미궁 8층 시점에서 모험가는 수면을 취할 필요가 없다.

11층까지 가게 되면 이 혜택도 사라지지만, 아직 이들은 그걸 모른다.

그럼에도 잠을 자는 모험가는 적지 않았는데, 어쨌든 자려고 하면 잘 수 있고 잘 수 있으니 잔다는 식이었다.

잘 필요가 없음에도 불구하고 기어코 잠을 자는 사람들이 안 자는 사람들 눈에는 어떻게 보일까?

"와… 앞으로 나한테 아는 척하지 마라."

"오빠, 실망이에요!"

"아, 아니! 나는 그런 뜻으로 한 말이……!"

불만에 찬 모험가의 동료들은 완전히 짜게 식은 눈으로 그를 바라보았고, 몇몇은 손절마저 생각하는 것 같았다.

"괜찮아. 앞으로 잠 안 자고 레벨 업 하면 될 거 아냐?"

그런 그의 옆에 남은 것은 끈질기게 그 레벨에 잠이 오냐고 놀리던 모험가뿐이었다.

*　　　　*　　　　*

"이런 일이 있었어요!"

"그렇군. 흥미롭게 들었다."

나는 굳이 나를 찾아와 꼬맹이, 그러니까 이수아의 수다를 듣고 있었다.

녀석 옆에는 김이선, 그러니까 키가 훌쩍 크고 표정 변화가 적지만 이수아보다 한 살 어린, 나와 함께 4층을 돈 서포터 모험가가 붙어 있었다.

둘 다 이렇게 한가하게 수다를 떨 시간이 있느냐고 물으면 당당하게 있다고 대답할 인재들이었다.

그야 둘 다 40레벨이니까.

이미 층계 한계 레벨에 도달해 있는데 여유가 없을 리 없었다.

그렇다고 이들이 무작정 놀기만 하는 건 또 아니었다. 손으로는 열심히 바느질 중이었으니.

다름이 아니라 일반 기술 [재봉]을 올리기 위한 단련 중이었다.

아무튼 이수아의 일방적인 수다 덕에 모험가들의 민심을 살펴볼 수 있던 건 의외의 소득이었다.

내 일방적이고 강제적인 공지에 불만을 가진 모험가의 숫자가 적지는 않았지만 다섯 중 둘을 넘지는 않는 것 같았다.

불만을 가진 이들 사이에서도 투덜거리면서도 내 공지에 따라 레벨 업을 하는 숫자가 더 많았고.

그래, 그래야지.

나는 만족스럽게 고개를 끄덕였다.

"그런데 이런 내용은 [텔레파시]로 말해 줘도 되는 거 아니야?"

내 순수한 의문에, 이수아는 겸연쩍은 듯 웃으며 내게 진실을 털어놓았다.

"그게, 커뮤니티 점수를 다 써 버려서……."

그럴 줄 알긴 했다.

어쩐 처음부터 아낌없이 쓰더니만…….

"아무거나 영상 올려 봐. 좋아요 눌러 줄게."

"감사합니다. 헤헤."

나는 이수아가 올린 [1위 랭커와의 즐거운 한때]라는 이름의 영상에 좋아요를 찍어 주었다.

영상 내용은 그냥 지가 나한테 대고 수다 떠는 걸 편집해 놓은 거였다. 딱히 문제가 되는 발언을 한 기억은 없으니 상관없 겠지.

"이선아, 너도."

"아, 네."

어떤 열망에 사로잡힌 시선을 내게 쏘아 보내던 김이선은 내 말에 곧장 고개를 끄덕였다.

영상은 [회귀자님, 17]이라는 이름이었는데, 이수아의 수다를 들으며 불 보고 멍 때리는 내 모습을 클로즈업해 찍어 놓은 거 였다.

내용에야 문제가 없다지만, 이런 영상에 수요가 과연 있긴 있 을까?

그리고 17이라는 넘버링도 조금 신경 쓰이는데? 설마 1부터 16까지도 존재하는 건 아니겠지?

생각하다 보니 조금이 아니라 상당히 신경 쓰이기 시작했지만, 이걸 10대 여자애한테 어떻게 말해야 할지 몰라서 그냥 넘어가기로 했다.

미궁 7층에 혼자 틀어박혀서 50년 가까이 혼자 살다 보니 이런 거, 잘 모르겠어…….

그런데 그렇게 좋아요를 찍어 놓고 잊고 있으려니, 두 사람의 영상이 실시간 영상 1위와 2위를 나란히 찍어 버렸다.

1위는 [회귀자님, 1기]이었다.

아니, 어째서?

나는 그 이유가 매우 궁금했지만, 진실을 들여다보는 것이 너무 두려워서 결국 외면하고 말았다.

＊　　　　＊　　　　＊

지금 나는 65레벨이다.

따라서 8층의 정글로는 도저히 레벨 업을 꾀할 수가 없었다.

그렇다고 벌써 8층 중앙의 거대 보스를 잡으러 갈 생각도 없었다.

그 보스는 리젠도 안 될뿐더러, 보스를 잡는 순간부터 8층의 시간이 끝나 가기 시작하니까.

이제부터 레벨 업과 일반 기술 단련에 힘쓸 모험가들의 사다리를 세 번씩이나 걷어찰 생각은 없었다.

따라서 나는 지금 시점에서 딱히 할 일이 없었다.

할 일이 없으면?

만들어 내서라도 해야지!

그래서 나는 8층의 가장자리를 돌고 있었다.

8층에는 입구가 많은 만큼 치유의 샘도 많았고, 치유의 샘 주변에는 정령이 있을 확률이 높았기 때문이다.

"…이번에도 허탕이군."

그렇다고 항상 정령이 있는 건 아니었을뿐더러, 정령이 나타난다고 해도 그게 항상 쓸모 있으리라는 보장은 없었다.

하지만 그게 또 내가 완전히 헛수고만 했다는 소리는 아니었다.

[솟구치는 치유의 샘물 정령]

용천수의 정령을 한 놈 찾아내 치유의 샘물 정령과 합성시키자 이렇게 되었다.

치유의 샘물은 용천수도 아닌데 왜 용천수의 정령이 여기 있지?

"왜일까요?"

[행운의 여신이 나도 모르는 건 있다고 대답합니다.]

성좌도 모르겠다는데 내가 어떻게 알겠는가.

그냥 그러려니 해야지.

아무튼 합성으로 얻은 효과는 수압 강화였다.

그래 봤자 고블린 한 놈 겨우 날릴 정도의 수압이었지만, 없는 것보다야 낫지 않겠는가?

[솟구치며 비상하는 치유의 샘물 정령]

이건 폭포수의 정령을 합성시켰을 때 이름이다.

그런데 왜 비상이지? 폭포는 위에서 아래로 떨어지는 거 아닌가?

내 개인적인 의문은 뒤로하고, 이번 합성 효과는 수량 강화였다.

한 번에 꺼낼 수 있는 물의 양이 많아졌다.

[솟구치며 비상하는 치유의 소용돌이 샘물 정령]

소용돌이의 정령을 합성시키자 이름이 이렇게 길어졌다.

효과는 수류 강화. 수류와 수압의 차이는 나도 잘 모르겠는데, 써 보니 그냥 더 세져서 만족했다. 이젠 사람도 날린다.

그리고… 드디어.

[운디네]

물의 정령으로 시작했던 정령이 물 속성 중급 정령인 운디네로 성장했다.

8층의 마지막 치유의 샘물에서 호수의 정령을 찾아내 합성시킨 결과물이 이것이었다.

아주 길었던 이름이 세 글자로 정리되니 시원섭섭하달까.

아니, 그냥 시원하다.

그런데 이 녀석 외관부터가 많이 바뀌었다.

그냥 좀 커다란 물방울. 아니, 물 덩어리였던 이전의 모습과 달리, 운디네는 마치 인간 같은 형상이었다.

다만 그 몸이 물로 이루어져 있고, 조형이 조밀하지는 않아서 형태만 알아볼 수 있을 정도이며, 종종 표면이 흘러내릴 뿐이지.

그것도 상반신까지만 인간 형상이고 그 아래는 그냥 이전의 물 뭉텅이였다.

[~~~, ~~~~.]

사람 상반신을 취한 것치고는 의사소통도 잘 안 된다. 그냥 물 흐르는 소리가 날 뿐이다.

어떤 의미에선 개 짖는 소리와 비슷하달까.

감정 표현을 하고 있다는 건 알겠지만, 확실한 의사 전달은 불가능한 상태였다.

[~~~~.]

하지만 한 가지 확실한 건 녀석이 내게 복종하고 있다는 사실이었다.

아직까지는 말이다.

처음에는 솔직히 당황했었다. 치유의 힘이 사라졌는지 착각하고 말이다.

하지만 괜히 중급 정령이 아닌지라, 기존의 능력은 다 가진 채로 업그레이드되었다.

물을 쏘는 위력도 강해져서 오우거도 날릴 수 있고 작게 압축시켜서 쏘면 바위에 탁구공만 한 구멍도 낼 수 있었다.

그런데 정령이 이렇게 강해지고 나니 이제는 내 정령 지배력이 달려서 버거운 느낌이 든다.

딱히 운디네가 반항하지는 않았지만, 내 느낌상 아무래도 정령 합성과 강화는 이쯤 해 둬야 할 것 같았다.

여기서 더 나가려면 지배력을 올릴 수단을 찾아보든 해야겠지.

아무튼 이걸로 정령 수집 RPG는 당분간 중지다.

그럼 이제 뭘 하느냐.

이런 고민은 할 필요가 없다.

당연히 비밀 찾기 차례이기 때문이다.

일단 치유의 샘물을 찾아 돌면서 가장자리 쪽은 쭉 훑었지만, 비밀이 발견되지는 않았다.

그렇다면 다음은 정글이다.

고블린 캠프, 오크 용병 캠프, 늑대 소굴과 골렘, 큰 도마뱀과 거대 두꺼비까지.

나는 8층의 정글 곳곳을 누볐다.

당연하지만 사냥감은 다른 모험가에게 친절히 양보했다.

이게 또 오해를 사서 내가 다른 사람들 레벨 업 잘 하고 있는지 감시하고 다닌다는 소문이 퍼졌지만, 결과적으로는 나쁘지 않은 소문이었다.

쉴담시고 놀다가 나랑 눈 마주치면 다시 열심히 레벨 업에 힘썼으니.

뭐, 결과만 좋으면 된 거다.

항상 그렇지는 않을 테지만, 지금은 그렇다.

아무튼 그렇게 열심히 비밀을 찾아다녔는데도 성과는 없었다.

"남은 곳은 한 군데뿐인가."

8층 중앙의 거대 보스 지역.

그곳으로 가 보는 수밖에 없다.

* * *

이제까지 그냥 거대 보스라고만 칭해 왔지만, 나는 당연히 녀석의 정체를 안다.

직접 보는 건 처음이라도 다른 사람들이 찍어 준 공략 영상을 꾸준히 봐 왔으니까.

더욱이 내가 7층에서 50년 가까이 보내며 가장 많이 망상한 것이 8층을 클리어하는 거였으니 모를 리가 없었다.

녀석의 정체는 [꼬리 가시 바위 뱀]이다.

8층의 출구를 똬리 튼 몸으로 가로막고 있는 녀석은 땅의 진동을 감지할 수 있고 적외선 시야와 대단히 민감한 후각마저 겸비하고 있다.

즉, 어중간한 은폐 능력은 모조리 간파해 낼 수 있다는 소리다.

이 모든 감지 능력을 뚫고 출구까지 갈 수 있다고 쳐도, 놈의 몸이 가로막은 출구로 가려면 녀석의 거대한 몸을 치워야 한다.

한쪽에서 녀석을 유인하고 다른 쪽에서 몰래 출구로 진입하려는 시도는 포기하는 게 좋다.

녀석은 좀처럼 움직이지 않으니까.

유인하려는 미끼를 발견하면, 녀석은 그쪽으로 기어가는 대신 꼬리를 땅에다 푹 박는다.

단단한 가시로 이뤄진 꼬리는 땅속을 파고들어 미끼의 발밑에서부터 꿰어 일격에 즉사시킨다.

그럼 방법이 없느냐?

그렇진 않다.

*　　　*　　　*

보통 모험가들이 [꼬리 가시 바위 뱀]을 공략하는 방법이란 바로 그냥 여럿이 우루루 몰려가 한꺼번에 뱀을 치는 거였다.

다만 이 과정에서 뱀의 꼬리 가시에 의한 어쩔 수 없는 희생이 생길 수밖에 없다.

그런 희생을 치러 뱀에게 접근하더라도 놈의 바위 같은 비늘을 뚫을 공격력을 보유하지 않으면 그 희생조차 허사로 돌아가고 만다.

그래서 희생을 최소화하면서 이 거대 보스를 죽이기 위해서는 적어도 한 번 이상 꼬리 가시의 공격을 버텨 낼 내구력과 바위 비늘을 뚫을 공격력이 필요하다.

물론 나는 둘 다 갖췄다.

그것도 좀 과하게.

비늘을 뚫을 공격력?

가죽까지 한꺼번에 꿰뚫어 줄 수 있다.

한 번 이상 꼬리 가시를 버틸 방어력?

나는 몇 번이고 버틸 수 있다.

그러니까 혼자 잡겠다고 나설 수 있는 거지.

카앙!

그래서 지금처럼 꼬리 가시 바위 뱀의 공격을 그냥 무시하면서 [비밀 교환]을 통한 탐사를 진행할 수 있는 것이기도 했다.

그렇다.

나는 뱀을 잡으러 와 있는 게 아니었다.

"시이이이이익……!"

바위 뱀은 아무리 꼬리 가시를 박아도 아무렇지도 않아 하는 날 보며 짜증스러운 소릴 냈지만, 나는 그냥 무시했다.

잡으려면 언제든 잡을 수 있는 뱀이다.

하지만 다른 모험가 전원이 30레벨 이상 달성하기 전까지는 그냥 내버려 둘 셈이다.

내가 이곳에 진 치고 있는 것보다는 뱀에게 경비 업무를 분담시키는 게 더 효율적이니까.

그보단 비밀이다.

"나는 회귀자다, 나는 회귀자다, 나는 회귀자다, 나는 회귀자다……."

끊임없이 비밀을 중얼거리며 중앙 지역을 빙글빙글 돌고 있으려니, 바위 뱀도 포기해 버린 듯 그 이상 날 공격하지 않았다.

…라고, 생각했었지만.

"샤아아아아악!"

내가 뱀 대가리 쪽으로 가까이 가자, 입을 쩍 벌려 날 삼키려고 시도했다.

당연하지만 그 시도 또한 내가 피해 버림으로써 허사로 돌아갔다.

"음? 어?"

대신 내 시도는 성공했지만 말이다.

"…뱀 아가리 안에 비밀이 있다고?"

[비밀 교환]의 아이콘이 바위 뱀 입 안에 뿅 하고 뜬 걸 보고 내가 얼마나 어이가 없었던지.

일부러 집어삼켜져야 하나?

아니, 아무 정보도 없이 목숨부터 걸 수는 없다.

나는 [달의 지식]을 통한 마법, [투시]를 활용해 뱀의 몸통 안을 들여다보기로 했다.

그런데 몸통 안은 그냥 뱀의 그것이었다.

"응? 위장 속이 아닌가?"

나는 다시금 날 노리며 고속으로 발사된 뱀 대가리를 눈여겨보았다.

"다시 보니 몸통 쪽이 아니었네."

회귀 전에 바위 뱀을 해체한 사람이 있었던가?

없었던 것 같다.

심지어 그 김민수도 뱀 시체에 대고 [비밀 교환]을 사용해 볼 생각은 못 한 것 같았다.

하긴, 아직 고작 미궁 8층이지.

이 시점에서 자기 고유 능력을 능수능란하게 쓸 수 있는 모험가는 아직 그리 많지 않았다.

게다가 해 봐야 최대 40의 근력과 솜씨로 바위 뱀의 바위 비늘을 쪼개 가며 해체하기는 좀 힘들다.

그러니 저 비밀이 밝혀지지 않은 채 남은 거겠지.

뱀 대가리 안에 자리 잡은 '저것'은 누가 손에 넣든 큰 화제가 될 만한 물건이었다.

[성검(Star—sword)].

성상이 단순히 성좌와 채널을 개설해 주는 역할을 할 뿐이라면, 성검은 좀 더 직접적인 형태로 성좌와 연결해 준다.

성검에는 성좌의 힘이 깃들어 있기 때문이다.

그렇기에 성검을 휘두름은 곧 성좌의 힘을 휘두르는 것과 같다.

물론 허락받지 않은 자는 성검을 쥐어도 아무 힘도 발휘할 수 없다.

오히려 성좌에게 저주받아 목숨이 위험하거나 그보다 더 안 좋은 처지가 될 수도 있게 된다.

그럼에도 성검이 모험가들 사이에서 끊임없이 회자되는 이유는 그러한 위험성을 감수할 만한 이득을 얻을 수 있기 때문이다.

일단 성검은 성검 그 자체로 좋다.

다른 무기가 아무리 좋아 봐야 레벨이 오르면 버리고 레벨에 맞는 새 무기를 구해야 하는 것에 비해, 성검에는 렙제 자체가 존재하지 않는다.

100레벨이건 200레벨이건, 자기 능력만 되면 썰어버릴 수 있다.

그러나 성검의 진면모는 그 능력에서 나온다.

성좌의 허락을 받기만 하면 모험가로서의 인생이 뒤바뀔 정도니 말 다 했지.

멀리 갈 것도 없이 그 김민수도 [음습하고 기괴한 인형사]의 성검을 손에 쥔 것이 모험가 인생 역전의 시작이었을 정도다.

그런데 그 성검이 바위 뱀 대가리 안에 보이지 않을 정도로 깊숙하게 꽂혀 있었을 것이라 누가 예상했을까?

아무도 몰랐고, 아무도 예상 못 했기에 저 귀한 물건이 발견되지 않은 채 남은 거였으리라.

지난번에는 그랬다.

하지만 이번에는 다를 것이다.

나 또한 위험성을 감수하고 성검을 줄 '모험'을 할 모험가 중한 사람이기 때문이다.

*　　　　　*　　　　　*

[이철호]

레벨: 65

기본 능력치: [근력 65] [체력 65] [민첩 65] [솜씨 65]

특별 능력치: [행운 65] [지식 62] [신비 62]

미배분 능력치: 198

고유능력: [불변의 정신], [비밀 교환]

특수능력: [불꽃 초월]

성좌축복: [라이스 샤워], [신비한 활의 축복]

칭호: [고블린 킹 슬레이어], [드레이크 사냥꾼]

권한: [하이 엘프 종족 변경권(무제한)]

오랜만에 상태창을 확인해 봤다.

[행운의 여신]으로부터는 저주를 한 번, 축복을 두 번 받았는데 다른 둘은 능력치에 적용돼서 그런지 [라이스 샤워]만 남았다.

그에 비해 [고대 엘프 사냥꾼]으로부터 받은 축복과 권한은 상태창에 그대로 남아 있다.

그렇다 보니 실제야 어떻든 어째 [고대 엘프 사냥꾼]에게 더 많은 총애를 받은 것 같이 되어 있다.

아니, 실제로도 그런가? 7층에서 배려를 받으며 머물면서 올린 일반 기술 덕에 기본 능력치와 미배분 능력치가 좀 심하게 올랐으니…….

뭐, 어쨌든 채널로 이어진 건 [행운의 여신]이지만 말이다.

내가 이렇게 여유 넘치게 상태창을 확인할 수 있는 것도 실제로 시간에 여유가 있기 때문이었다.

다른 모험가들의 레벨 업을 기다리는 동안 나는 딱히 할 일이 없었다.

8층 정글에서의 레벨 업은 어불성설에 일반 기술 단련도 막힌 거나 다름없고, 탐사도 완료했으니 할 일은 다 마쳐 둔 셈이다.

타닥타닥.

타오르는 모닥불에 둘러앉은 건 이수아, 김이선에 오랜만에 유상태와 김명멸까지 와 있었다.

4층의 파티가 다시 모인 셈이다.

네 명 모두 40레벨을 찍어 더 이상 정글을 돌 필요가 없는 데다 일반 기술인 재봉은 앉은 자리에서 단련할 수 있으니 이런 장면도 연출되는 거다.

"쓰읍, 이거 어려운데."

"어르신, 그건 말이죠……."

유상태가 영 헷갈리는 듯 눈을 찌푸리자, 김명멸이 끼어들어서 가르쳐 주려고 했다.

"아니, 너까지 어르신이라고 하면 어쩌냐."

그러자 유상태가 벌컥 화를 냈지만, 김명멸의 표정에는 흔들림이 없었다.

"어르신을 어르신이라 하지, 달리 뭐라 불러야 합니까?"

"그냥 형님이라고 부르면 되잖냐?"

"예, 어르신."

유상태의 말에도 김명멸은 태연하게 대꾸했다.

저런 캐릭터였나?

나한테는 그냥 깍듯하던데…….

유상태는 김명멸을 말로 못 이겨 먹을 것 같으니, 이번에는 꼬맹이 이수아에게 찌릿한 시선을 날렸다.

"뭐, 뭐야. 갑자기 왜 날 봐요?"

"네가 나더러 어르신, 어르신 타령하니까 착한 명멸이까지 이렇게 된 거 아니야? 누가 들으면 어르신이 별명인 줄 알겠다!"

"아니, 그냥 다들 어르신인 줄 알걸요…….

"뭐라!"

나는 이들의 대화를 외면했다.

듣고 있기 너무 괴로웠다…….

그래서 시선을 돌려 보니, 김이선의 뜨거운 시선이 내 얼굴에 집중되어 있었다.

무표정한 얼굴로 시선만이 뜨거운 게, 이것도 이것대로 부담스러웠다.

"…[회귀자님, 18] 찍니?"

"아뇨, 오빠."

김이선은 조용히 고개를 저었다.

"[21]이에요."

"그, 그렇구나."

왜 갑자기 숫자가 늘었지?

혹시나 해서 실시간 영상 랭킹을 봤더니, [회귀자님, 20]이 순위권에 있었다.

이건 또 언제 찍었지?

나는 [회귀자님, 20]을 재생해 보려다가, 끝내 재생 버튼을 누르진 못했다.

너무 두려웠다.

뭐가 두려운진 모르겠지만 그저 본능적인 두려움이 나로 하여금 진실을 확인하지 못하도록 하고 있었다.

그래, 모든 걸 다 알 필요는 없지.

모르는 채로 사는 게 나을 때도 있는 법이야.

"형님."

그때, 김명멸이 나를 불렀다.

방금 전까지 유상태를 어르신이라 부르던 입으로, 용케 날 형님이라 부르는구나.

나는 이들에게 진실을 끝까지 숨기기로 새삼 다짐했다.

그러나 김명멸의 입에서 이어진 말은 이랬다.

"모든 모험가가 30레벨을 달성했다고 합니다."

"…그래?"

호칭 따위가 중요한 게 아니었다.

그래, 호칭이 뭐가 중요하겠는가.

나이 따위는 그저 숫자일 뿐이다.

특히나 미궁에서는 더더욱 그렇다.

그거야 뭐 아무튼.

나는 자리를 털고 일어섰다.

자, 그럼 성검을 회수하러 가 볼까?

＊　　　　　＊　　　　　＊

드르르르르르륵!

이철호가 [신비한 화살]을 쏘고 있었다.

그것도 연발로.

번쩍이는 화살은 하나도 빠짐없이 거대 보스, [꼬리 가시 바위 뱀]의 몸에 틀어박히고 있었다.

이철호의 신비한 화살이 명중할 때마다 바위처럼 단단한 비늘이 마치 생선 비늘을 칼로 긁듯 흩어지고 있었다.

그 광경을 멍하니 바라보던 모험가의 옆에서, 다른 모험가가 그 어깨를 툭 치며 물었다.

"야, 너 순순히 레벨 올리느니 저 사람 뚫고 그냥 내려간다며. 안 내려가?"

"…조용히 해."

"뭐? 야, 화났냐?"

"저분께 네 더러운 목소리가 들리면 어쩌려고 그래. 조용히 해."

"아……."

시비를 걸던 모험가도 이상하게 납득당해서 입을 다물고 말았다.

쾅! 쾅! 쾅!

어느새 쏟아지듯 퍼붓던 빛의 화살이 그치고, 대신 불꽃의 공이 날아들고 있었다.

그 공이 바위 뱀의 몸에 맞을 때마다 멀리서 바라보던 이쪽이 움찔거릴 정도로 큰 폭발이 일어났다.

그런데 이것도 연사다.

쾅! 쾅! 쾅! 쾅! 쾅!

"미쳤따리……."

"야, 근데 저거 뭐냐?"

모험가가 이철호의 머리 위에 위치한, 사람처럼 생긴 물 덩어리를 가리키며 물었다.

"글쎄, 저런 거라면 물의 정령 아닐까?"

"와, 정령? 너 그런 단어가 바로 나오는구나?"

"…시끄러."

아직 정령이라는 단어가 입에 붙지도 않은 미궁 초심자에게, 물의 정령 운디네는 지나치게 생경한 존재였다.

그리고 그 능력도.

촤아악!

운디네가 휘두른 초고수압의 워터 제트 커터가 바위 뱀의 거죽을 가르고 속살을 노출시키고 있었다.

그러다 이철호가 어디서 갑자기 커다란 도끼를 꺼내 들었다.

"어, 어어! 저거!"

그 도끼를 알아보는 이도 있었다.

아니, 많았다.

난데없이 미궁으로 끌려와, 준비도 없이 맛보게 된 미궁 1층의 몬스터인 미노타우로스가 들고 있던 더블 엑스였으니 그럴 수밖에 없었다.

정확히 하자면 여기 있는 이들 중 엄밀한 의미에서 저 도끼를 맛본 이는 단 한 명도 없었다.

맛본 이들은 다 죽었으니까.

"샤아아악!"

이철호는 많은 모험가에게 PTSD를 부여한 그 거대 도끼로 뱀의 몸통을 콱콱 찍어 대기 시작했다.

이철호가 도끼를 휘둘러 댈 때마다 도끼의 날이 신비한 빛으로 번뜩였다.

그것이 [신비한 칼날]임을, 이게 아니면 아무리 커다란 도끼라도 뱀에게 작은 생채기 하나 낼 수 없음을 아는 이는 적었다.

두들겨 맞고 있던 뱀은 고통에 몸부림치면서도 반격하려 시도했다.

하지만 그 모든 노력은 허사로 돌아갈 뿐이었다.

입질을 해도 피한다.

꼬리로 공격해도 피한다.

오히려 공격을 시도한 꼬리가 바수어지고 입질하느라 내민 머리통에 도끼가 꽂힌다.

"시이이이익……!"

바위 뱀의 몸에서는 힘이 빠지고 있었다.

그것은 바위 뱀 공략이 종막으로 치닫고 있다는 것을 알리는 신호와도 같았다.

"…저 뱀, 사실 생각보다 약한 거 아냐?"

"네가 저 도끼 한 번이라도 막아 낼 수 있으면 뭐, 그렇겠지."

"저 뱀 사실 생각보다 세구나……."

그런 만담 같은 문답이 다 오가기도 전에.

푸욱!

몇 차례씩이나 이뤄진 도끼질로 인해 단단한 비늘이 모두 벗겨진 뱀의 머리에, 이철호가 신비한 빛으로 번쩍거리는 도끼날을 박아 넣음으로써.

쿠웅……!

바위 뱀의 거체가 무너져 내렸다.

그동안 잡담을 떠들던 모험가들은 마치 약속이라도 한 듯 입을 다물었다.

정적.

그러나 그 또한 길지 않았다.

"와아아!"

누군가가 환호성을 외쳤고.

"우아아아아!!"

그 환호성은 삽시간에 전염되었다.

이곳은 미궁 8층.

이제 슬슬 모험이라는 것이 무엇인지 이해해가는 과정에 놓인 이들이었다.

지금까지 그들의 시선은 생존에 못 박혀 있을 뿐이었다.

그러나 당장 하루하루를 살아남는 것에만 치중하던 그들은 같은 모험가가 어디까지 강해질 수 있는지 목격했다.

그저 살아남기 위해 힘을 쌓다가, 강해지기 위해서 힘을 쌓는

다는 목표, 목적의식이란 게 생긴 순간이었다.

　무의미하게 끌려다니기만 하던 이들이 스스로 일어설 의지를 손에 넣은 날이었다.

　이철호의 업적으로 말미암아.

　"…뭐야? 왜들 저래?"

　비록 이철호 본인은 그 사실을 알아채지 못했지만 말이다.

9장

제9층

"헤헤헤헤⋯⋯."

나는 헤벌쭉 웃었다.

"으헤헤헤헤!"

웃음소리가 조금 경망스럽게 들리겠지만 뭐, 별 상관없다.

지금 이 자리에는 아무도 없으니까.

다른 모험가들을 모두 먼저 출구로 들여보내고, 나는 8층에
혼자 남았다.

꼬리 가시 바위 뱀을 쓰러뜨림으로써 8층에 남은 시간은 실
시간으로 줄어들고 있었지만, 혼자만의 행복한 시간을 보내기엔
충분했다.

"자, 그럼 갈라 보자!"

나는 운디네의 워터 제트 커터를 섬세하게 활용해서 바위 뱀

의 두개골을 쪼겠다.

그러자 숨겨져 있던 비밀, [성검]이 드러났다.

성검의 외견은 곧게 뻗은 한손검으로, 비교적 짧지만 가볍고 무게 중심이 잘 잡힌 데다 튼튼해 오래 쥐고 싸울 수 있을 것 같았다.

다만 내 근력이 이미 60이 넘어, 평범한 인간이 쓸 무기는 다소 성에 차지 않는 게 문제였다. 미노타우로스의 양날 도끼도 잘만 휘두르고 다니는데, 이제 와서 날 길이가 60~70㎝밖에 안 되는 한손검이 만족스러울 리 없었다.

이게 성검만 아니라면 다른 사람에게 넘겼겠지.

하지만 이건 성검이다.

[비밀 교환]을 통해 정체를 알아볼 수도 있었지만, 나는 이것이 어떤 성좌의 검이든 손에서 놓을 마음이 없었다.

따라서 다른 모든 절차를 생략하고, 곧장 성검을 손에 쥐었다.

그러나 다음 순간.

[피투성이 피바라기가 당신을 바라봅니다.]

나는 그 자리에 굳어 버리고 말았다.

성좌의 이름이 너무나도 불길했기 때문이다.

세상에, 피투성이 피바라기라니.

너무 대놓고 미친놈 같지 않은가?

[피투성이 피바라기가 픽 웃습니다.]

[피투성이 피바라기는 당신에게 검을 허락합니다.]

그러나 내가 미친놈일지도 모른다고 생각했던 성좌는 생각했던 것보다 훨씬 순순히 내게 검을 허락했다.

검을 허락했다는 말의 의미는 내가 성검을 통해 성좌의 힘을 휘둘러도 아무 상관 하지 않겠다는 뜻으로, 결과만 보자면 최상이라 봐도 됐다. 성좌가 성검을 통해 필멸자를 들여다보고 인정해 줬다는 뜻이기 때문이다.

그래도, 그, 뭐랄까.

인정해 준 게 피투성이에다 피바라기라 기분이 굉장히 좋지만은 않았다.

내가 그렇게 피에 굶주려 보이나? 사람을 많이 죽이고 다니진 않았는데…….

[피투성이 피바라기의 전쟁검]

성검도 어느새 제 이름을 드러내고 있었다. 성좌의 인정을 받아 힘이 개방되었기 때문이다.

나는 전쟁검을 자세히 들여다보았다.

[피바라기]: 전쟁검을 통한 공격이 명중하면 반드시 [출혈] 상태 이상을 부여한다. 이 상태 이상은 혈액이 없는 적에게도 강제로 부여된다.

전쟁검을 통한 공격이 명중할 때마다 [피]를 1점 얻는다. 치명상을 입혔을 경우 추가로 [피]를 2점 얻는다.

[피]를 1점 얻을 때마다 모든 기본 능력치에 1점씩 임시적인 보너스를 얻는다. 이 임시적인 보너스는 레벨에 따른 한계와 별개로 적용된다.

[피]는 최대 20점까지 축적할 수 있다.

[피투성이]: [피]를 최대로 축적하면 [피투성이] 상태를 발동할 수 있다.

[피투성이] 상태가 유지되는 한, [피]로 인한 보너스를 최고치의 두 배로 얻는다. 이 보너스는 [피투성이] 상태가 종료될 때까지 고정된다.

[피투성이] 상태에서는 [피] 점수를 3초마다 1점씩 잃으며, 0이 되면 [피투성이] 상태가 종료된다.

[피투성이 피바라기의 전쟁검]은 성장한다.

"와……."

일반적인 모험가는 8층에서 죽었다 깨어나도 능력치 한계 때문에 40을 넘길 수 없다.

그런데 이건 [피투성이] 상태가 되기만 하면 쿨하게 모든 능력치에 40이나 보너스를 줘 버린다.

나는 일반적인 모험가가 아니긴 하지만, 그렇다고 나한테 능력치 40이 뉘 집 개 이름인 건 아니다.

이 효과가 1분 한정인 건 아쉽긴 하지만, [피] 점수 관리만 잘하면 항시 20점 보너스 상태를 유지하는 방식으로 활용할 수 있기도 하다.

게다가 여기서 더 성장하기까지 한다니…….

"미쳤다."

이건 미친 템이다.

괜히 성검이 아니다.

"그런데 성장 조건이 뭐지?"

레벨은 아닐 것이다.

아마 이 검으로 괴물을 몇 마리 이상 잡으라거나 하는 식의 퀘스트 비스무리한 조건일 것이다.

그렇게 망상을 전개하던 나는 픽 웃고 말았다.

"아니, 내가 왜 추측을 하고 있지?"

물어보면 되는 것을.

그래서 나는 물어보기로 했다.

"나는 회귀자다."

당연히 [비밀 교환]으로.

"오."

그 내용을 확인한 나는 벌떡 일어났다.

"정글!"

그리고 달리기 시작했다.

"정글 돌아야 해!"

정글을 향해.

*　　　　*　　　　*

나는 8층의 남은 시간 전부를 정글에 투자했다.

당연하지만 경험치도 얻을 수 없고 쓸모 있는 아이템을 얻을 수 있었던 것도 아니다.

그러나 그딴 것보다 훨씬 귀중한 것을 얻었다.

[피투성이 피바라기의 전쟁검++]

전쟁검을 두 번이나 성장시킬 수 있었으니까.

전쟁검의 첫 번째 성장 조건은 [피투성이] 상태에서 [피]를 추가로 20점 쌓는 것.

1분 안에 치명타 7번을 적중시켜야 하는 거라, 나도 꽤 힘들었다.

8층 정글의 적들이 너무 약해서 치명타 한 방 맞으면 죽어 버리는 탓이었다.

결국 고블린이 8마리 나오는 고블린 캠프에서 달성해야 했는데, 두 번 이상 치명타가 안 나오면 실패해 버리는 극악 조건이었다.

만약 치명타 확률 추가 효과를 주는 축복인 [라이스 샤워]가 없었더라면 아예 달성이 불가능했을 수도 있었다.

다만 그 고생을 한 보람은 있었다.

이 성장으로 인해 [피투성이] 상태에서도 [피] 점수를 쌓을 수 있게 되었다.

이로써 3초에 한 번 공격을 성공시키기만 하면 사실상 [피투성이]의 무제한 유지도 가능해졌다는 뜻이다.

물론 적이 죽고 전투가 끝나 버리면 이 방법으로도 [피투성이]를 유지하지 못하게 되겠지만, 이건 그리 큰 문제는 아니다.

그냥 [피] 점수가 남았는데도 0까지 줄어드는 걸 보고만 있어야 되는 게 좀 짜증날 뿐이지.

두 번째 성장 조건은 [피투성이] 상태에서 [피] 점수 총 40점을 쌓는 거였다.

시간 연장이 가능해져서 더 쉬울 줄 알았더니, 이동하는 데에 시간이 들어서 생각보다 빡빡했다.

그래서 고블린 캠프의 벽을 무너뜨리고 이동 경로 사이에 놓인 나무를 베어서 캠프 사이의 이동을 최적화시킨 후에나 달성시킬 수 있었다.

중간에 터져야 할 치명타가 안 터져서 몇 번 더 시도해야 하긴 했지만, 어쨌든 성공했으니 됐지.

그렇게 성장하여 얻은 능력은 이것이었다.

[피보라]: [피]를 10점 소모하여 검의 소유자 의지대로 움직이는 [피보라]를 1분간 불러일으킨다. [피보라]의 공격으로도 [피] 점수를 쌓을 수 있다.

[피바라기] 상태에서도 [피투성이] 상태에서도 발동할 수 있는 능력으로, 직접 써 보니 생각했던 것보다 훨씬 좋았다.

방어막처럼 쓰면 오크의 도끼도 막아 낼 수 있고, 공격으로 쓰면 골렘의 몸에도 구멍을 뿅뿅 낸다.

검으로는 어려운 원거리 공격을 통해 [피] 점수를 쌓을 수도 있고, 넓게 퍼뜨려 광역 공격으로 단번에 [피]를 많이 벌어들일 수도 있었다.

다만 10m 남짓한 짧은 사거리가 아쉬웠다.

정확히는 더 멀리 쏠 수는 있는데, 사거리 밖으로 나간 [피보라]는 제어가 불가능했고, 공격을 맞춰도 [피] 점수가 안 쌓였다.

어느 쪽이 더 아쉽냐고 물으면, 당연히 후자 쪽이 훨씬 더 아쉽다.

왜냐하면 세 번째 성장 조건은 [피투성이] 상태에서 [피] 점수 80점을 쌓는 거였기 때문이다.

세 번째 성장 조건을 달성하려면 내 치명타를 27번 넘게 버텨 줄 강적이 나오거나 아니면 27마리 이상의 몬스터가 한 번에 우르르 몰려나와야 했다.

아무리 각을 봐도 이 층계에선 달성이 불가능한 조건이라, 포기하고 넘어갈 수밖에 없었다.

뭐, 어차피 8층에서 허락된 시간도 다 지나가는 판이다.

나는 미련 없이 9층으로 내려가기로 했다.

솔직히 미련이 좀 남지만 그래도 어쩌겠는가.

죽기 싫으면 내려가야지.

제한 시간이 지나 무너져 내리는 8층을 바라보던 나는 출구를 향해 몸을 던졌다.

"에휴."

미련 가득한 한숨을 내쉬며.

*   *   *

[8층의 모험가 1,827명 중 생존하여 9층까지 내려온 모험가는 1천, 8백, 2십, 7명입니다.]

내가 8층에선 생존자 비율이 100%는 못 될 거라고 했었지.

하지만 그건 거짓말이었다.

여기까지 살아남은 모험가들은 내가 생각했던 것보다 훨씬 영악하고 자기 보신적이었다.

사실상 프리 패스로 통과한 7층도 100%가 아니었는데, 8층에서 생존율 100%라니.

어떻게 한 명이 안 죽냐?

물론 내 덕이다.

내가 레벨과 능력치마다 어느 캠프를 돌아야 하는지 공략으로 다 써 놨고, 그 공략대로만 돌면 죽을 일은 없었다.

한둘 정도는 내 공략을 무시하고 멋대로 움직이다가 죽을 법도 했는데, 그럴 놈들은 7층 이전에 다 죽어 없어진 모양이었다.

미궁 역사상 전무후무하다고 해도 좋을 이 업적을 두고도, 나는 순수하게 기뻐하지 못했다.

이상하게 납득이 안 가네.

하지만 미궁 9층은 그렇게 쉽지 않을 것이다.

왜냐하면 내가 없을 테니까.

미궁 9층은 오랜만에 1인 클리어 층계다.

누가 옆에서 갈궈 주지도 않는다.

혼자만의 공간이다.

커뮤니티를 통해 미리 공략을 올려 두기는 했다.

그걸 통해 대량의 커뮤니티 점수를 벌기도 했고.

하지만 좋아요를 찍었다고 해서, 그게 공략을 제대로 읽었다는 뜻은 되지 않는다.

동료가 있다면 옆에서 알려 주기라도 할 테지만, 이번엔 그것도 안 통한다.

크크크큭, 어디 한번 잘해 보시지!

…아니, 내가 갑자기 왜 모험가들의 죽음을 바라는 것처럼 웃고 있지?

"그래도 되도록 많이 살았으면 좋겠네!"

나는 굳이 입을 열어 말했다.

좌우지간, 미궁 9층은 '아홉 개의 방'이라고도 불리는 구성으로 되어 있다.

이 아홉 개의 방은 정사각형을 3x3의 형태로 붙여 지은 것 같은 구조로 이뤄져 있다.

1 2 3

4 5 6

7 8 9

이런 형태다.

그리고 좌측의 세 방과 인접한 로비와 우측의 세 방과 인접한 출구 쪽 로비가 따로 존재한다.

그러니까 아홉 개의 방이 아니라 11개의 방이 아니냐는 지적도 더러 나오긴 한다.

각설하고, 이 아홉 개의 방에는 각기 몬스터가 존재한다.

몬스터들을 모두 쓰러뜨리고 나면 열쇠가 떨어지고, 그 열쇠로 다음 방문을 열면서 나아가는 식이다.

누가 보면 공략이랄 게 있을 리 없는 무난한 구성이라 하겠다.

하지만 그렇지 않다.

일단 아홉 개의 방은 각기 난이도가 달랐다.

1번 방이 가장 쉽고, 숫자 순서대로 점점 난이도가 올라 9번 방이 가장 어려워지는 식이다.

더군다나 문은 일방통행으로, 한번 들어가면 되돌아나올 수 없다.

특히 출구 쪽 로비로 나가 버리면 다시 방으로 돌아오지 못한다.

아홉 개 방을 다 먹고 레벨을 꼼꼼하게 올리느냐, 세 개만 먹고 눈물지으며 10층으로 내려가느냐의 차이는 크다.

그것도 제일 쉬운 방 세 개만 뚫고 끝나 버린다? 그게 최악이지. 상상도 하기 싫다.

그래서 나는 공략을 통해 이렇게 단언했다.

'123547869의 순서대로 돌아라!'

이 순서가 그나마 난이도가 급변하지 않은 채 천천히 단계를 밟아 나가며 아홉 방을 전부 먹을 수 있는 최선의 공략이었으니까.

당연히 나도 이 순서대로 9층을 돌 생각이었다.

[비밀 교환+]

비밀이 뜨기 전까지는 그랬다는 소리다.

"음? 천장?"

그것도 1번 방을 클리어하자마자.

"천장에도 문이 있어?"

나는 잠깐 고민했지만, 그것도 순간일 뿐이었다.

"모험!"

천장의 높이는 10m가 넘었지만, 큰 문제가 되지는 않았다.

이 정도 민첩 능력치면 서전트 점프로 훌쩍 뛰어 닿을 수 있는 높이다.

점프해서 천장에 칼을 박고 몸을 고정시킨 후 열쇠를 집어넣자 위로 통하는 문이 열렸다.

"영차."

그 문을 향해 몸을 집어넣자, 문 너머에는 아래층과 똑같은 방이 나타났다.

"…여기 복층이었어?"

내가 기어 올라오자마자 마치 환영식이라도 하듯 몬스터들이 뿅 생겨났다.

"난이도는 1번 방보다 좀 어려운 수준이네."

나타난 몬스터는 방금 전 깨고 온 1번 방의 고블린 킹 무리에 고블린 킹 한 마리가 더해진 정도였다.

미궁의 몬스터들이 평균 레벨에 맞춰 나타난다고 해도, 이미 내 능력치와 전력은 그 평균 레벨을 훨씬 상회하는 상태다.

쉽게 몬스터 무리를 정리한 후, 떨어진 열쇠를 든 나는 다시금 고민에 잠겨야 했다.

왜냐하면 원래 세 개 나타나야 하는 문이 여섯 개 나타났기 때문이다.

각각 2번 방, 4번 방, 5번 방으로 향하는 문이어야 했는데, 아래층의 방으로 통하는 것으로 보이는 문이 세 개 더 있었다.

희한하게 또 아래층, 그러니까 원래 1번 방으로 통하는 문은 나타나지 않았다.

"대충 알 것도 같은데……."

아니, 지금 판단하기엔 재료가 너무 부족하다. 판단 근거를 더 얻기 위해, 나는 원래 층의 2번 방으로 향해 보기로 했다.

2번 방의 오크 무리를 정리하고 나니, 1번 방과 마찬가지로 천장에도 문이 나타났다.

이번에는 [비밀 교환+]을 쓸 것도 없었다. 아마 1번 방의 천장 비밀 문을 여는 걸로 조건을 만족시킨 거겠지.

"여기도 천장으로 문이 나타났다는 건… 그런 거 맞지?"

나는 내심 좋아하며 복층의 2층으로 향했다.

내 예상대로 2층에는 오크 킹 한 마리가 더 보태진 오크 무리가 기다리고 있었다.

"좋았어!"

역시, 9층의 비밀은 복층으로 두 번 맛볼 수 있는 몬스터 무리가 맞는 것 같았다.

그래서 2번 방을 싹 정리하고 나니, 나는 새로운 문제와 맞닥뜨리게 되었다. 복층 2번 방에서 아래층 1번 방과 연결된 문이 발견된 것이었다.

원래는 2번 방에서 1번 방으로 못 돌아가게 만들어진 구조였는데, 복층이라는 변수로 돌아갈 수 있는 길이 만들어진 셈이다.

"가 보자!"

나는 다른 생각 안 하고 바로 아래층 1번 방으로 돌아가 보았다.

그러자 놀라운 사실이 밝혀졌다.

　　　　　*　　　　　*　　　　　*

"몬스터들이… 리젠됐다고?!"

내가 1번 방에 다시 들어가자, 분명 조금 전에 싹 해치워 놨던 몬스터들이 새로 나타나는 게 아닌가?

나는 등을 타고 흐르는 전율에 몸을 떨었다.

"무한… 리젠!"

힌트는 있었다.

1번 방에서부터 몬스터들을 다 죽이고 나면 그 시체가 사라졌으니까.

이건 무한 리젠이 되는 미궁 층계의 특징이었다.

그러나 이제까지는 의미가 없는 요소라고 생각했었다.

9층에선 이미 클리어한 방에 다시 돌아갈 방법이 없었으니까.

그런데 지금, 복층의 방을 경유해 이전 방으로 돌아갈 수 있게 됨으로써 의미 없어 보였던 요소가 의미 있는 것으로 뒤바뀌었다.

"크······!"

나는 감동에 몸을 떨었다. 내가 8층 정글에서 무한 리젠되는 몬스터들을 잡으며 마음껏 레벨 업을 하던 다른 모험가들을 얼마나 부러워했던가?

하지만 이제는 부러워할 필요가 없어졌다. 나도 내 레벨에 맞춰져서 나오는, 그러니까 경험치를 얻을 수 있는 몬스터를 마음껏 잡을 수 있게 됐으니까!

"아니, 아니. 벌써 흥분하긴 일러. 무한이 아닐지도 모르잖아······!"

진짜 무한 리젠이 되는지는 실제로 확인을 해 봐야 한다.

1번 방의 몬스터를 후다닥 정리한 나는 복층 2번 방으로 향해 새로 몬스터가 나타나는 것을 확인하고 다시 아래층 1번 방으로 가 리젠을 확인했다.

그리고 아래층 2번 방으로 가서 몬스터를 정리하고, 복층 1번 방으로 가서 몬스터를 정리하고, 복층 2번 방으로 가서 몬스터를 정리하고······.

"무한 리젠 맞나 봐!"

나는 입에서 침을 흘리며 좋아했다.

이걸 알게 된 후 할 일은 당연히 복층과 아래층을 오가며 레벨이 오르지 않을 때까지 몬스터 정리를 반복하는 것이었다.

레벨: 69

"3번 방 가자."

나는 3번 방도 복층임을 확인하고, 같은 짓을 반복해 레벨을 72까지 올렸다.

그다음은 바로 5번 방. 여기도 복층 구조가 맞음을 확인했다. 그래서 레벨을 75까지 올릴 수 있었다.

"어차피 다 먹을 건데 한 번에 땡기자!"

여기서 나는 욕심을 부렸다.

5번 아랫방에서 바로 복층 9번 방으로 향한 게 그거였다.

복층 9번 방에 입성한 나는 내 몫으로 주어진 미궁 9층에 대해 잘 모르고 있었다는 사실을 재확인했다.

기껏해야 미노타우로스나 잡고 말 30레벨대 모험가들과 달리, 내가 상대해야 하는 몬스터는 문자 그대로 급이 달랐다.

"……!"

그것은 거대했다.

10m 남짓의 높이를 지닌 방의 천장을 꽉 채울 정도로 거대한 그 '물체'는 시커먼 눈동자로 나를 물끄러미 쳐다보았다.

그리고 그 시선이 곧 공격이었다.

번쩍!

내가 [피보라]를 발동해 그 시선, 그러니까 '빔'을 막아 낼 수 있었던 건 행운이었다.

아니, 사실 행운이라 할 수도 없었다.

"어!"

지지지직.

[피가 10점이나 투자된, 그러니까 능력치로 따지자면 40점이

나 들어간 [피보라]가 뚫리고 있었으므로.

나는 곧바로 [신비]를 발동했다.

[신비한 갑옷]

[피보라]는 결코 헛되지 않았다.

빔을 산란시켜 그 위력을 반감시켜 주었으니까.

이게 아니었더라면 62점의 [신비]로 빔을 받아 낼 수 있을 리 만무했다.

즉, 저 빔은 최소한 100점은 가볍게 넘기는 위력을 지니고 있었다는 뜻이다.

"크!"

빔이 [신비한 갑옷]에 막히긴 했지만, 그 대가로 나는 대부분의 신비를 내어 주어야 했다.

이제 충분히 시간을 두어 신비가 회복될 때까지 신비 마법은 못 쓴다.

게다가 [피보라]와 [신비한 갑옷]에 의해 막힌 빔은 그냥 그대로 없어진 게 아니라 막대한 열량으로 변환되어 내 주변을 뜨겁게 달구고 있었다.

만약 내게 [불꽃 초월]이 없었더라면 이 여파만으로 나는 까맣게 구워져 목숨을 잃었으리라.

그리고 그제야 나는 적의 정체를 알았다.

"…오닉스 골렘……!"

지구에서야 흑요석은 보석 축에도 못 껴서 준보석이라는 애매한 카테고리에 위치한, 딱히 귀중하다는 인식이 옅은 물질일지도 모른다.

그러나 미궁에서는, 그러니까 마법과 마술과 주술이 실재하는 이곳에서는 그 가치가 역전한다.

미궁의 흑요석은 검은 마력의 응집체로, 막대한 가치를 지닌다.

그렇다면 그 귀한 흑요석을 아낌없이 사용한 골렘, 그것도 체고가 10m나 되는 크기의 거대 골렘은 어느 정도의 가치를 갖고 있을까?

오닉스 골렘이 지닌 막대한 가치는 재화로만 평가되지 않는다. 단순한 낭비도 아니고, 부를 과시하기 위한 허세도 아니다.

"내가 아니었다면… 죽었다고……!"

100레벨쯤 되는 모험가를 단숨에 녹여 버릴 수 있는 강력한 병기를 만들 수 있기에, 10m급의 거대 흑요석이 아낌없이 투자될 수 있는 것이다.

게다가 미궁의 더욱 악독한 점은 따로 있다.

오닉스 골렘을 무한 리젠이 되는 곳에다 배치했다는 점이다.

언급한 바 있듯, 무한 리젠이 되는 몬스터에게서는 전리품을 얻어 낼 수 없다.

그 시체가 녹아서 사라져 버리기에.

나는 그게 분해서 어쩔 수가 없었다.

"진짜, 씨……!"

저 거대한 흑요석 덩어리가 내 꺼여야 했는데!

왜 난 행복하질 못해!!

빔의 궤적에 남은 열 때문에 재가 되어 몸에서 흘러내리는 옷의 잔해를 내팽개치며, 나는 [피투성이 피바라기의 전쟁검]을 들었다.

어중간한 무기를 들어 봤자 오닉스 골렘의 빔에 녹아 버릴 테니, 성검 정도가 아니면 안심하고 들 수가 없다.

강력한 능력이 흔히 그렇듯, 오닉스 골렘의 빔에도 쿨타임이 존재한다.

문자 그대로 달아오른 몸을 식힐 시간이 필요하다는 뜻이다.

그 시간이 대단히 길지는 않지만, 적어도 내가 골렘에게 접근해 칼을 서너 번 휘두를 시간 정도는 되었다.

―그오오오옹오오……!

그렇다고 오닉스 골렘이 그동안 움직이지 못하는 건 또 아니었다.

날카롭게 가다듬어진 흑요석 칼날과 창날 십수 개를 염동력으로 움직이며, 감히 무모하게도 접근하려 드는 희생양의 숨통을 끊을 수 있으니까.

골렘에게는 아쉬운 일이겠지만, 나는 그 희생양이 아니었다.

파바바밧!

골렘의 공격을 피하며 접근해 칼을 휘둘러 순식간에 네 번 베어 내자, 공격한 상처가 팍 터지며 피가 줄줄 흐르기 시작했다.

골렘이 무슨 피를 흘리냐는 질문은 필요가 없다. 강제적인 [출혈]은 [피투성이 피바라기의 전쟁검]에 달린 기본적인 기능이니까.

운 좋게 네 번의 공격이 전부 치명타로 명중한 덕에, [피] 점수는 금세 20점이 되었다.

그러나 이 정도 크기, 이 정도 레벨의 골렘은 치명타 서너 번에 절명하지 않는다.

애초에 목숨이 있는지조차 의문이지만…….

그럼에도 이 치명타에는 의미가 있다.

전신에 힘이 차오른다.

활력이 돈다.

몸이 가볍다.

감각이 예리하게 벼려진다.

기본 능력치를 40점씩 늘려 주는 [피투성이]의 효과가 발현된 덕이다.

―오오오!

번쩍!

오닉스 골렘은 아무런 전조도 없이 두 번째 빔을 발사했다.

그러나 나는 어렵지 않게 빔을 피해 냈다.

[피투성이] 덕에 민첩이 105에 달해, 내 몸놀림은 초월적인 수준을 넘어섰다.

보통 일반 능력치가 100을 넘으면 물리 법칙을 초월하는 수준이 된다. 근력이, 체력이, 민첩이, 솜씨가 비현실의 영역에 접어들게 된다는 의미다.

이 정도 속도로 바닥을 차고 뛰면 그 충격만으로 온몸의 뼈가 다 으스러지고 근육이 완전히 찢어발겨져야 하건만.

그러한 육신의 한계는 옛적에 뛰어넘은 것처럼 나는 움직였다.

"아아!"

나는 신음에 가까운 기합을 토해 내며 전쟁검을 휘둘렀다.

촤자자작!

105에 달한 근력으로 행해진 참격은 이전과 완전히 다른 소리를 내며 골렘의 몸을 갈랐다.

—그그그, 굿!

골렘이 비명을 토해 내는 것처럼 들린 것은 내 착각이리라.

여기까지 1초도 지나지 않았다.

나는 망설일 것도 없이 [피보라]를 소환했다.

10점이나 되는 [피] 점수를 잃음으로써 [피투성이]의 유지 시간이 반으로 토막 났지만 그건 전혀 상관할 바가 아니었다.

카가가가각!

전쟁검과 [피보라]를 통한 쉴 새 없는 연속 공격이 골렘의 동체를 두들겼고, [피] 점수는 처음부터 줄어든 적이 없는 것처럼 다시 20점을 회복했으니.

그리고 이 공격의 효과는 단순히 잃은 [피] 점수를 회복했다는 것에서 그치지 않았다.

쩌적, 쩌저적!

동체의 흑요석 갑각이 깨져 나가기 시작했다.

미궁의 흑요석이 가치 있는 건 단단하기 때문이 아니다. 오히려 잘 깨져 나가기로 유명한 소재였다.

그럼에도 골렘이 아직까지 무너져 내리지 않는 것은 단순히 레벨이 높아서다. 골렘의 능력치가 흑요석이라는 소재의 단점을 상쇄하고 있기 때문이다.

"역시, 튼튼해."

나는 만족스럽게 입술을 핥았다. 그리고 뚜벅뚜벅 걸어서 골렘에게 다가갔다.

골렘은 내 접근에 당황한 것처럼 어지럽게 흑요석 칼날과 창날을 휘저었다.

빔도 피하는 내게 이런 공격이 통할 리 만무했다.

나는 그 궤적을 미리 읽고 있는 것처럼 피해 냈다.

그리고 반격.

카가가가각!

고속 참격이 연속적으로 골렘을 깎아 내고.

"하!"

두두두두두!

[피보라]의 피 탄환이 사정없이 골렘을 타격했다.

그 탄막과 함께 몸을 날린 나는 그대로 골렘의 중심부에 전쟁검을 밀어 넣었다.

쩌억!

그 결과, 결정적인 소리가 들렸다. 레벨 덕에 소재가 허용하는 이상의 강도를 보이던 골렘의 흑요석 동체가 마침내 한계를 맞이하는 소리였다.

이 거대한 골렘의 동체를 이루는 흑요석도 한 번 금이 가기 시작하자 깨지는 것은 금방이었다.

흑요석이 본디 그래야 하듯, 골렘의 동체는 반으로 쩍 갈라졌다.

—고, 고, 고…….

골렘은 단말마 비슷한 소리를 내더니, 이윽고 침묵해 버렸다.

—레벨 업!

경쾌한 상태 메시지가 뒤따른 건 당연하고.

"훅, 훅, 후욱, 후우우……!"

거칠어진 숨결을 가다듬으며, 나는 손에 쥔 [피투성이 피바라기의 전쟁검]을 내려다보았다.

정확히는, [피투성이 피바라기의 전쟁검+++]을.

"…됐, 다……!"

그렇다.

전쟁검이 성장했다.

[피투성이 피바라기의 전쟁검++]의 성장 조건인 [피투성이] 상태에서 [피] 80점 쌓기를 이번 전투에서 만족한 덕이었다.

"역시! 믿고 있었다고! 오닉스 골렘!!"

이 녀석의 단단함이라면 내 치명타 27회를 버텨 줄 수 있을 거라 믿고 있었지!

"와하하하!!"

나는 바닥에 녹아 없어지고 있는 골렘의 잔해를 손바닥으로 두들기며 호탕하게 웃었다.

$$*\qquad*\qquad*$$

전쟁검이 성장함으로써 추가된 효과는 다음과 같았다.

[피칠갑]: [피투성이] 상태에서 한계 점수를 초과해서 [피] 점수를 쌓을 수 있게 된다.

단, 초과해서 쌓인 점수는 [피투성이] 능력치 보너스에 합산되지 않는다.

초과해서 쌓은 [피] 점수가 20점에 달할 경우, [피칠갑] 상태를 활성화할 수 있다.

[피칠갑] 상태에서는 [피] 점수를 1초당 1점씩 소모하는 대신 [피보라]의 효과가 3배 강화된다.

[피칠갑] 상태는 도중에 중단할 수 있다. 이렇게 중단할 경우, 남은 [피] 점수는 유지된 채 [피바라기] 상태로 이행된다.

"이건… 써 봐야 알겠는데?"

나는 5번 복층 방으로 가서 몬스터를 죽이며 [피] 점수를 쌓고 [피칠갑] 상태를 켜 보았다.

결과.

"오!?"

[피보라]로 불러일으킬 수 있는 매질인 피의 양과 질, 밀도, 피 탄환의 사거리와 위력, 피 보호막의 강도와 범위 등등.

[피보라]로 할 수 있는 모든 것이 전부 3배로 강화되어 있었다.

그러니까 10m 사거리의 피 탄환이 30m까지 날아가면서 그 위력도 세 배로 강해졌다는 소리다.

아니, 이 정도면 피 탄환이 아니라 피 포탄이라고 불러야 할 수준이다.

"이거 세 배가 아니라 그 이상 시너지가 나는데?"

게다가 [피] 점수가 20점 이상 남았을 때 [피칠갑]을 얼른 끄면 [피바라기] 풀 스택 상태로 돌아올 수 있다는 것도 마음에 들었다.

[피투성이]는 쓰고 나면 무조건 [피] 점수가 초기화돼서 다시 쌓기 피곤했는데, 이 부분이 보완된 게 컸다.

만족스럽다.

매우 만족스럽다.

"그럼 다음 성장 조건은 뭐지?"

그럼에도 불구하고 나는 다음을 바랐다.

—[비밀 교환+]을 사용합니다.

―[피투성이 피바라기의 전쟁검+++]이 [피투성이 피바라기의 전쟁검★]으로 성장하기 위해서는 [피투성이 피바라기]로부터 축복을 받아야 합니다.

"…앗."

역시 그렇게 쉽게 가진 못하는구나.

뭐, 내심 예상은 했다.

예상대로라 씁쓸하긴 하지만.

그런 생각을 하고 있을 때였다.

[피투성이 피바라기가 당신을 부릅니다.]

"…어, 예?"

[피투성이 피바라기는 당신이 이제껏 불러일으킨 피와 죽음에 흡족해합니다.]

"…제가요?"

[피투성이 피바라기가 당신에게 선물을 줍니다.]

―새로운 능력치를 얻었습니다.

―[혈기]

『강한 채로 회귀』 2권에 계속…